带阁楼的房子

高上兴／著

天津出版传媒集团
百花文艺出版社

图书在版编目（CIP）数据

带阁楼的房子 / 高上兴著. -- 天津 : 百花文艺出版社, 2024.4
ISBN 978-7-5306-8781-9

Ⅰ. ①带… Ⅱ. ①高… Ⅲ. ①短篇小说—小说集—中国—当代 Ⅳ. ①I247.7

中国国家版本馆 CIP 数据核字（2024）第 040698 号

带阁楼的房子
DAI GELOU DE FANGZI
高上兴 著

出 版 人： 薛印胜　　**责任编辑：** 李 爽
装帧设计： 谢蔓玉 刘昌凤　**特约编辑：** 韩玉龙
出版发行： 百花文艺出版社
地址： 天津市和平区西康路 35 号　**邮编：** 300051
电话传真： +86-22-23332651（发行部）
+86-22-23332656（总编室）
+86-22-23332478（邮购部）
网址： http://www.baihuawenyi.com
印刷： 涿州市荣升新创印刷有限公司
开本： 880 毫米 ×1230 毫米 1/32
字数： 197 千字
印张： 9.125
版次： 2024 年 4 月第 1 版
印次： 2024 年 4 月第 1 次印刷
定价： 59.80 元

如有印装质量问题，请与涿州市荣升新创印刷有限公司联系调换
地址：涿州市百尺竿镇毛家屯工业区中心路 3 号院
邮编：072750

那些我们追随的东西，
将反过来追逐着我们。

高金兴

目 录

CONTENTS

捕风人

夏天就该热，冬天就该冷。

这世上的一切事，都有它的本来面貌。

要是搞反了，那就乱套了。

阿吉听到奶奶在大声咳嗽。今天他比往常早半个多小时到家。往常，他捡完干树枝后，路过水塘，会游一会儿泳。但今天，他刚一下水，就感到了刺骨的冷。他就爬出了水塘，回家了。

到处都是烟。它们堵满了屋子。很闷，又热。没有一点风。所有的门窗都开着，但浓烟死赖在屋子里，它们懒洋洋地在旧家具和蜘蛛网间蠕动。房梁和墙壁，到处都黑乎乎的。奶奶咳得深，一下，又一下，从喉咙深处咳出来，好像有什么东西一直卡在那儿。阿吉的心也一下一下地抽着，他总担心奶奶会咳得太厉害，一口气喘不上来。

奶奶从厨房里出来，脸上有一块黑乎乎的斑，额头上都是汗珠。她从柜子里拿出两个鸡蛋，又跑回厨房。奶奶一定是在烧紫菜蛋花汤。厨房里传出蛋壳打碎的声音，奶奶把鸡蛋打在瓷碗里，用筷子搅拌鸡蛋。

奶奶又在咳嗽了，她的咳嗽老不好。浓烟弥漫，没有一点风。奶奶会不会死掉？

一想到奶奶会死掉，阿吉心里就很难过。他坐在青石门槛上，淡蓝色的半透明的风从门口掠过。窗户上的塑料纸唰唰作响。阿吉想请风到房子里来，带走这该死的浓烟，但风跳跃着过去了。

“奶奶，我出去一下。”阿吉叫了一声。奶奶没有回应他，她大声咳嗽着。

阿吉追着风。它们像极了松鼠，但尾巴要更长更大一些。落在最后面的那一只，有巴掌般大小，但尾巴却长得出奇，好几次拂上阿吉的脸。凉飕飕的。

风群掠过青草地和小灌木丛，很快就进了甜槠林子。到了这里，风群才渐渐安定了下来，它们齐刷刷蹲在甜槠树枝上，拿眼睛瞄着阿吉。

甜槠林子是风群栖息之地。这些小东西最喜欢在甜槠树上欢闹。到了秋天，大概是深秋或者更早一点，它们整日在甜槠枝头跳来跳去，发出呼呼声。一粒粒饱满的、乌黑的甜槠子，便吧嗒吧嗒落在地上。

阿吉便和奶奶捡甜槠子，他们用塑料袋子装着沉甸甸的甜槠子回家。到了家，奶奶烧起土灶，将洗干净了的甜槠子倒在锅里，用铁勺子翻炒着。炒到开口，阿吉就有小零食吃了。

阿吉花了不少力气，才爬到甜槠枝头。但风群很怕人，还没等到阿吉爬到，就早早溜到远处去了。

站在甜槠树粗壮的树枝上，阿吉看到了远处土黄色的水塘。平时阿吉就是在那儿游泳的。这会儿他站在高处看，就觉得水塘像一只黄色独眼，正冷冰冰地看着他。阿吉感到有一点害怕。

他要追上风。他将自己交给树枝，不停地从一条树枝荡到另一条树枝。越来越多的风从四面八方涌来，汇聚到这片墨绿色的甜槠林里来。坐在树枝上，阿吉很容易就能分辨出风群从什么地方过来。从草地上来的风是浅绿色的，从远山来的风是青色的，从天边来的风是蓝色的，从遥远的雪山来的风是浅白色的，还有其他一些颜色的风，阿吉一时半会儿想不通它们从哪里来。

他需要捕捉一些风，将它们放到屋子里。他确信，当这些风在屋子里跳来跳去，当它们长而柔软的尾巴拂过房梁和墙壁，屋子里的烟会从门窗逃窜出去。

如果奶奶允许，他还想关一只风到鸟笼子里。那只挂在大堂柱子上的鸟笼子已经空了很久了。阿吉曾经捉过一只鸟，他把它关着笼子里，用米饭和青虫喂它。但它什么也不吃，整日耷拉着脑袋。

奶奶说，鸟不可以关着。捉鸟的人，会没有奶奶。

“就像破缸一样。没有奶奶，没有爸爸，自己一个人，变成单身人。”奶奶说。

破缸打了太多鸟。他一天到晚扛着一把破土枪，在林子里转来转去。鸟哇松鼠哇的，一听到他的脚步声就没命地跑。有跑昏了头的，百忙里乱窜，一头撞在树干上，折断了小脖子，吧唧一声摔下来，就死了。

破缸还说甜槠林是他们家的。有一回，阿吉在甜槠林子里捡甜槠，破缸扛着一把枪，从林道里出来，黑着脸、像墙一样堵在那里。

“谁个许你在这里捡的？”他说，“我把你吊在树上。”

破缸拿走了他捡的甜槠，并说要奶奶送五个鸡蛋赔偿损失，不然就把他吊在树上。奶奶花了五个鸡蛋，才让破缸答应不吊阿吉。

“树林怎么突然就变成破缸的了呢？”他问奶奶。奶奶没有回答他。后来他关了鸟，奶奶一说捉鸟的人会没有奶奶，阿吉就赶紧把那鸟送到了林子里。那么多鸟在枝头叫，不知哪一只是阿吉那只？

笼子空着，如果风愿意，关它应该没问题。风不用吃东西，也不会耷拉脑袋，更不会死去。它会整日在笼子里跳来跳去，发出欢快的声音。奶奶靠在椅子上梳理南瓜叶，有微风从她花白的发梢上拂过，奶奶咳了两声就没再咳了。

阿吉用一张捡来的塑料布和五只塑料袋，在树梢间布下了一个捕风的陷阱。

风从东边来。它们跳跃着，在塑料袋间沙沙作响。它们在塑料布的破洞间钻来钻去，像一群鱼在水稻丛里一样活泼。这些小东西，浑然忘了阿吉的存在。

阿吉悄悄靠近它们，他将塑料袋一点点移动过去。他看准了一只雪白色的。它拖着长长的尾巴，比别的更慢一些。阿吉看向它，就觉得清凉。这大概是来自遥远的北方雪山的风。

他靠近它，将它装进了塑料袋里。

那风在塑料袋中挣扎着，发出嘶嘶的声响。阿吉轻拍着鼓起的、跳动的袋子，安抚它。可是，不一会儿，袋子停止了跳动，恢复了干瘪。

袋子里空空荡荡。那来自北方雪山的风，悄无声息溜出了袋子。

阿吉看到它蹲在不远处的树梢，冲着自己龇牙。它的牙是银白色的，像月光一样亮。阿吉冲向了它，但它溜得飞快，它在树梢上跳转自如，时而回头逗引阿吉，时而悄然远遁。树梢上，满是清凉的北方雪山的味道。

阿吉没有去过北方，也没有见过真正常年不化的雪山。这地方四季分明，只有到冬日大雪封山时，才可以远远看到雪山。它们像白了头似的。

“雪山像奶奶。”阿吉在作业本里造这样的句子。老师在旁边打了一个大大的问号。

阿吉在林间绕了半日，还是将那雪白色的风追丢了。

“苏及，我恨破缸！”阿吉用小刀在树皮上这样刻着。如果能捕捉到风，一只很大很大的风，他不介意顺手将破缸家的破房子掀飞。他需要苏及的帮助，苏及总能轻易捕捉到风。

他就往林地的西边走。老捕风人苏及就住在那儿。

苏及过去总爱披一条大红毛毯，长长的头发上系着一串串红辣椒。他往空地上一站，嘴里嚼着红辣椒，风就围着他转。有次他喝醉了酒，在村里骂着人，说要把村里的风都抓走，让烟笔直向上，让火苗不再蹿动，让稻田不起稻浪。所有人都笑他，只有阿吉深信不疑。

阿吉求他千万不要把风捕捉走。他知道，没有了风，锅灶里的火苗就不会蹿起来，这样，饭就煮不熟；树叶也不会落，这样，就没有干燥的叶子做火引。总之，没有了风，一切都会很麻烦。

苏及摸摸他的头，好像答应了又好像没答应。阿吉忐忑了一夜，到第二天，村里人发现村里没有一丝风，火苗刚刚蹿出来就熄灭了，衣服挂在竹竿上不会摆动，稻子像死了一样直挺挺地杵着，村里人才相信了苏及的话。大家这才慌张起来，相互问苏及的下落。但人们问来问去，都不知道苏及去哪里了。找来找去，最后，还是阿吉在一个破猪圈的破猪槽里找到了他。苏及正呼呼大睡呢。

人们围着苏及，说了很多好话。苏及才同意把风放出来。苏及瘸着腿——谁也不知道他什么时候瘸的腿，拐到空地上。他的手在空中夸张地挥舞着，就有一只只小小的风从他的手掌间跳出来。它们围着他，蹦蹦跳跳，又跳到他的身上，在他身上调皮捣蛋。苏及被这些风逗得哈哈直笑。

被囚禁了一夜，风们憋坏了，它们嘶吼着，塑料纸大片大片被卷飞，瓦片咔咔往屋檐下掉，树林轰轰作响。最好玩的是被风刮起来的猪。不知道谁家的大白猪，也被风刮到天上去了。肥胖的猪，在天上嗷嗷叫着，阿吉奶奶口中叫着“天收哎……天收哎——真没路嘞——真了不得咧——”她叫着，冷不丁扑倒在地，磕掉了一个门牙。

那风整整刮了一整天，到傍晚才消停下来。由此，大家知道了苏及的厉害。不过等人们回过神来找苏及的时候，苏及已经不知所终了。只有阿吉知道，苏及进入了树林，往西边去了。苏及告诉他，他是捕风人，在林地的另一边，是捕风人的家。

苏及的石头房不大，大半个房子都被青苔和藤蔓覆盖了。穿过林地后，阿吉找了好一会儿才找到石头房的石门。

“苏及之家。”他努力辨认石门上歪歪扭扭的字，觉得自己的字比苏及的好看太多了。

他推了石门，没有推开。苏及却从房顶上跳了下来，吓了他一跳。有段时间不见，苏及身上挂着的东西更多了。玉米、辣椒、大蒜、土豆、萝卜，还有一些别的杂七杂八的东西，全被他穿在一起，挂在了身上。这让他看起来像一块长满蔬菜的菜地。

苏及摸了摸他的头。阿吉眼睛湿漉漉的，嘴唇微微颤抖着，好像他不该来。但他来了，苏及也没有赶他走。

阿吉就说：“苏及苏及，我找你帮忙来了。”

苏及说："我知道。"

阿吉说："你知道？"

苏及说："小阿吉的心思，瞒不过老苏及。"

阿吉说："我只要捕捉一只风。苏及，你一定能帮我。"

苏及说："这简单。不过，阿吉，你不该来这里的。"

他这样说了一句，又摸了摸阿吉的头，而后，那些在枝头蹦蹦跳跳的风，一只只都跳到了他怀里。它们在苏及身上跳来跳去，用巨大的尾巴轻抚苏及的脸，用柔嫩的爪子揪苏及的胡须——很遗憾，它们什么也揪不下来。

"来来来，摸摸它们。"苏及招呼阿吉。

阿吉小心地走近这些小东西，他伸出手去，一点点靠近。一种暖烘烘的感觉从他的指尖传到了心房。噢！这是春末夏初的风。另一只风跳在了阿吉的肩膀上，凉飕飕的，这是初冬的风。

在这么多风里，他找了一会儿那只慢一点的、雪白色的风，但他没有找到。这让他有点失望。不过，很快他就没心思失望了，热的冷的轻的重的干的湿的，一只又一只毛茸茸的风跳到了阿吉身上。

这让他感觉到浑身上下都暖烘烘、痒酥酥的，他忍不住打了个喷嚏，风们一下就散开了。

它们怯生生地围在远处。阿吉为错失了良机而懊悔不已。

他试图像苏及那样招呼风，但所有的风都远离了他。它们跳上树梢，不一会儿就消失了。

"苏及，我的风跑了……"阿吉说。

苏及摸摸他的头，"告诉我，你要风做什么？"

"你知道的，我家屋里很闷，没有风。"阿吉说，"有了风，屋里就没有烟。奶奶就不会咳嗽。”

“如果有了风，奶奶还会咳嗽呢？”苏及问。

“不会的。”阿吉说。不过他也有点不确信。

“如果你有很多很多风，你会做什么？”苏及问。他说这话的时候，口里喷出一股大蒜味，这让阿吉感到辣眼睛。

阿吉想了一会儿，说：“我会在夏天刮冬天的风，冬天刮夏天的风，这样夏天不热冬天不冷。”

苏及说：“不热的夏天还是夏天吗？”

阿吉不知道怎么回答他。苏及自己说：“夏天就该热，冬天就该冷。这世上的一切事，都有它的本来面貌。要是搞反了，那就乱套了。”

阿吉点了点头，说：“那，那我就刮大风，很大很大的风，刮跑破缸家的屋顶。”他盘算很久的计划终于脱口而出。

想到破缸的可恨样子，他说：“让大风刮烂他的破屋顶，让大雨把他的破床冲走，让他光着屁股到处跑。”阿吉想到破缸光着屁股在天上飞的样子，就想到了那头大白猪，他忍不住哈哈大笑起来。

风停下来了。破缸从天上醉醺醺地下来。他躺在破破烂烂的家里，呼呼大睡。他以为刚刚的灾难是大梦一场。他睡得比所有人都香。——想到这儿，阿吉就感到失望。就像警察拿他没办法一样，阿吉也拿他没办法。

“苏及，我恨破缸。”阿吉说。

这时候林地唰啦作响，破缸从那一边出来。他后背挂着一只鸡，在那里咯咯叫着。

完了完了。破缸来了。要是破缸知道他的捕风计划，他一定会嘲笑他。或许，他还会说，风也是他们家的。这样，他会提出更多要求。破缸总能找到这样那样的理由，拿走别人家的鸡蛋、酒、米、油、面条、土豆，甚至是盐巴、味精和辣椒酱。没有人能制服他。

镇子里的派出所带走了他。但没过一段时间，他又会重新出现在村子里。他有时喝得醉醺醺的，逮着人就打骂。有一回，阿吉的叔叔和破缸狭路相逢，两人一言不合，就乒乒乓乓打了起来。

阿吉的叔叔把他按住路上，狠狠揍了一顿。你猜怎么着？破缸当天就提着斧头冲到阿吉家。要不是阿吉他们得到消息，跑到林地里躲起来，指不定早被他一斧子全砍了呢。作为报复，破缸当天砸碎了他们家的全部玻璃，且顺走了奶奶放在抽屉里的八十三块两毛三分钱和一个银元。

破缸还会赖在镇里。他没钱花的时候，就跑到镇政府门口，口中嗷嗷叫着："饿死人了，饿死人了，政府不管死活啦——"这样，他就从苦哈哈的工作人员那里讹诈一点钱，买酒喝。

"破缸来了，苏及，怎么办？"阿吉慌了。还好苏及反应快，拉了他一下，让他躲进了石头屋子里。苏及把门关上。出乎阿吉的预料，石头房里非常明亮，一块块雪白的石头散发着柔和的光，桌子上没有一点灰尘，几只南瓜被苏及当成了凳子。

还有更多的东西，阿吉没来得及看。透过门缝，他看到破缸在空地上转来转去。他腰上挂着的，是一只死松鼠，和几只小麻雀。看起来，他今天运气不怎么样，只能在村里抓只鸡充数。他将那只绑住的鸡挂在树枝上，用土枪瞄了又瞄，口里发出嘭嘭的打枪声，假装要打死这只鸡。

那鸡无辜地在那扑腾着。过了一会儿，破缸举起土枪，瞄准了树梢。一只松鼠蹲在那儿。它一点也没觉得危险正在靠近，兀自在那轻轻颤抖着。

破缸也很小心。他一会儿蹲下，一会儿站起来，慢慢调整自己的位置。

枪声响了。松鼠一蹦而起，在树枝上跳跃了几下，一溜烟跑了。

破缸抽了那破土枪一个巴掌，但这让他疼得龇牙咧嘴。他把打不到松鼠归因于土枪太破。破土枪好几个地方都开裂了，破缸用胶布缠了几圈，看起来就更破了。过去，破缸有一把漂亮的猎枪，他扛着它，总在山上和林间打猎。后来，镇里没收了他的枪，还抓他去牢房蹲了段时间。

“怕个鸟！大不了再吃国家粮！包吃包睡！”从牢房回来后，破缸把坐过牢当成了本事。他爱干吗就干吗，谁也拿他没办法。反正坐牢房有饭吃，有床睡，他一点也不担心。

“苏及,你该让大风把他刮走的。”阿吉说。他说得很小声，怕被破缸听到。苏及没有回答他，可能没听到。

破缸走过来了。阿吉躲在门后面。他大气也不敢喘。

如果破缸发现他在这，一定会说：“喂，阿吉！再不出来，我一枪弄死你。”

这样，他就不得不走出去。天晓得破缸会做出什么缺德事来。在他那个坏脑袋里，藏着一脑袋的坏主意。有一天，破缸背着一只手，笑嘻嘻地招呼阿吉：“阿吉阿吉，你过来，有好东西给你。”

阿吉就去了。到了跟前，破缸背着的手冷不丁扬起，啪的一声，用指骨砸在他的脑袋上。

“送你一个五爪栗。哈哈哈。”破缸仍旧笑嘻嘻。哼哼着不阴不阳的歌，走了。

破缸靠近了。阿吉跟着揪心起来。阿吉知道，如果破缸发现里面有人，他将一脚踹开石门，闯进石头房里。太可怕了，鬼知道这个坏蛋要做些什么！

破缸在石门前站住，他没有再前进。他吹着口哨，朝着苏及家的门，撒了一泡尿。而后，他一手提枪一手提着松鼠、麻雀和鸡，一头扎进了树林里。

阿吉像躲过大难一场一样坐在地上。他有点想回家了。他想跟苏及讲一声，但苏及不知道哪里去了。他只好自己推开石门，走出石头房。外面阳光满地。真怪，从傍晚到现在，天色越来越亮了。

石头房子门前，一些美人蕉自顾自开着。空地上有一株柿子树，没有结果，叶子落得差不多了。这一切，早前阿吉并没有看到。他转身的时候，看到一座破烂的木房子在那儿。

没有石头房子，也没有苏及。阿吉大声喊着苏及，他重新推开木门。

屋子里到处都是蜘蛛网和灰尘，没有一点苏及待过的痕迹。只有风从破窗户外吹过。一只只风从树梢上跳跃着，向着这破破烂烂的房子里涌来。红的黄的蓝的白的青的紫的绿的黑的，还有很多叫不出名字的颜色的风，全拖着又长又大的尾巴，一股脑儿向着破房子涌来。

破窗户咔咔作响，门窗像要飞走了一样，屋顶上的泥沙直往下掉。阿吉一度担心这破房子的屋顶被掀翻，但这些风显然没有用全力，它们只是尽力摇晃屋子，并不打算将它掀翻。它们在这破屋子里蹦蹦跳跳，不一会儿，阿吉便被它们抬了起来，从破窗户飞了出去。

一只巨大的风托住了他，更多的风围着他。天空中到处都是各种颜色的风。他一伸手，就有一只小小风跳入了他的掌心。像刚孵出来的小鸡一样细小、柔软、暖和。

他这时才发觉自己捕捉到了风。他感觉到苏及就在这些风中，但风实在太多了，他找不到。他只好喊："苏及——"

风呼呼刮着，他的喊叫声被风带出去很远很远。他没有听到苏及的应答声。

在风中，阿吉掠过林梢和稻田，也掠过草原和雪山。过雪山时，阿吉一度冻得鼻涕流个不停，还好一只火红色的夏天的风及时包裹住了他。

他们一起飞到海面上空的时候，阿吉有点慌了。他在学校造过句子："大海是无边无际的。"到这时他才知道无边无际的意思。

"我想回家了。"他说。看到无边无际的大海，他感到害怕。如果风消失，他将掉入大海中，冰冷的海水，将瞬间把他吞没。他将像一块石头一样，永远，沉入那暗无天日的水底。

他开始想念他的阴暗小屋。一只淡蓝色的风蹲在他的肩膀，它用滑溜溜的小脑袋摩擦着他的脸。仿佛明白了阿吉意思似的，风开始往岸上吹。

他们往村里赶。到村了。他看见一辆小轿车在路上开着。他一眼就认出来了，是叔叔的车。叔叔很少回村里的。他上一回到村里是什么时候来着了？阿吉想不起来了。但他记得叔叔的车，就是那个样子的。

本来，他打算和叔叔打个招呼，但托着他的风一直不肯下去。这让他毫无办法。他只好把这事先放下。反正一会儿就回家了。

他听到有人在喊着风太大，收衣服之类的话。

破缸。他忽然想看看破缸在干什么。如果他在干坏事，他不介意跟风们打声招呼，让大风把这坏家伙吹到大海里去。大海那么大，总可以淹死这个坏东西了吧。

破缸在自己的破屋子里，松鼠、麻雀和鸡，被他随意丢在地上。他家的窗户嘎嘎作响，窗台上放着一只暗红色的女鞋。谁的女鞋？阿吉在脑海里翻了一会儿，没有想到村里谁是穿这种女鞋的，倒是镇口草药店的女老板穿过类似的鞋子。是她的吗？阿吉不确信，但这跟自己又有什么关系呢？所以阿吉很快就忘了这女鞋。

破缸在磨斧子——就是他提着，闯到阿吉家的那把斧子。破缸从不干农活，他的斧子早就生锈了。他在磨斧子。他磨斧子干什么呢？阿吉看他磨斧子的样子，心里慌兮兮的。他知道，这个坏东西，磨斧子准不是去砍柴。

风吹得破缸家的窗户呜呜作响。破缸关了窗，但没关住，又被吹开了。这样开开关关几次后，破缸手起刀落，把破窗户劈到了地上。风没了阻挡，开始在破缸家里翻跟头。

阿吉想招呼它们出来，但风不听他的。苏及如果在就好了。

破缸磨好了斧子，将它放在他那把宝贝破枪旁边。他那把宝贝破枪，靠在墙边。枪的上方，贴着一张旧照片。破缸妈妈的目光看着窗外，好像能看到阿吉似的。阿吉一下就心软了。老太太还活着时，常常带阿吉去找野菜。阿吉找得少，老太太就抓一把给阿吉，两人比一比，差不多，就回家。

阿吉想到，这破烂屋子，不仅仅是破缸的，也是破缸妈妈的。要是掀翻了他的屋顶，破缸妈妈的照片就会在空中飘来飘去。老太太肯定很怕高。

破缸在屋子里转了一会儿，提起了那被他摆弄得半死不活的可怜的鸡，将它高高举起来，放到自己的眼前，看了又看。好一阵子后，他把鸡才放到破凳子上，伸手去提了斧子。他没杀鸡，只是拿那斧子在空中挥舞了几下，又用手去试锋刃，口中哼哼道："好一把祖传的、杀人的宝刀啊！"

蓦地寒光一闪，一颗鸡头飞了出去，鸡血喷溅足有一人远。可怜的鸡倒在破缸的祖传宝刀下，刀刃上果然滴血不沾。

家里比平日里热闹。大概是叔叔回来了。

一些小只的风在屋子里进进出出。那只动作比较慢的、雪白色的风，蹲在阿吉家的窗口，它长长的尾巴垂落下来，一直垂落到地里，这让它看起来特别温顺。他想回屋了，到窗台上去，摸摸它凉飕飕的背，拉拉它长长的尾巴。

但托着的他的风不肯下去。它带着他，在屋顶上绕来绕去。瓦片上透出一缕缕白色的烟。烟里夹杂着什么人的哭声。

是姑姑。姑姑也回来了。奶奶。奶奶。一定是奶奶不在了。阿吉感觉自己的眼泪一下子就出来了，他去抹眼泪，奇怪，却没有一滴泪沾在手上。怪不得叔叔和姑姑都回来了。他不知道奶奶是什么时候死掉的，他现在十分后悔自己跑出去。早知道奶奶会在自己跑出去时死掉，那他怎么也不会跑出去了。他会守在奶奶的身边的。

爸爸呢？他没有看到爸爸。爸爸在工地干活，他把阿吉交给奶奶。现在，奶奶不在了，爸爸在哪？

阿吉心里慌兮兮的。奶奶不在了。他很难过。他觉得自己在哭，但眼睛里却没有眼泪。这样他就搞不清楚自己到底哭没哭了。他只是有点怪自己，如果早一点，早一点把那些可恶的烟，从屋子里驱赶出去，奶奶就不会咳嗽了。奶奶不咳嗽，就不会死。

“烧吧。”这时候，他听到了爸爸的声音。原来爸爸一直在屋里。他的声音已经哑了。爸爸哭过了。

他看见爸爸和叔叔抱着一些衣服。他们来到门外草坪。

是了，他们准备烧了那些衣服。奶奶不在了。他们将烧掉她的衣服，她的床，她的一切。然后，奶奶就真的不在了。

“苏及，苏及，求求你，让风带我下去吧。”他求苏及。他想好歹留点什么。如果他央求爸爸，爸爸一定会同意的。

但风嘶吼着，把他的话吹散了。他有点怪苏及。苏及没有教会他如何让风听话。风带着他绕来绕去，他想自己跳下去算了，但他估计了下高度，实在没这个胆。

破缸也从小道的另一头过来了。他一只手背在身后，笑嘻嘻的，一步步靠近他们家。他往门里看了看，没有进门。他侧过身子，从门口过去，向着叔叔和爸爸走去。

这个坏蛋想干什么？阿吉心里着急，他拍了一下风。这下，风顺着他的心意，绕过去了。他站在了爸爸的对面。他喊爸爸，爸爸脸上全是泪，没有看他。叔叔面无表情，用木条挑起一件件小孩的衣服，随意地丢到火里。那些衣服他很眼熟。谢天谢地，不是奶奶的。

拱卒

人生在世，

快意赢、快意输，才叫好汉。

胡四喜不杀猪以后，他那些形状、用途各异的刀子，就整日整日趴在谷堆里打瞌睡。刀枪入库，马放南山，除却偶尔出手下两盘象棋外，唯一能帮他打发时间的，也就剩下那台唱戏机了。

从六岁跟着老头子看杀猪起，七十六年来，死在他手底下的猪不知道有多少。又尖又锐的刀子，被握在他那青筋暴起的、粗壮的手上时，就有了生命，会跳跃会呼吸会尖叫。猪们的性命，就一条又一条葬送在他的刀子下。末了，胡四喜洗洗刀子，吃一碗主家温的米酒，两大块新烧的肥肉，就挑了刀具，走回家去了。他的女人，那会儿还很丰润，早备下了热水给他洗身子。

这是过去帮人杀猪的光景了。及至九十年代中后期，胡四喜跟着长了头脑，学着搞经济，到养猪人家里去买整猪来自杀自卖，又是另一番光景。

胡四喜和陈立期的冤仇就是那个时候结下的。

村子被一条河隔为上下两村，上村多半姓胡，下村多半姓陈。上村人胡四喜又杀猪，又卖肉。下村人陈立期不杀猪，只卖肉。初时，两人心照不宣，胡四喜不到下村，陈立期不到上村，两边隔着一条河，相安无事。后来，陈立期找到了货源，把便宜猪肉进了过来。这一来，上村的胡姓人就常跑到陈立期那里买便宜猪肉。这就让胡四喜感到了危机，他感到自己的地盘正在一点点被侵蚀。

但脚长在人家身上，胡四喜虽有不满，却也无法，只能挑着肉，挨家挨户喊：“买肉——买肉——”以往只要他这么叫，女人们就会出来，多少称一点，有穷苦些买不起的，也来看看，问问价，这让胡四喜有些自得。但陈立期把价钱压下来，胡四喜的肉就卖不出去了。有一次，胡四喜转了大半天，只卖出去三斤，还是好说歹说才卖出去的。

到了鸡毛那草棚时，鸡毛醉眼迷离刚起来。鸡毛见着胡四喜，就说：“老四老四，给我砍两斤肉吃吃。”

胡四喜看着他醉眼，就知道他昨晚必定又喝多了。鸡毛是胡姓人，算起来也是胡四喜的侄子一辈，但太嗜酒，整日里醉醺醺的，平日喝酒吃肉，多是寅吃卯粮。

因卖了大半日都卖不出去肉，胡四喜心里不快，就顾着自己走，没理鸡毛。鸡毛见胡四喜不理他，忙穿着拖鞋赶上来，拦着胡四喜，说：“老四老四，砍两斤肉给我，钱过两天给你。”

胡四喜见屄人压不住火，说：“要肉没有，吃屁去吧。”

鸡毛吃了个闭门羹，知道胡四喜不会把肉赊他，一面转身走去，一面嘟囔，说：“不赊就不赊，该你屁也卖不出一个，又不是你一个人有肉，老子去下村。”

胡四喜被这个浑人一通话气得嘴唇发抖。好嘛，这没用人都跑我头上拉屎拉尿来了。

胡四喜想起陈立期没开肉铺前，自己挑着肉在村里转，哪个人不四哥四哥的叫。尤其是这鸡毛，前前后后，赊过多少肉吃了？

都是些没良心，白眼狼。胡四喜挑着肉担子，肚里骂人，嘴里却叫：“买肉——买肉——”迎面走来自家婶子。

“婶子，买点肉吃，新鲜的。”胡四喜说。

“买了，哦，老四啊，前几天才买过，不买了，不买了。”看婶子的神色，胡四喜已经知道，她去过下村了。

没奈何，胡四喜只好挑着他那担肉回到了家里。女人见他没卖出去肉，黑着脸，就小声说:“大家都去陈立期那里买了，要么吃了饭，你去隔壁几个村看看吧。”

胡四喜扒拉了几口饭，只听女人又说：“听人说，陈立期那里的肉便宜、新鲜、分量足……”

她的话还没说完，胡四喜便一巴掌扇在了女人脸上，说：“他便宜！他新鲜！他分量足，还骑不到我胡四喜头上来。我杀猪那时候，他陈立期还不知道在哪里玩泥巴呢？下午我到下村去卖！”胡四喜现在想想，真不该打她的。何必呢？

“下村都买陈立期的肉了，你挑了也白挑。”挨了胡四喜一巴掌，女人索性提高了声音。

“你别管，我有办法。”胡四喜说。放下筷子后，他在屋子里走了几步，又在各处坐了一会儿，黑着脸，让女人温碗米酒。

“你要做什么？”女人说。胡四喜在杀猪前有个习惯，要喝一大碗黄酒，微醺之时，方才大着胆子，手起刀落，放了猪血。杀完后，又是一大碗黄酒。两碗酒吃完，这一场生杀之事，就了结了。

“去热酒。我有分寸。”胡四喜说。女人就不多说了，去温酒。他佛样坐着，喝了酒，才一手提尖刀，一肩挑肉担，大步过了石桥。

下村的人见他提着刀，挑着肉，都知道他的意思。人们装作出门，远远近近地观察他。

“瘦肉便宜卖——鲜肉便宜卖——”过了桥，胡四喜放声吆喝。一路吆喝，不免惹来了问价的人。胡四喜把肉价足足压低了一半，等于是半买半送了。一开始，下村人还有点犹豫。

“一分钱一分货，说不准是死猪肉。”下村人中，有人这么说。

“是不是死猪肉，又不是瞎子，可以看的。我杀了这么多年猪，什么时候卖过死猪肉？”胡四喜不客气。

在村里杀猪杀了这么多年了，他多少还是有些权威的。这时候点出自己是杀猪人，有些人的声音就低下去了。是啊，陈立期的肉是便宜，但杀猪人是胡四喜啊。逢年过节的，谁家不要杀一头大肥猪？谁不要请胡四喜去帮忙？没有胡四喜的白刀子进红刀子出，都吃带毛的整猪吗？

“四哥，给我砍半斤。”一个说。久违的“四哥”的称呼回到胡四喜头上的时候，胡四喜手中刀一划拉，足足给了那人七两还多。

有人带头就有人跟随，一则是多少要给胡四喜点面子，二则是实实在在的便宜放在面前，有便宜不占是傻子。下村人不是傻子，胡四喜的肉很快就少下去了。

“四哥，给我砍两斤，我腌着吃。”当陈立期的弟媳妇拿着白釉铁盘过来时，大家伙都给她让出了道路。

胡四喜挑肉过桥，又压价出卖，针对谁，下村人心底里跟明镜儿似的。这会儿正主没有出来，但正主他弟媳妇来了，这出戏就变得更好看起来。下村人知道正主多半也就要出来了。果不其然，胡四喜还没称好斤两，陈立期就过来了。

“四哥，你这是什么意思？”陈立期问。

“你说我什么意思便是什么意思。”胡四喜说。

“一个村的，你这么做就没意思了。”陈立期说。

“我觉得很有意思。”胡四喜说。

“你赚这么多钱吃得了吗？上村给你卖还不够，到我这里来。”陈立期最先沉不住气，不再跟他“意思”来“意思”去了。

“上村给我卖，上村都到你这里买，我卖个屁。”胡四喜说。

“上村人愿意到我这里来买，我管不着。”陈立期说。

“下村人愿意到我这里买，你也管不着。”胡四喜说。

“这里是下村，不是你的上村。”陈立期说。

“下村也不是你的。”胡四喜说。

…………

两人越说声音越大，不免越挨越近。也不知道是谁先碰到了谁，这下子，“炸弹”就炸了。胡四喜抓过插在肉上的、原先在手里拎着的那把刀，就要砍陈立期。

“你来，你来！”陈立期也从胡四喜的篮子里抓过尖刀，大声嚷嚷着。

“干什么！干什么！你们两个，说归说，别动刀子。”村人见这架势，知道不能再吵了，不然出人命不可。

“都少说两句，四哥来下村也难得。立期，我看就算了吧。”有人劝陈立期。

“四哥，不跟他吵，到我家去吃杯茶先。”下村的胡姓人，则来劝胡四喜。下村毕竟是陈姓人比较多，在大家的认识里，下村是陈姓人的下村。他们心底里也觉得，胡四喜这么挑着肉担跑到下村来，多少有点理亏。

两人争吵以后，猪肉这个极平常的东西，开始变得敏感起来。原来村里人想买肉，只需要在胡四喜那里，或者陈立期那里招呼一声，称了肉付了钱走人就行。现在，村人买肉之前，就要在心里头暗暗掂量一番。

买胡四喜的肉，就得罪陈立期。买陈立期的肉，就得罪胡四喜。村庄好像一下子就被割成了两半。最明显的改变是，傍晚去廊桥上看走棋的人少了。

以往在廊桥上，每晚都会摆出棋局，人多的时候，胡陈两姓轮番捉对厮杀，一方败下去，立马换人上阵，很有些前赴后继、不死不休的意思。

以往杀到最热闹时，往往是胡四喜与陈立期对阵。两人下棋，各有风格。胡四喜落子如风，奇快无比，两门“大炮”轮番轰炸，不一时单车已杀到陈立期“皇城根子”底下。陈立期与胡四喜恰恰相反，他擅慢棋，每走一步，都要花上很长一段时间思考，一会儿东比画，一会儿西比画。边上的大小君子们，可急坏了，闹哄哄给他出主意。胡四喜这时候就瞪着眼珠子，大叫，别吵别吵，快下快下，爽快点。

啪！陈立期终于落子。

啪！又一声落子声。胡四喜跳马，却已将陈立期逼入了死角。

“将军！将军了！哎呀……”这时候，大小君子们就提醒陈立期，又不免各自争论陈立期下步该怎么走。

陈立期又入定了。隔了许久，方下出一手，化开了死局。说也奇怪，两人一个咄咄逼人，一个慢条斯理，竟是棋逢对手将遇良材，胜败相差无几。

陈立期刚开猪肉铺时，胡四喜与陈立期下棋便有些不对路了。两人下着下着，胡四喜会忽然站起身来，直接下桥回家去。这次争吵后，两人就更不到廊桥上去了。这样一来，晚饭后的棋局，就少了许多乐趣。仿佛缺了个主帅一般，胡陈两姓的棋场，一下子就冷落了下去。

但胡四喜与陈立期的交锋并未就此结束。那天争吵回到家后，胡四喜让女人把剩下的肉都腌起来，女人一面腌肉，一面说：“早知道不如全自己腌了，还省得赔一笔。”

胡四喜说：“你懂什么，我这么一闹，陈立期就不卖肉给上村人了，上村人还得到我这里来买。亏一次算什么？”

女人说：“我不信。我要是陈立期，就降价卖。”

胡四喜瞪了她一眼。女人就没声息了。下了这么多年的棋，胡四喜了解陈立期。陈立期这个人有点傲，下棋的时候，有时候他明明失误下了棋，但他从不反悔，不像胡四喜，什么落子无悔之类的，对他全是屁话。只要有助于赢的，他不介意反悔一次。人生在世，快意赢、快意输，才叫好汉。所以他敢落子如风，无所顾忌。就如去下村卖肉，如果他不去闹一次，陈立期会把整村人都吸过去。但他这么一闹，陈立期抹不开面子，上村人就买不到肉了。

到下村争吵前，胡四喜原本打算次日就到隔壁村去杀猪的。争吵后，他特意延迟了杀猪，每日里扛着锄头，背着柴刀上山去，一副金盆洗手、忙于耕作的样子。

他在等。上村人也在等。陈立期那里果然如胡四喜所料，不再卖肉给上村人，这样胡四喜不杀猪，上村人就没肉吃了。有等着买猪肉熬油的，等不及，只好托人从远远的山外买进来，但更多人则是只好不吃肉了。

有一天，胡四喜刚想上山，鸡毛就上门来了。他拖着那双一年到头都黑不溜秋的拖鞋，手里捏着钞票，把先前欠的肉账还了，而后没话找话，说：“老四，最近怎么没杀猪？砍两斤给我吃吃，我给现钱。”

胡四喜知道，鸡毛馋肉了。不单是鸡毛，这段时间，先先后后有好几个女人来胡四喜家，问什么时候有肉。这些人都是家里有小孩在乡里寄宿的，孩子周六早回来，周日下午走，要带咸菜，吃一个星期。妈妈们自然想尽办法，让孩子们吃得好一点。肉就是最好的选择。往日胡四喜卖肉，周五的肉卖得最快。女人们都一斤两斤地砍，一则是周末可以让孩子吃好一点，二则是周末腌一腌，周日一炒，放咸菜罐里让孩子们带上，好歹能吃上一两天。胡四喜不卖肉，陈立期那里也不卖，周末没了肉，孩子们就吃不下饭了。

对这些来问肉的，胡四喜的回答都一样："肉卖不出去，不敢杀了。"

女人们知道胡四喜的意思，就都说，哪天杀猪了，她们一定买，且都先预定了部位、肥肉、斤两，甚至连用途都预先计划了。

鸡毛问肉，本来胡四喜想回答说，肉卖不出去，不敢杀了。但他想起这浑人那天的浑话，话到嘴边，就说："想吃肉去下村买，我这里的肉，屁也卖不出去，还杀个屁猪！"

鸡毛知道胡四喜生气了，赶忙说："四叔，我鸡毛就是个疥狗，识不得好歹，你不要跟我计较，下村那陈立期的肉，不新鲜的，还加水，没法吃。吃来吃去，还是四叔现杀的新鲜。同样的钱，谁不吃个新鲜？"

听鸡毛这么说，胡四喜知道杀猪的时间到了。当天下午，他就挑着装杀猪刀的篮子，出了村口，穿过长满芭茅叶的乡间小路，向外村走去。有在高处干活看见他这副行头的都知道，胡四喜要杀猪了。

鸡毛那草棚房子火光冲天时，胡四喜正在桌子边算账。这时候正是晚上十点钟左右。鸡毛的房子，本已十分破败，是用树皮和稻草一层层披起来的。树皮和稻草，都是容易着火的东西。胡四喜赶去时，大火已然控制不住了，被大火惊醒的村民正忙着泼水。

“人呢？鸡毛出来没有？”胡四喜向救火的人吼。

“就没看到，怕还在里面。”不知道谁说了一声。

胡四喜拿水淋在自己身上，就往火场里冲……等把满身酒气的鸡毛拖出火场，鸡毛那破落的房子，便轰隆隆坍塌了下来。胡四喜喊了一声侥幸。他知道，要是晚几步，他就完了。

鸡毛也是命大，虽然昏过去了，却还没丢了命。胡四喜把一桶冷水倒在他身上，他就活过来了。

这一场大火，不用鸡毛多说，胡四喜也能猜知大半。傍晚时候，鸡毛在他那里称了一斤多的猪头肉，又在村里的小店买了几瓶酒。他多半是吃醉了酒，走了火，才惹出这场祸事。

“四叔，我鸡毛这条命是你的。”鸡毛跪在胡四喜面前。

“死远点。别妨碍我。”胡四喜一脚踢去。鸡毛就顺势仰天躺下了。

大伙儿折腾了大半夜，才总算把火势控制住。第二天，乡里来人清点损失，村人到处找，也没找见鸡毛。鸡毛就这么消失了，就像他那草棚房子一样。

到了来年春天，鸡毛那过了火的房子地基上，就抽出了嫩绿的新芽。新芽变成了蒿草、变成了茅草、变成了小树。小树再长高一些时，村里人路过，总说，鸡毛大约是死外面了。

每一年清明，胡四喜上坟回来，路过这里时，照例也在树底下放两张黄表纸，拿石块压了。黄表纸压了十多年，胡四喜去杀猪，就明显感到吃力了。但他是杀猪人，只要还有人喊他，他就会挑着他的刀，照例喝一碗酒，把刀子捅到猪脖子里去。

那天，胡四喜刚杀完一头猪回来，一头挑着个猪头，一头挑着杀猪刀，在薄暮的小道上走着，突然就看到了鸡毛。鸡毛背着一个敞口蛇皮袋。袋子里装着一个娃娃。

“断种的！”胡四喜骂了一句，再问这娃娃的来路。鸡毛说是自己的，老婆跑了，他带着孩子回家来。再细问，他就支支吾吾，不愿多说，胡四喜只好作罢。

不用多久，整个村子都知道，鸡毛带着儿子回来了。说是整个村子，其实也没几个人，都是些半老头子和体弱的村民。这些年村子几乎没了小孩，鸡毛带着小孩出现，让村里人都感到有些新鲜。大伙儿轮流着帮鸡毛抱孩子，又有人找出多年没用过的、黑乎乎的奶瓶，冲着浓米汤给鸡毛，大伙儿像过节一样。

鸡毛那被大火烧过的房子，现在已经不大容易看到之前的痕迹了。胡四喜在地基上种上了番薯、南瓜和金针花。好在胡四喜家还有个牛栏，现在村里没了牛，那牛栏便一直空着。胡四喜帮着鸡毛，花了一天工夫清理牛栏，又添置了一张破床，鸡毛就有新家了。

对自己的新家，鸡毛一点也不觉得差。安上床后，鸡毛仰天一躺，不一会儿已呼噜震天响了。他抱来的那个小孩呢？此时正躺在村里某户人家的床上，吧嗒着嘴，一点也不认生。

陈立期出殡那天，胡四喜坐在门口长凳上，小鸡毛正蹲在门口，一动不动地看蚂蚁。这个时候，胡四喜想起来，自己和陈立期仇怨的化解，还有小鸡毛的一点功劳。

因为猪肉生意结下的怨，胡四喜和陈立期一直互不相让。两人除了有时候不得不说话外，其他时候一概你不睬我我也不睬你。即便是后来，陈立期的猪肉铺歇业，两人也仍旧互不搭理。在路上碰到时，两人都很有默契，把头各自别开。

他们之间的矛盾是出了名的。连外村人都知道，陈立期和胡四喜是死对头，在陈立期面前不能提胡四喜，在胡四喜面前也不能提陈立期。有一回，有个不知好歹的外村人，在胡四喜面前说陈立期怎么怎么慷慨，说得天花乱坠，气得胡四喜当时就拉下脸来，表明以后再也不卖他肉。那人这才知道说错了话，忙不迭给胡四喜赔礼。

不过，形势毕竟在变。胡四喜不卖肉或者不杀猪，有时也不见得有用了。现在从乡下到城里，比起以前方便了。乡下人有想吃肉或者杀猪的，也可以到镇子里去。买肉自然不必说了，杀猪也可以找镇子里的人。对方开一辆小货车，将猪往笼子里一关，就突突突开走了，一点也不必搞烧热水、杀猪、煺猪毛这一套。

陈立期的猪肉铺就是在这种情势下倒闭的。本来，陈立期是从镇子里买肉，再到自己肉铺卖的。交通一方便，大伙直接上镇子里去买肉，也就没人上陈立期那里了。

对这一种变化，一开始胡四喜是乐于见到的。陈立期的肉卖不出去，他不一样，他是杀猪的，再怎么着，这方圆村庄，谁家要杀猪，第一个想到的，就是他杀猪人胡四喜。但后来，也不知道刮的什么风，大家养的猪越来越少了，甚至有人家开始不养猪了。这就让他感觉到了危机，杀猪人是相对于猪存在的。村子里都没了猪，他这杀猪人好好的手艺，也只好荒废了。

对这一种不好的变化，胡四喜是有意见的。他曾好几次借着与村民闲聊，发表自己的意见："农村人真是越来越懒了，田也不种，猪也不养。"

他这么说着，他的女人不想养猪的心思却越来越强。有时候，她会故意旁敲侧击说，某某家不养猪，出去帮人采茶叶，一年收入多少多少。又说，养猪怎么怎么不划算。听得胡四喜心里头一阵一阵抽——那几年，真不该硬要女人养猪的。现在，猪圈早已坍塌了，想想，何必呢？

对种田人不养猪的看法，陈立期也发表过类似看法。那天，陈立期在廊桥上说闲谈，便说："不种田，不养猪，叫什么种田人嘛。我看，种田人是要绝灭了。"当时就有人说胡四喜也这么说过。

陈立期就难得说："就是嘛！就是嘛！"

陈立期死后，胡四喜后来想起来，这可能是他当时在释放某种和解的信号。当然，这点微弱的信号，并不足以化解两人的怨仇。

说起来，胡四喜和陈立期时隔多年，第一次面对面说话，还真亏了小鸡毛。那天黄昏，小鸡毛哇啦哇啦哭个不停，鸡毛没了法子，就跑到胡四喜家里，说："四叔，四叔，真见了鬼了，小鬼头哭个不停，怕是看到脏东西了。"

农村人都说杀猪人杀气重，火旺，脏东西都躲着他们。鸡毛碰到孩子哭闹不停，没了主意，想起这样的说法，就找胡四喜来了。

胡四喜就说："莫乱说乱说，这小鬼头哭这么响，火旺着呢，怕什么脏东西。”一面说着，一面去捧了小鸡毛的屁股，托着他晃了会儿。说也怪，小鸡毛到了胡四喜手上，立刻就不哭了。

“嘿嘿，嘿嘿……断种的！”鸡毛觍着脸，在那傻乐呵。

胡四喜就想起自己家娃娃小时候，高兴起来，口中说:“带你去看猪猪，看猪猪……呢呢……呢呢……”

他抬起步子来，出了家门。鸡毛嘿嘿笑着，一只裤脚高一只裤脚低，跟在胡四喜身后，像一条疥狗。

这村子条条道路通河边，胡四喜这时节心里头高兴，也就没想到那么多，转眼就到了桥上。这几年村里人少了，桥成了大伙儿聚在一起相互瞅瞅解闷的地方。胡四喜抱着小鸡毛一出现，马上就成了焦点。

大家都伸出手去，想抱抱小鸡毛。原本和大伙儿一起说闲谈的陈立期，一见到胡四喜到来，就扭头想走。偏偏小鸡毛却看中了他，挥着一双小手，非得让陈立期抱。

这下，胡四喜只好把小鸡毛交给了陈立期。

就在把小鸡毛交过去那一瞬间，胡四喜看见了陈立期的手。那一双抚育了无数秧苗的、拿过雪亮杀猪刀的、粗壮有力的手，此刻皮肉松弛，遍布黑褐色的皱纹。那双手那么瘦，那么干枯。

胡四喜用他那同样皮肉松弛、遍布黑褐色皱纹的手碰了陈立期。他们的手搭在一起，小鸡毛稳稳当当地从一双手转移到了另一双手上。

“四哥吃过没啊？”陈立期明显愣了一下，而后是这么一句话。

“就烧了。就烧了。”胡四喜说。

“断种的，断种的，真会认人咧！”鸡毛在边上骂着小鸡毛。

胡四喜和陈立期说话了。这下，桥上的人全明白过来了。

“啊哈，鸡毛都有儿子了。我们这些人，能不老吗？”不知道谁说了一声。随后，引起了阵阵感慨声。

“都老喽。四喜，立期，你们什么时候再杀一盘？”有人提问。

“杀就杀。”几乎是在同时候，两人鬼使神差地说出了同一句话。

胡四喜和陈立期恢复“邦交关系”后，桥上就热闹了。每天晚上，都有人在方寸棋盘上捉对厮杀。胡四喜和陈立期大部分时候只是看，有时候，禁不住周围人的撺掇，也会下场来上一局。

胡四喜还是老样子，两门“大炮”轮番轰炸，配合上“单车”直来横往，真个是横刀立马所向披靡。陈立期呢，下棋似乎越来越慢了，手指在棋盘上东点点西点点，一会儿摇头一会儿惋惜叹气，就是不落子，急得边上的人恨不得亲自上阵。

“快点快点，你那几个子，怎么下都是一样。五步内死将！”胡四喜催促。

“不急，不急。拱卒。”陈立期终于下了一个子，却是一只老兵颤巍巍过了河。

陈立期善用卒子。平平常常的卒子，在他的东比画西比画下，一个个都活了。尤其是到了棋局后期，盘上的棋子一少，他那卒子，可真是步步生莲，巧妙至极。

为克制他的卒子阵，胡四喜可花了不少心思。本来，他的“大炮”轮番轰炸，多少也会炸死几个卒子的，但陈立期却铁了心，宁愿“丢车保卒”也绝不让自己的卒子伤亡。可以说，陈立期能与胡四喜战成平手，并时有胜出的法宝，要把功劳算在这卒子身上。

“断种的，立期这步棋不得了！”看着卒子拱近胡四喜“皇城”根子底下，鸡毛忍不住怪叫。

“好！”见到不提防间，陈立期的卒子瞒天过海，竟直捣黄龙而来，胡四喜也忍不住叫了声好。没奈何，他那“车”只好长途奔劳，回京勤王了。

“晚了。”陈立期这时候却快了起来，单车杀入，直接将死。

送陈立期进山的人三三两两回来了。胡四喜坐在自家破落的小院子里，心里头空落落的，好像身上掉了一块肉，又像是三魂丢了一魂。他本来也想去的，后来日子犯冲，就没去成。没去成，他就坐着听唱戏机。

唱戏机里孔明咿咿呀呀唱着：“……旌旗招展空翻影，却原来是司马发来的兵……一来是马谡无谋少学问，二来是将帅不和，失守我的街亭。连得我三城多侥幸，贪而无厌又夺我的西城。诸葛亮在城楼把驾等，等候你司马到此，咱们谈、谈、谈谈心……”

哎哟哟。胡四喜平白里打了个冷战。陈立期现在死了。他记得陈立期死的那天晚上，他们还一起下棋。两人从晚饭后下起，一直下到深夜。那天晚上，说也奇怪，两人一直都是平手。

平日里，一局棋杀到最后，往往会是胡四喜的车马炮对陈立期的卒子。但那晚，不知怎么的，两人杀到最后，都只剩下几只老卒在那反复纠缠。

陈立期那晚说了很多话。胡四喜想，可能是因为这个原因，他才一句都记不起陈立期说的话。虽然想不起陈立期说的话，但胡四喜觉得，那天晚上，陈立期很怪。他的语速很快，一句连着一句，就像是一片黏糊糊的猪板油，让人想割却割不断。

在院子里的长条木凳上坐到黄昏时，胡四喜想起了下完最后一盘棋后的事。下完最后一局棋，胡四喜送陈立期到胡同口。

陈立期说："不早了。我要走了。"

胡四喜说："路暗。慢点走。"

陈立期拧开自己带来的手电筒，就一步步走到了黑暗里。陈立期走后，胡四喜又在胡同口站了一会儿，估计陈立期走到了家里，才走回家关好大门，闩好。一个人坐在黑暗里。

据陈立期家里人说，那天陈立期回到家后，躺着床上睡着了，就没有再醒过来。胡四喜坐在小木凳上，觉得临别那时，陈立期的话别有深意。

人难道真知道自己什么时候走吗？胡四喜不由得想。也许真有一点。胡四喜这样想，就想到村里的几个老伙伴：下村的牛兄弟死的头几天，放牛把牛放丢了；上村的小气鬼烂鼻头死的前两天，破天荒称了一只大猪脚来炖着吃；还有邻村的黄狗、毛坑村的村长、刘庄的老刘，一个个的，死之前，总有各种反常的地方。细细想来，一切都别有深意。

不光人如此，就是猪，在死之前也会有所不同。譬如有平时安静的猪，一到死期将至，就躁动不安，整日哼个不停；有平日很躁动的猪，死到临头，却显得特别安静，趴在猪栏门口，乌亮亮的眼睛珠子一直盯着前方。

老人的老去，就好似一阵秋风来，叶落满地。

胡四喜每天也上廊桥去坐坐，廊桥明显空了很多。现在，在廊桥上坐镇下棋的是鸡毛。他那抱来的孩子，越长大越脏，脸上身上，到处都脏兮兮的。鸡毛下棋的时候，他就抹着鼻涕坐在他怀里。

“龌龊吃龌龊大啵。”鸡毛说，“断种的。”

他口里说着，手上却没闲着，一会儿挂象一会儿跳马。鸡毛下棋，又是另一个路数。又刁又滑，明着是跳马打炮，暗地里早把双车布置好，就等着对方送上门来。

胡四喜大多数时候只看看，或者用火笼子捂土豆给小鸡毛吃——多少年没有人这么干过了。整个村子，大概也只有胡四喜还提着火笼子吧。他有时也下场杀一盘。

胡四喜下棋越来越慢了。有时，他下着下着，会靠在廊桥的柱子上，打起瞌睡来。边上有人叫醒他，他就说：“没睡，没睡，我在想棋路呢。”

一边说着话，一边伸手推棋子，却是一只过河老卒。

胡四喜越来越迷恋老卒了。一局杀到最后，当棋盘上已没有几个子，胜负将定时，他会挺直腰板，瞪圆了眼珠，将那残卒往前逼去，好像在这方寸棋盘上，他每多走一步，就是朝着胜利又拱进了一步。

白罗衫

人总归是躲不开麻烦的，
要么你把麻烦解决了，
要么麻烦把你解决了。

陈军海刚到办公室，就看到白老头在那坐着。不用想他也知道，准是谁又捅马蜂窝了。在城管执法局，每一个新来的年轻人，都会被更有经验一点的年轻人告诫，老鹤街有一杆秤收不得。

这秤就是白老头手里的秤。谁要是收了，那就等着吧。这老头必会找上门来，他一不吵闹，二不叫还东西，就带个杯子，给自己泡了茶水，找个空座位坐着，俨然是一个办公室主任。

白老头有时还乐意品评一下局里的茶叶。他说，你们的茶叶还是差了点，没交警队的好。他从茶叶的好坏中得出结论：城管局比交警队穷。

对这样的老头，即便是局里脾气最差的年轻人，又能拿他怎么办呢？结果总是他赢，不但还了他的蔬菜、卖菜用的篮子和秤，还平白搭上不少茶叶。

看到陈军海进门，白老头随口吐出两字："来了？"

他这样说，好像陈军海才是那个被没收了东西，上门来求他归还的小贩似的。

"来了。"陈军海说。他给自己倒水，想让办公室里的小年轻说说，到底是谁惹了这老头。但三个小年轻都没有说，显然，他们也不知道情况。一大早的，白老头怎么就来了呢？

"陈大队长放心，我今天不给你添麻烦。"老头自己说了。他倒是善解人意，说着就了站起来，把陈军海的位置还给了他。

他给自己找了个空位子，又坐了下去。

“有事你就说吧，你都办公室主任了。”有个小年轻说。起初，他这“办公室主任”的称号也不知道是谁取的，渐渐的，大伙都认了这么一号“办公室主任”了。

“真没事。我就坐坐。”白老头说。因为谁都没有没收他的东西，老头这回来，倒显得有点拘谨，不像之前那样理直气壮。

陈军海只好任他在那坐着，自己噼里啪啦敲着字。他虽然官拜县城管局第三支队大队长兼 302 办公室“首脑”及文秘、采办等专员，但手底下却只有四个小喽啰，其中有两个还是刚进局的“夹生饭”，好些活都交不下去做，只好苦了自己，又当将来又当兵，在那上下左右腾挪，好歹把一个个麻烦解决下去。

眼下又有了一个麻烦。上头一纸令下，“净城行动”平地风起。城管局二十八条好汉就要开上街面，将那些零零散散的小吃摊一概清理干净。作为一个老城管队员，陈军海明白，这是拿着竹竿子去捅蜂窝，搞不好要有大麻烦的。

小城虽小，但七弯八弄却多。再兼这地方历史上穷惯了，穷人们为了填饱肚子，就挖空了心思变着法儿，把各种东西都弄成好吃的，是以一代代下来，本土小吃五花八门，再加上外来的奶茶、煎饼、瘦肉丸，一样小吃就是一个摊子，星星点点分布在各大人流大的路口，喂饱了一个个不同的胃。那一个个不同的胃，又掏出钱来，反过来喂养着真穷人和假穷人。

陈军海很清楚，并不是所有摆摊的都是穷兮兮的。他们中当然有不少是在乡下混不下去的农民，进城来摆摊，指着那几个小零钱，好把日子一直过下去的。但也有不少，那是在装穷，别看人家卖个饼三块五块的，家里房子好几套呢。

但不管是真穷人，还是假穷人，要他们就此收了摊、改了行，却也是没那么容易。更何况，现在的摊贩都厉害得很，一不能打二不能骂。你跟他说道理，他说得比你还溜。你说不过，恼了骂一句。你骂吧，他手机对着你拍呢，他给你放网上去，搞不好你就上了网，成众矢之的了。

事到临头才知难。陈军海领了"净城行动"的任务，一个劲儿在那弄自己片区的实施方案，脸上笑眯眯，心里却在骂街。独自做方案，好比独自吃苍蝇，个中滋味自己心里清楚。

陈军海敲了一会儿键盘，抬头看了一眼白老头。白老头也在看他，白老头看了一会儿，就说："你们忙，我先走了。"

他走到门口，又回头，对陈军海说："小陈，下班了到我家来，有事跟你说。"说完这话，老头走了两步，又说，"自己过来，别让我再跑。"哦，原来是叫吃饭。

说完这话，白老头方才背着手，踢踏踢踏穿过走廊，下了楼梯。这老头在这坐了半天，就为叫他下班去吃饭，他宝葫芦里卖的什么药呢？陈军海实在难猜透。

"海哥，我觉得这是个鸿门宴。"一个小年轻说。

几个人七嘴八舌，一致认为饭无好饭，这老头是个难缠货色。

"实在不行，我们组个队一起去，吃他的喝他的。"有个家伙说，"被他吃了这么多茶叶，是时候吃回来了。"

玩笑归玩笑。这一趟还得走，老头把话说了。"别让我再跑。"以这老头的偏执性格，若是陈军海不去，他还会继续来办公室坐着，直到陈军海去了为止。

那就去吧。还有什么好说呢？

下了班，陈军海在小卖部拿了两瓶二锅头，又在熟食店抓了一点熟食，就去了白老头的家。

白老头住在城郊村，独门独院，自在得很。院门里没有多少花草，只种着四五垄蔬菜，一律都是绿得发黑，显见土地被调教得极肥沃。对白老头家的格局，陈军海一点也不陌生，好多次老头在办公室耗到他们下班，又死皮赖脸地叫陈军海送他回家。陈军海只好开着小电驴，把他送回家。作为答谢，有时老头还会随手摘点蔬菜给陈军海。不过时候不多，这老头抠门得很，不舍得送人家菜，只喜欢拿到老鹤街去卖。

老头要在老鹤街卖菜，城管偏不让卖。这时候就只好公事公办了。陈军海有时开着城管车，从老鹤街南边开到北边。小贩们就赶紧一边骂着，一边收了摊。白老头毕竟上了年纪，没那么机灵，有时候动作慢，给陈军海他们逮着了。大伙就只好收了他的菜篮子和秤。

白老头这时候会作势抢一下，但无疑地会以失败告终。他只好嘴里骂着城管，眼里看着城管车越开越远。开远了，老头找个地方，歇一口气，就该上陈军海办公室了。

陈军海送白老头回家时，也会苦口婆心叫他不要再乱摆摊。白老头口口声声答应得好，恨不得当场就拿锄头把菜地翻了，种上各种好看的花。但老头仅限于口头的把戏，演完了就完了，时间一到，他准会出现在老鹤街上，摆出可怜兮兮的样子，向过往路人售卖他的菜。

白老头约人到自己家里吃饭，却不做饭，像佛一样坐在厅堂里。白家妈妈乐呵呵，在厨房里煮东西。

“来了。”白老头说。

“来了。”陈军海说。他把熟食和二锅头放在桌子上。

“什么事啊，你说吧。”陈军海说。

“嘿！哪有什么事啊，就叫你过来吃个饭。犒劳下城管同志。”白老头说。到了家，白老头就像一个普通老头了，所有的可怜和固执，都像锄头一样放在了门外。

嘴上客气归客气，不一会儿，白老头还真曲曲折折说到了一件事。这事完全出乎陈军海的意料：原来这老头还想资助一个大学生哩！

白老头有一个女儿、一个儿子，女儿嫁到外地，儿子在市里的一个部门工作。老头整天穿旧衣提破篮，在老鹤街装穷卖菜，但陈军海知道的，这老头手里还真不差十几二十万的。

宽裕归宽裕，也还不至于到资助大学生的分上吧？陈军海就说：“资助什么啊？你那几个铜板，还是留着自己花吧。算我求你了，别整天上街卖菜，影响市容市貌。城管同志也不容易啊，能不能别为难我们了？”

“你这话说的。我怎么为难你们了？”白老头不乐意了，“我在你办公室吵闹过吗？我让你们还我东西了吗？”

天地良心。你倒是没闹过没要求过，但你老在那坐着，一天到晚盯着我们看，我们还要不要正常工作了？陈军海想归想，口中只好说：“那倒没有，你毕竟是市领导他爸嘛。那种撒泼的事做不来的。”

“你们这些坏东西。口口声声市领导他爸，没收我东西的时候怎么不想下市领导呢？”白老头说，“好了，别扯我家白苇了。他就一小喽啰，哪天真当上市领导了，我就真不卖菜，跟着享福去了。”

说着话，就说到白老头的儿子白苇身上去了。陈军海与白苇倒是见过几面，有时到市里开会，偶尔会碰到白苇。这家伙长得白白胖胖，架着一副银边眼睛，一见陈军海，就打趣说“父母官”来了，言谈间会说到白老头。对自家老爸一把年纪，还喜欢上街卖菜这件事，白苇也曾劝说过，但劝说终究归了无效，只好叫陈军海多关照。

“等下一起晚饭。”白苇总是说。

陈军海就说会议发了自助餐券，不吃白不吃，吃完要早回县里。

“那么下回吧，下回来了一定找我。”白苇说。

话虽如此，白苇却没一次真请了客的。陈军海听人说的，白苇家里那位，抠门得很。不用说拿钱出来请人了，就是白老头夫妻两个上门，也都是冷眼冷语的，肉也不弄一点，光给他们吃黄瓜丝、炒木耳、番茄鸡蛋、紫菜汤。白老头吃了几回，嘴里淡出鸟来，干脆懒得去了。

这传言在白家妈妈那里得到了证实。

“我老头子爱吃猪脚，去了白苇那里，不要说猪脚，连一块肥肉都没有。有次他身子不舒服，去市里检查。查完了他在白苇家住着，住了几天都没吃到肉，就叫白苇去弄点肉吃。这话被他老婆听去了，就不高兴了，说老年人要吃清淡，还冲着白苇发了一通牢骚。我老头一听不好，赶忙跑回来了。”白老妈说。

“说这屁话！”白老头说，“我们现在也挺好，不去就不去吧。只要白苇他们自己过得好，我是不在乎的。我在这里，种种地，卖卖菜，还乐得逍遥呢。”

“那倒也是。”陈军海说，“你们两老有房有地，手里还有几个零钱，比我们可舒服太多了。”

陈军海想到了自己的种种不易。白老头的卖菜逍遥，正是他这个城管的苦啊。清理摊贩的事儿如一块铅一样压在他的心头，让他感觉到沉甸甸的，面对一桌子吃的，却没了品尝的心思。下午就该发清理通告了，这通告一发，他的麻烦日子就真的来了。

耳边听到白老头说：“小陈，我觉得你这人不错，你帮我找找，找个大学生，第一要品行好，第二要学习好，第三要真困难。我每年帮助一点，送他读完四年大学。”

看来老两口是已经商定好，下了决心要做这件事了。陈军海只好问：“白苇知道吗？”

“不让他知道才找你啊。”白老头说。

“那这事就不好办。”陈军海说，“你们这样做，要是他知道了，以后要找我麻烦的。”

“这倒不会。”白老头说，“我以前探过他口风，他自己是愿意的。他跟我说，爸爸，你觉得高兴你就去做吧，你不要跟我们说，跟我们说了就做不成了。”

“白苇是个孝顺的孩子。”白家妈妈说。

“你儿媳妇也不坏的。”白老头补充说。

“那好吧，我帮你找找。”陈军海答应了白老头。从白老头的说法里，他知道了白苇的心思。从心底里，陈军海倒也是很乐意去做这件事。其实白老头一说助学，陈军海马上就想到了一个人选。不过他现在还不能马上就说。

从白老头那里出来后，陈军海看了时间，离上班还早，他就到了老鹤街北边的巷子口。那是一个公厕，公厕门前有一块空地，空地上有个摊子，摊子卖的是瘦肉丸。摊以人名，就叫王六顺瘦肉丸。

陈军海这时候穿着城管服，还没走到摊子跟前，王六顺就自己说：“马上走！马上走！”仿佛慢了半拍，就会被陈军海掀翻了摊子似的。陈军海把这一切，理解为一种态度、一种示好，对于这种顺从，他既高兴又难过。

王六顺一面收摊，一面向他打听消息：“以后真不让摆了？”

陈军海给了他肯定的回答。王六顺就呆呆站在那里，老鹤街传这消息好一阵子了，到这时候已经板上钉钉。

“就是刮一阵风。过段时间就没事了。”老鹤街上的摊贩们用类似的话，彼此相互支撑着。但大家心里都清楚，风刮着刮着，有人就不见了。过去小城也刮过几阵大风，随着风倒霉的，是摆摊的、踩黄包车的、搭窝棚的，脆弱一点的，风过后就不知道哪去了。有顽强且又有点曲曲折折关系的，等风静止了，就重新出来，且比先前赚得更多，乃至于发了家买了好几套房子的。这是题外话了。

陈军海就把白老头托他的事说了。王六顺虽名字起得顺，日子却过得坎坷。自己没什么能耐，干不动力气活，只好凭着一点不怎么样的手艺，摆摊卖点瘦肉丸。过去还好说，现在街面上开了好些瘦肉丸店，又干净又丰富，再加上他还要拿一半力气来应付城管，自然就越发没了生意。

屋漏偏逢连夜雨。没了生意倒还罢了，偏偏老婆得了尿毒症，老爸中风在床，连带着老娘八十多岁的人，还得披挂上阵，在街上捡废纸。所幸王六顺有个儿子，乖巧又懂事，读到了高三，高考放下榜来，全年级第七，上个不错的大学没问题了。所愁苦者，唯生活费而已。

听陈军海有意搭个线，让白老头来资助儿子，王六顺眼泪差点掉下来。在得知白老头竟是也是个卖菜人后，王六顺更为老头的善行义举而感动。不过，陈军海还是说了，一切要等白老点头了才定。

“没问题的，你放心。我儿子很努力，成绩肯定没问题。”王六顺说。他好像看见了很大的希望，蹬着车咯吱咯吱远去了。从另一边走来王家奶奶，伛偻着腰，拿着钩子从垃圾桶里翻捡纸片。

陈军海骑上了自己的小电驴，从王家奶奶身后开过去。小贩三三两两在老鹤街边上坐着。反正不是上班时间，陈军海也懒得理他们。

对即将到来的“净城行动”，陈军海既不热衷，也不排斥，麻烦来了，接着就是了。人总归是躲不开麻烦的，要么你把麻烦解决了，要么麻烦把你解决了。

他私下倒也佩服白老头，遇到麻烦，老头就耗着。耗着耗着，麻烦就解决了。相比之下，自家老爸就没这耐性，以前摆摊的时候，被城管抢了东西，就跟城管闹，结果往往就吃了亏。

那时候，一家人仓皇离了村，一头扎入小城中。老爸和老妈就凭借着一辆三轮自行车，一面和城管打游击战，一面卖粽子，用卖粽子的钱送他上了初中、高中和大学。那会儿，一家子人都恨极了城管，没想到后来陈军海偏当上了城管。

怎么说呢？一对东躲西藏的小贩，培养出了一个大学生，大学生又成了一个城管，一天到晚赶着小摊贩东躲西藏。想想这前前后后的因缘际会，陈军海有时候自己也会觉得荒唐。

但事已至此，却也只能硬着头皮干下去了。

好在现在老爸老妈转了行，开了家小店，麻烦事转了一手，不归城管，归市监、消防和税务管了。麻烦不在自己手里，这事就好办一点了。

下午果然就发了通告，让各摊点停止占道经营，统一到划设的经营点去。发了通告，陈军海被抓起来开了动员会。动员会结束，陈军海又抓着自己支队开了传达会，一个下午就这样没了。

回到家，妻子早通过手机看到了通告。妻子说："你们领导怎么想的？那些地方连鬼都没有？谁会跑那去买小吃？还美其名曰小吃城，骗鬼欧。"

现在的消息传得飞快，一个本地的公众号才将通告发出来，不一时，那通告下面就有了不少留言，意思也跟妻子说的差不多。当然，也有个别人混在其中，故意挑事的。

"你管他呢？他安排哪安排哪，跟我们有什么关系？"陈军海说，"我就等着期限一过，带着人收摊子。拿那几块死工资，操这么多心干吗？"

"这倒也是。"妻子说。陈军海顺口说了白老头相托之事，他说："我就操这点心就够了，要是这事真成了，王六顺一家子，多少会好过一点。"

妻子的脸一点点阴沉了下来。陈军海一开始还有点不明白，想了一会儿后，发现事情大了，自己家里，可还有一个高三毕业生呢。

果然，只听妻子说："你傻了吗？把好好的机会送给外人。你哥哥还在为你侄子发愁呢。"

妻子给他分析了。白老头为什么早不助学晚不助学，偏偏在这时候提出要助学呢？多半是知道他们接下去要赶摊贩，想要给他送点人情，好让他手下留情呢。妻子还分析了，这肯定是他那个在市里的儿子指点的，人家在市里混的，看得远着呢。

为着妻子这毫无根据的分析，陈军海又好气又好笑。自己一个小小支队长，在赶摊贩这事上，毫无话语权，人家凭什么给自己一个人情呢？再说，就老头那菜摊，得卖个八百年才能攒齐资助的钱吧。

“不行，你得把王六顺那里回掉，把这机会给你侄子。”妻子说。

“我倒也是想给他啊，关键是他成绩实在太差了。”陈军海说。白老头说的品行好、成绩好、家境困难，侄子倒是能够算上家境困难，但成绩实在是相差太远了，眼下成绩刚出，连能不能上线都难说。

“那你就不管了？”妻子说。

“我管什么？他毕业了，去学技术挺好的，没必要非往大学里挤。他就不是那块料。”陈军海说。

“你这话也就在家里说说，要是被你爸和你嫂子听了去，我看你怎么办？”妻子说。

“你不说我不说，谁会知道。”陈军海说。他也有点后悔说了这实话。

“呵呵，亏你还是当城管的。我敢打赌，等王六顺拿到资助，不出几天，你爸就知道是你干的好事了。”妻子说。她这么说，倒也并非不可能。毕竟，老爸老妈当了那么多年小贩，消息还是很灵通的，谁家的小孩上了大学谁家的小孩考了公务员谁家的小孩又娶了谁家的小孩，他们就在店里住着，老有朋友上门聊起来。

若是王六顺家的小孩上了一个好大学，毫无疑问，这小孩会成为小贩们给自己小孩树立的榜样——就像当年陈军海一口气上了大学，被周边小贩念叨了很多年一样。毫无疑问，在这种情况下，王六顺家的小孩受了资助、受谁资助，又是谁在牵线搭桥，都会一点点传到老爸老妈耳中去。

这么一想，陈军海觉得头都大了。一时考虑不周，后患无穷。

“要你掏钱给你哥，我们当然掏不出来。但你只要多说几句，就有人会掏钱，资助你侄子上大学也好，送他学技术也好，总归也是帮了你哥一把。你别忘了，我们买房的时候，你哥没钱归没钱，也还是凑了几千的。你倒好，直接就把机会给外人了。你自己想想，你哥嫂会怎么想，你爸妈会怎么想？”妻子一生气，说话就快，陈军海只觉得字字句句像机关枪一样噼里啪啦扫射过来。

“我想想吧。”陈军海最后说。事情到这里，就变得难办起来了。

陈军海倒不认为白老头会为几句话而改变主意。但麻烦也在这儿，眼下不光妻子认为白老头会改变主意，就是老爸老妈也这样觉得。他们一致认为，这种机会还是应该去向白老头争取的。

“给谁不是给呢？”老妈说。她碎碎叨叨地回忆起那些年，在小城里被城管赶来赶去的日子。

“好不容易你出息了，就不管你哥哥了吗？”老妈说。她背过身去，是在抹眼泪吗？

哥哥与嫂子倒是没有出面，但看得出来，老妈的意思就是哥嫂的意思。

陈军海看着妻子。她泄了密，现在却像没事人一样置身事外。老爸一句话也不说，房间里充满了一种严肃的气场。

“不管怎么样，你好歹帮你侄子也提一句。万一成了呢？”老妈说，“你是知道的，你哥没读过什么书，一年赚下来，也没几块钱。”

陈军海只好答应了老妈。老妈立刻就高兴了，好像陈军海一答应，白老头就会把钱给他大孙子一样。

等爸妈一走，妻子就靠过来，说：“生气了？”

陈军海说：“哪敢？”

妻子说：“你傻啊，知道我为什么叫爸妈知道吗？”

陈军海说：“吃了空。”他站起身来，准备去洗个澡，这几日天天跟小贩斗法，累得浑身骨头都痛了，妻子还没事找事，这让陈军海感觉到身心俱疲。

“坐下。”妻子把陈军海拉住。

“不管成不成，你都得有个态度啊。”妻子说，“我也知道这事太难，但你不表个态，以后怎么面对你哥嫂。我还跟你说了，我就是故意拉上你爸妈，要他们知道，你也是关心过你侄子的。”

妻子俨然是一个女“诸葛”。陈军海听着还觉得有点道理，又觉着自己有点惭愧，亏自己在机关单位混了这么多年，还不如妻子想得深远。

这种自惭形秽让他有点坐立不安。

“你想过没有，以后你怎么在你村里立足？”妻子问。

陈军海看着妻子，他觉得妻子这问题问得古怪。还能怎么立足呢？他自从进了单位，在村里就没资格享有土地了。换言之，他的农民兄弟们不再承认他是一个农民了。受他影响，他的儿子、他的孙子也将不再享有土地。这种迥异于祖辈的身份，将从他开始。在农村，将没有他这么一号人了。

都没这么号人了，还立足什么呢？陈军海想。

“你还是要和你哥哥在一起。”妻子说了一句，她没有直接回答该怎么立足的问题。

这个人，怎么会想这些事呢？陈军海第一次，像看着陌生人一样看着妻子。他觉得妻子不应该会想到这些问题，但妻子偏偏就想到了。他这时候觉得妻子没被提拔当领导真是有点可惜了。

白老头有几天没来办公室坐了，他那秤和篮子孤零零放在办公室一角，篮中菜叶已经快干枯了。如果不是担心着白老头有一天会突然找上门来，这样一个碍手碍脚的物件，早被清理掉了。

但白老头一直没有来，有人等不住了。有一天，那个没收了白老头东西的城管，先向大家提了疑问：“你们说，白老头这次怎么不来了？”

“秤是你没收的，你自己说怎么不来啊。”一个城管说，“哎，你是不是什么地方得罪他了？”

“可能是东西被你没收，一气之下生病了。我看，你要买个果篮，上门去看看。”有人逗他。

大家有一句没一句分析着白老头没来的原因。习惯了一收秤老头就上门坐着，这回他没来，大伙儿还真有点不习惯。

“净城行动”开始后，凡是没按规定搬走的小贩，其经营工具会被城管收走，一律送到一个集中处理点，用挖掘机直接捣毁。白老头那天跑得慢，又被抓住了。抓住他的那位城管队员，留了个手，把他那篮子和秤带回办公室来了。哪想，这回，白老头倒是沉住气了，一直不来。

他不来，他那篮子和秤，就只好一直在办公室角落放着。可白老头老是不来，这怎么行呢？有人提议陈军海去探听一下，看看老头为什么不来。原来小伙子们和老头之间，已经在不知觉间达成了一种默契。没收东西和讨还东西，仿佛是一个游戏。

陈军海想着也该给白老头一个回话了，吃完晚饭就往老头家里去。

天还没全暗下来，陈军海远远就看见白老头蹲在菜地里。他悬着的心放下了一半，看来老头没出什么事。

陈军海走近，看白老头在那给茄子捉虫呢。他也没声张，就在边上站着。老头捉了一会儿虫，才感觉到有人站着，他直起身来，直骂陈军海这个王八蛋，鬼鬼祟祟不是什么好东西。

陈军海说老头的茄子种得好，不像自己，从老鹤街小摊买了几根苗，种在阳台花盆里，却只开花不结果。陈军海一开始还以为是自己施肥不够，又追了肥，但那茄子还是不结果。他后来问了懂行的人，人家告诉他，这是秧苗的问题。

白老头说这是报应，陈军海整天狗一样到处赶人，小摊才把假茄苗卖他。陈军海说正是有了这些坏摊贩，又卖假又占道，他们才整天赶人。

两人各有道理，一时也谁也说不过谁。老头就说："这几天有点感冒，没过来要东西，你们要帮我保存好了。等过两天，我还要去讨回来。"

“你就不能停一段时间？”陈军海说。他说，这段时间正在严打乱摆摊，老头若再乱摆，指不定哪天他那破秤破篮子，就真被收到销毁点集中捣毁了。

“我又不怕。那东西又不值几个钱，你们弄掉了我再买过。反正这摊我是摆定了。”白老头说。

对这样的顽固分子，陈军海觉得自己幸亏有鼻孔出气，不然非被他气死不可。

“你帮我把人找来没啊？”老头问。

“你要求有点高啊，能不能降降？”陈军海试着探白老头的口风，说，“现在，家里穷，成绩又好的孩子不多见了。”

他给白老头分析原因。一来是有点钱人家的孩子，会有各种补习班，这就比穷孩子有优势；二来是穷孩子没机会上补习班，还得帮忙家里解决麻烦，用在学习上的精力就少了。

“再一个，家教也是问题啊。穷人家生活都困难了，哪还有多余的精力去顾孩子的学习呢？”陈军海说。他想起自己小时候，父母整天在外面卖粽子、躲城管，找各种关系从城管手里赎回粽子车，哪有时间和能耐去指导他学习的事呢？

“我就不。”白老头说，“我以前也穷啊，越穷我就越要白苇读书。白苇那时候也懒啊，小孩子嘛，都想着玩。我就给他吃‘竹枝面’，只要考差了，拉过来就是一顿‘竹枝面’。我不打要害，就打屁股和大腿，那地方肉多，只会痛不会伤到筋骨。白苇就边哭边写作业。没想到吧，我这个老农民，用‘竹枝面’打出了个大学生。”

陈军海想到白苇，他身子微胖、鼻梁架着厚厚的眼镜，莫名就觉得有些心酸。

白老头说：“我爷爷是种地的，我爸爸是种地的，我也是种地的。我们祖祖辈辈都种地，到了我儿子，不种地了，改吃公家饭了。我想想，这当然好啊，开始那几年，我高兴地常常梦里笑醒。”

“是。挺不容易的，这真是一件高兴的事情。”陈军海说。

白老头忽然又说：“可我心里怎么这么不踏实呢？就这样，以后我的孙子、孙子的儿子、孙子的孙子，都没了一块田地，他们要是找不到饭吃，可怎么办呢？”

陈军海心里咯噔了一下。这不正是自己想过的事吗？

“我就想啊，我要多修一点福。我用‘竹枝面’打出来一个大学生，还要用钞票也送一个大学生。”白老头说。

陈军海欲言又止，终究还是没把自己侄子的事说出口。他告诉白老头，自己找了一个好孩子，是老鹤街上王六顺家的孩子。

白老头说：“好，好，那孩子我以前听人说过，是个好孩子。”

怎么好呢？白老头说了个听来的例子，这小孩家里穷，没穿过什么好衣服。有回学校组织外出搞活动，一人发了一件白色的短袖衫，后背印着字。别人都是穿了就扔了，这小孩就捡了好几件，自己用颜料把短袖衫上的字全涂了，又找人帮他画上画，一下就设计出了三四件白短袖，高高兴兴地穿了好几个夏天。

陈军海听了这故事，心下感动极了。这倒是件新鲜事，之前却没听王六顺提起过。他想起小时候，老爸叫他好好读书，老爸总说：“读书就可以做官，做官就是穿白衬衫、穿黑皮鞋，坐在办公室里，看看报纸喝喝茶，一滴汗也不用流，一滴雨也不用淋。”老爸描述的时候神色透着羡慕，好像那就是他曾经经历过的生活似的。

陈军海从白老头家出来。外面起了灯，万家忧乐到心头，他忽然想起昆剧《白罗衫》中的戏词。剧中，徐继祖做了八府巡按，重审旧案，却把自己审成了水盗之子。水盗徐能放下了，他说着气话："要你读书，盼你做官，倒不如还是要你做个强盗的好！"

陈军海唱不来戏，就用流行歌曲的调子自己哼着。他哼着，就原谅了所有的一切。

刺猬

你可以不喜欢，但你得学着接受。

这就是生活。

那天大概是七月十几吧。月光清亮亮的。小公园里没有多少人。有一个大男孩和一个大女孩，男的大概二十五六多，女的大概二十一二。他们在公园弯弯曲曲的小路上走着。男孩在前头，女孩在后头，他们一直走着，谁也没有说一句话。

忽然，女孩停了下来。她说："你听，什么声音？"

男孩听了一会儿，什么也没有听到。他们就往前走去。又过了一会儿，女孩又停了下来，把手里的包递给了男孩，自己往回走了几步。

声音来自小灌木丛。这是一种细碎的沙沙声。

男孩说："我们走吧，可能是一只猫或一条狗。"这地方常有野猫野狗出没。

女孩没有听他的，小心地分开小灌木丛。借着月光，他们看见了那小东西。

"刺猬。"女孩说，"陈迪，你看，是一只刺猬！"

他们挨近那缩成一团的小东西，小东西的鼻尖湿漉漉的，像是刚刚沾染上了露水，一双亮晶晶的小眼睛，一动不动地看着男孩和女孩。

女孩执意要把小东西带回家。男孩只好把它关在一只半透明的、淡蓝色的小塑料桶里。

"小心，别闷坏它。"女孩说。她看到他把盖子的缝隙弄大了一些，又担心起来，说："缝隙不要太大，它要跑掉。"

她自己动手，为小东西留了一个她认为合适的缝隙。又把一本厚厚的字典压在了盖子上，好让盖子能盖得结实。

“明天，我们去买一个笼子。”做完这一切后，女孩对陈迪说。

陈迪答应了她。有了笼子，就要一个喂食的碟子，一些小坚果，还有别的一些适合它吃的食物。这突然降临的小东西，好像在他们寡淡的日子里撒下了一把盐，让女孩感觉到了一点别的滋味。她逗着它，嘴里说个不停。

她忽然停住了。

陈迪靠在沙发上。这是一把表皮脱落的旧沙发。他们花了四十元，在城南边的旧货市场买了它。那段时间，他们刚租下这套房子，生活一度很拮据。

房间里一时安静极了。

“我们明天就去买笼子。”陈迪说。看得出来，陈迪想找点什么话说，好打破这让人胸闷的安静。

“要是我们能小心一点就好了。”女孩说。

“不要说了。”陈迪说。

“如果我们能小心一点，现在，宝宝该满月了。”女孩说。

“不要说了。”陈迪说，“明天我们就去买一个笼子。”

“你不喜欢它，我看出来了，你根本不想买。”女孩说。

“我没有。”陈迪说，“我想起了一个故事。”

女孩用一根细细的线逗着刺猬。她说:“你讲吧，我在听。”

陈迪没有马上讲，他给自己倒了水。还是靠在旧沙发上，他开始讲那个故事。

“很久以前，有个人在挖土的时候，抓到了一只刺猬。他没有见过刺猬，他觉得那一定是一只珍奇的小兽，就想把它献给皇帝。”

“然后呢？”女孩问。

“别急。”陈迪说。

“在路上的时候，那个人遇到了两个童子。那童子，嗯，大概是白白胖胖那种吧。”陈迪说，“童子见到刺猬，就拍手说，活该啊活该，你在地下残害死人，现在被活人给捉了。那人就问，兄弟兄弟，你这话什么意思？童子说，这东西叫刺猬，最喜欢在地底下吃死人脑子，吸人精气，所以会变。”

“别讲了。”女孩打断了陈迪。她说：“这个故事一点也不好玩，我不喜欢这样的故事。”

“别急，后面还有呢。”陈迪说，“后面的有意思。故事嘛，总得一点点讲啊。我还没讲到后面呢，你就着急了。”

“那赶紧讲吧。”女孩说，“不过最好别说死人，挺恐怖的。你知道的，我不喜欢恐怖的故事。”

“童子说，所以你一定要用手死死抓住它，不然这东西就跑了。这时候，刺猬说话了。刺猬说，他们两个其实是两只野鸡精，你快抓住他们，抓住雄的你能成王，抓住雌的你能称霸。男人一听，心动了。马上扔了刺猬去抓童子。但童子的反应很快，他们突然变成两只色彩斑斓的野鸡，呼啦啦飞走了。那人抓不到野鸡，只好回头去找刺猬。这时候，刺猬却不见了。”

“你想说什么？”女孩说。

陈迪说：“没有，就是突然想到了。”

“你是故意说的。”女孩说，“你在说我们的孩子。是啊，呼啦啦飞走了。”

女孩说着，眼睛红了。她从口袋里拿出面巾纸，但泪水越涌越多，很快她就低声啜泣起来。

“好了好了，算我说错了好吗？”陈迪说。他解释说，他只是想起了刺猬的故事，真不是故意说那件事的。

对那件事，他们曾小心翼翼地不去提它。但它总像一根刺一样，时不时出来，刺一下两个人，让他们的日子多了一层薄薄的伤感。怎么说呢？要是那天，拖地的是他而不是她，那件事也许就不会发生了。

女孩挺着渐渐隆起的肚子，说地上脏兮兮的，叫他弄一点水拖一下。他说地太滑，还是不要拖的好。她就自己去提了浸水的拖把。

地是那样光滑，她还穿着拖鞋呢。

“已经过去了，不要再想了好吗？”陈迪说，“我们还年轻，我们还会有宝宝的。”

陈迪告诉她，他又给未来宝宝取了一个好听的小名。那些他们准备起来的小衣服小鞋子，等将来新宝宝出生了，还可以派上用场。

“明天，我就去买一个笼子。”陈迪说，“我们好好养刺猬，等以后有了宝宝，就当送他的小宠物。”

他知道，这是安慰她的好办法。果然，女孩慢慢止住了眼泪。她往桶里放了一点菜叶。小东西用鼻尖小心地嗅探着，男孩拉了女孩，他们躲到了远处。

房间里安静了下来。女孩开了窗，晚风荡漾着，更多的月光倾泻进来。

“苏苏昨天打过电话。”女孩说。

“哦。”陈迪说，“她有事吗？”

“她约我周末一起晚饭，然后一起去爬白云山。”女孩说。她停了一会儿，又说：“苏苏很想去海南呢，她约了我，我们准备过段时间就去。”

“好啊。”陈迪说，“不过，我不太喜欢她。”

“你说过的。”女孩说。

“我的意思是，最好，最好不要和她混在一起。”陈迪说。

女孩看了陈迪一眼。长久的沉默。刺猬在塑料桶里发出沙沙的声响。

陈迪讨了个没趣，就靠在沙发上打盹。

“你可以先去睡的。”女孩说。陈迪就去洗脸、刷牙、洗脚，然后他换上了一件米色的、女孩帮忙挑的睡衣，蹲在塑料桶前看刺猬。

如果没有那件事。现在，陈迪就是个年轻的爸爸了，他将蹲在婴儿床边，凝视着宝宝胖嘟嘟的小脸。宝宝柔软的囟门，将随着短而不规则的呼吸，轻轻地颤动着。陈迪是个年轻的爸爸了，这多么好。

女孩靠在窗边打电话。她拉了玻璃门。阳台和客厅就成了两个独立的世界。隔着玻璃门，他看到她打电话时用脚在蹭那个花盆。她一直在蹭，一下，又一下，又一下，没完没了。

花盆里没有活的花。那里原来有一株兰花。刚搬进来的时候，他们买了它。但它现在已经干枯了。

回到客厅后，她兴致好了许多。

“谁？”陈迪问。

“苏苏。”女孩说，“我跟她说，我们抓到了一只刺猬。”

“一只善于变化的刺猬。”陈迪说，“你不觉得苏苏也很善变吗？”

“但是这很好啊。很会打扮。”女孩说。

“我指的不是这个。”陈迪说。他想解释自己的意思，但他一时半会想不到合适的词。隔了一会儿，他说：“其实，刺猬的故事还有新的讲法。”

“别讲了。狗嘴里吐不出象牙。”女孩说。

但女孩还是默许他讲了。陈迪讲。

“那人听了童子的话，牢牢抓住了刺猬。他一直走，一直走，翻过一道道山，刺猬扎得他手心生疼，但他不敢松手，也不敢合眼。过了好多天，他到了京城，进了金銮宝殿，把刺猬交给了皇帝。这时候，刺猬和他的手黏在了一起。皇帝花了好大的力气，才把刺猬从他的手心取下来。于是，趁着他就松开手，刺猬化作一道青烟，跑了。”

“我今天是怎么了？”陈迪说，“你别不开心，我今天不知道怎么了。”

他为自己又讲错了话，恨不得抽自己一个巴掌。这欲抽未抽的神态逗乐了女孩，让她暂时忘记了追究陈迪说错话的事，也暂时忘记了那个消失了的刺猬，还有他们消失了的宝宝。

“这人真笨。”女孩说。停了一会儿，她说：“你说我周末是穿粉色那件衣服还是穿蓝色那件？”

“都好。”陈迪说。

“我就知道。”女孩说，“我还是穿白色那件吧。”

她回到房间，找出那件白色的、胸前有一只猫的短袖。这是两个月前他们在步行街买的，为这一件衣服，他们还闹了一点小分歧。不过最后女孩还是买了它。

她穿上它，在镜子前看来看去，好像马上就会去赴约似的。

陈迪斜坐在沙发上，打着哈欠。

“你可以先去睡的。”女孩说。这是她第二次说了。

“我们不能这样了。我们手里的钱不多了。”陈迪说，“我们要换一间小一点的、便宜一点的房子。”

“可是，我们找不到比这更实惠的房子了。它这么大，又亮。当然……”她说，“当然，价格是贵了点。但是，现在不都是这么贵吗？到处都一样。”

陈迪想起上次看到的，一间带阁楼的房子。楼下是一个单间，楼上是一个阁楼，阁楼可以当一个书房，价格也便宜，但女孩喜欢又大又亮的套房。

陈迪由着她，咬咬牙租了这一套房子。现在，他感觉到这套房子，正在吸干他们的那一点积蓄。

“我知道，你就是不喜欢我和苏苏出去旅游。”女孩说。

“我就是想出去透透气，不可以吗？陈迪，你答应过的。”女孩说。她用挑衅的目光看着他。

陈迪只好说了实话。

“本来我以为这个月，我会得到那笔提成的。”男孩说，“但是，现在，没戏了。”

夜已经很深了。窗外的桑树发出沙沙的声响。桑树底下，有猫的叫声。陈迪翻了一个身，又睡着了。女孩听了一会儿，猫叫声一点点远去。

春天将尽时，桑树上满是熟透了的桑葚。女孩摘那桑葚，做了一瓶子的桑葚酒。这会儿，在柜子的角落里，那瓶暗红色的桑葚酒，正独自酝酿着幽微而隐秘的往事。

她自己下了床。从柜子的角落里翻出桑葚酒。她给自己倒了一些。味道还不错。她把剩下的盖好盖子，她想苏苏一定会喜欢。她拿出手机，拍了桑葚酒传给苏苏。苏苏很快回了一个馋的表情。

“睡不着。”她回。

“吁嗟鸠兮，无食桑葚。”苏苏回。她知道苏苏在揶揄她。

这是《诗经》里的句子。古人说，斑鸠不可贪吃桑葚，美女不可贪图男色，果然很有道理。那时候，女孩、陈迪、苏苏一起在一个叫“诗和远方”的微信群里认识。他们在群里聊天、相互调侃，有时也弄点文绉绉的古风诗句。算来不过两三年前，现在那群已经荒废得不成样子了。这事想起来就跟很多年前发生似的。

“算了，不和你说这个。”她回。

她等了好一会儿，苏苏没有再回她。

“周末，我带他一起来。行么？”又隔了一会儿，她发给苏苏。

“随便你咯。”苏苏回。

“你怎么没睡？”陈迪醒了，开了灯。

“没有，我想起了春天做的桑葚酒。”女孩说。

陈迪漱了口，但没有倒桑葚酒——她一度以为他至少会倒上一点。他给自己倒了凉白开。他又坐在那张表皮脱落的沙发上了。他总是坐在那儿。

“苏苏说，请你也过去。”女孩说。

“哦。好啊。”陈迪说。

“你到底有没有听我说？”女孩问。

“有啊。”陈迪说。

“那我说什么了？”女孩说。

“嗯，你说什么了？”陈迪说。

“算了。当我没说。”女孩说。

“我只是有点困，让我缓一会儿，就清醒了。”陈迪说。

她洗了自己的杯子，进了房间，关上门。陈迪听到，她从里面锁了门。

陈迪坐了一会儿。关了灯，他努力让自己团成一团，好适应躺在沙发上。过了一会儿，他听到沙发不远处的塑料桶里传来沙沙声。大概是因为关了灯，刺猬感觉到安全，开始活动了。他团了一会儿，换了个姿势，将双腿伸开，架在另一张椅子上，仰面躺着。这让他暂时舒服了一些，让他有余闲体味沙发上传来的味道。

沙发上有一股子陈旧的酸涩的味道。这味道很不好闻。他开始有点不喜欢这把沙发了，而那时候，他对自己低价买的这条二手沙发还是很满意的。

“其实，宝宝没了也不是坏事。我们现在一点钱也没有。我们该怎么办呢？”陈迪说。

女孩没有声响。不知道隔着卫生间门，她有没有听到。

陈迪还有比提成没了更坏的消息，不过他没打算告诉女孩。

他这样边躺着边七想八想，感觉到周围一切都安静下去了。这时候他听到开门声。

女孩在塑料桶边站了一会儿。

灯一下子亮了。陈迪一股脑坐了起来。

他听到她说：“刺猬呢？”

“刺猬不是在桶里吗？”陈迪说。

“没了。”女孩说。

他眼睛适应了突然而来的强光，看到了塑料桶。果然，塑料桶里什么也没有——除了一些被咬成碎片的菜叶。

“它不可能逃走的。”他说，“盖子盖得很好，没有人动过它。”

“是的，盖子盖得很好，但它不见了。”她说。

“它走不远，肯定就在这屋子里。”他说，“也许就在沙发底下，或者别的什么角落。”

陈迪搬开沙发，除了一枚硬币和一团她的头发外，没有发现别的什么东西。他们打开所有的灯，翻遍房间的每一个角落，没有一个角落有刺猬的影子。

“我们的刺猬不见了。”女孩蹲在塑料桶前。

“我说过，这东西会自己跑掉。”陈迪说。他把沙发移回到原地，说：“除了化作一缕青烟飘出来，别的，又有什么法子能出来呢？”

“我说过，这个故事我一点也不喜欢。”女孩说。

“你可以不喜欢，但你得学着接受。”陈迪说。他试图扶起女孩，但她拒绝了他。陈迪讪讪的，又补了一句，“这就是生活。”

算起来，这是好几个月前的事了。现在，男人一个人结清了房租、水电费、卫生费，一个人坐在空荡荡的客厅里。那把旧沙发沾满了灰尘，他试图卖了它，但搬动它的那一刻他放弃了。

所有的一切都打包好了。家当也并不多，只一点衣服，一包被褥，三袋杂物，两箱子书而已。窗外大雪纷扬。他没有再见过那只刺猬。

七月在野

世事逼人呀，

谁不是一边眷恋，一边假装忘记呢？

七月里桃桃总给我打电话。

她说："他又笨又固执，像一坨狗屎。他不肯挪个窝，屋子里又臭又暗。他整日整日待在床上，我真受不了他。他真的恶心死了。"

她说："真的，我真受不了他。总有一天我会被他气死。我真是作孽，上辈子杀人放火，这辈子摊这么个弟弟。他也没叫过一声姐姐。"

那时候我在空调房间里听她抱怨。七月的小城到处都是热浪。空调房外，消防车笛声由远而近。我走到窗子边上，没有看到消防车，只有一层层山横亘在远处。桃桃就在那里，在这小城边缘的山腰上，我想象她扶着一棵桃树给我打电话。

那个山腰上的村子到处都是树。梨树、桃树、板栗、杨梅、橘树、甜槠、苦槠、枫树、松树、杉树、柳树，漫山遍野，全放开了疯长。松鼠在甜槠树头跳来跳去，林子里充满刷啦啦的声响。

"楼下四个标间，楼上六个单间，门头种花，屋后有菜。冬天就吃萝卜和青菜。这地方离城说远不远，说近不近，一准儿有客人，上海的、杭州的、温州的，就喜欢这调调。"桃桃说。

我没想到桃桃真这么干了。那是五月，有一个下午她忽然跟我说，她要回村子里，整修房屋，开一家客栈。她问我客栈取个什么名好，我告诉她这事儿太难了，等她建成了我再帮她取也不迟。

我们又说了一些别的什么话。我以为她就说说，不想七月里她真这么干了。她指挥着装修工把家里拆得乱糟糟的，在地底下埋了管道，又在每一间客房里新辟了卫生间，安装了空调和电视。在她做这些事的时候，她那十七岁的傻子弟弟躲在自己的房间里，死死关着门，不让任何一个人靠近他的领地。

“真是受够他了。”她说，“他帮不上一点忙。他不肯挪出他的房间，有时候他把屎拉在每一间房间里。我要疯了。”

“我要疯了。”她一遍又一遍地说。通过电话，我听到她屋后林子里，知了没完没了地在疯叫。

她的客栈梦想，她的傻子弟弟，她的老屋改造，七月里我们聊的基本是这些。我想聊一点别的，哪怕是起一丁点话头也行，但桃桃从不提别的。

八月。八月里桃桃和她的傻子弟弟打了一架。

那天桃桃把弟弟骗出了房间，搬出了他的那些幼稚的玩具、破篮球、沾满灰尘的凉鞋。弟弟住的这一间在僻静处，虽然阴暗，但打个窗子，换上新木板墙壁，装好家具，就能成为一个好单间。

傻子在外面玩了一会儿知了就回家。他进了门，上了楼梯，在楼梯口站定，手里拿着长竹竿，头上全是汗水。他的宝贝被一样样丢出房间，木地板发出巨大的嘭嘭声。

他们就打了起来。

一个二十七岁的大姑娘，和一个十七岁的大孩子，在他们家的二楼，乒乒乓乓打了一架。过后，两个人各自在那里哭。

阳光从屋顶的缝隙倾泻而下，灰尘在一道道光柱里上下翻滚。

九月初，傻子把钥匙吞到了肚子里。

“他真吞下去了，那么大的钥匙。”桃桃说，“我们都吓坏了。”

“他想住那，你就让他住吧。”我说。

“一开始，我们都默认他住那了。反正，空着也是空着。”桃桃说，“他乐意住，那就住吧。”

傻子把他那些杂七杂八的东西，一件一件搬进了新装修好的屋子。他用一块脏兮兮的旧纸板，把窗子蒙上，整日整日待在屋子里，把臭烘烘的短袖扔满房间，在半夜像牛一样嚎叫。

“我知道不行了。他不能住那儿。你想想，哪个客人会住在一个傻子边上呢？”桃桃说。

桃桃准备把傻子搬到屋后的小房子里去。过去那里是猪圈，但现在已经整修好了，除却光线不足外，足以住人。

傻子把门看得死死的，在屋里时堵门，出去就锁门。

“有时他笨得要死，有时他又是个贼。”桃桃说，“我们有三把钥匙，全被他偷去了。他把钥匙像宝一样藏着。”

那天早上，桃爸一早在大堂守着。看桃桃弟弟出来，就向他拿钥匙。

“我爸跟他要。他不给。”桃桃说，“我爸就去拉他，想夺过来。他早防着我爸，一下子就冲了出去。十七岁，他都十七岁了。力气大得很，我爸都拦他不住。我爸就说，你去，你去我就把锁敲掉。”

“他就不说话了，站在那里。眼泪在眼眶里打转，又可气又可怜。我爸看看我，又看看他，不知道怎么好。我就跟我爸讲，去把锁敲掉，换一把好了。”桃桃说，“谁想到，他把钥匙放进了嘴里。”

“我就讲，有本事你吞下去啊。吞不下去我就给你塞下去。”桃桃说，“我也是被他气死了，才这么说。谁想他真吞了下去。”

我想象有一把冰凉的钥匙，划伤了我的喉咙，坠入我的胃里。这时我感到我的胃有一点隐隐约约的不舒服。

“他吞得真快。我和我爸都吓坏了。我站在那里，双腿都软了，在那里一直抖。我爸拉着他，掰开他的嘴，想让他吐出来。他吐了一地水，钥匙却没有出来。”桃桃说。桃桃又说了一些当时的情形，我一句也没有听进去。

我的脑海里只有一个少年。他眼眶里有眼泪在打转，却毅然地把钥匙吞进了肚子。

“说起来，我真该感谢那把钥匙。”桃桃说。

“别这样。他是你弟弟。”我说。从医院取出钥匙以后，桃桃弟弟大概感觉到大势已去，自己把东西搬到了后面，整天蜷缩在那里。

九月中旬来了第一批客人。桃桃自己取了一个客栈名字，做了牌子挂在外面，叫“桃木屋”。那段时间，朋友圈里到处都是桃木屋的照片。

我终归是靠不住的，我知道。我总是说，等以后怎么怎么，再怎么怎么。给桃木屋取名是这样，以前在北方，和桃桃相处也是这样。

“满城灯火。半轮明月。你若来，就住最僻静那间。”十月开始的时候，桃桃说，“我装修了一个小阁楼，一般不对外销售，到时候给你住。”

桃桃把阁楼的照片给我看。阁楼不大，但明亮、雅致，是宋式的风格。临窗的一张桌子上，放着一个土瓷瓶子，瓶中插着一束白芦苇。我一眼看出来，这只土瓷瓶子，是我们那一年去一个旧货市场，一起淘来的。我以为从北方溃逃后，这只瓶子已经被她丢弃了，没想到她还留着。

我们先后从北方溃逃回来后，桃桃好像大人大量，把以前我在北方开给她的所有空头支票，都一笔勾销了。

十月我在桃木屋。我住傻子那房间。203。

203。是的，没错。我进门前仔细看过。我对面是206，隔壁是205。有了编号，房间就有了秩序。

推开窗子，远处是云，云朵下是小城。如果我有一架望远镜，我可以一直看到小城里我屋子的阳台。

“满城灯火，半轮明月。”桃桃没有骗我。在桃木屋，的确可以见到这样的景象。

桃桃来过。她说：“这屋子，你是第一个客人。”

她没有提阁楼的事。我本来想问，但听她说第一个客人的事，也就把话咽下去了。

在沈阳，她在租住的那间单身公寓，也说过这样的话。不过她多半不记得了，她只是随意说了说，在房间里站了一会儿，就走了。

我打量四周，屋子里很干净。我试图找到傻子住过的痕迹，但所有的一切，都被抹除了。

“你弟弟不傻。”我说，“他的镜头感很强。”

有一阵子，傻子在门口劈松木段子。几个外地客人围着他拍照。

“帅哥，笑一个。”他们说。

“帅哥，把斧头举起来。”他们说。

傻子高兴的时候就根据他们说的，摆出一个个姿势；不高兴的时候就朝他们挥舞着斧头，口里啊啊叫着。他们拍了他。我看过那些照片，很不错。

“是。”她说，“他有时会正常。但只是有时。就像电路，有时通了就正常，不通就是个傻子。”

“我不指望他能帮我什么忙。”她说，“只要别添乱。等我赚了钱，就给他买个老婆。”

“他从没叫过我一声姐姐，但总归是我弟弟。”她说，“想想，有时觉得挺对不住他。他那么爱他那脏兮兮臭烘烘的屋子。如果，如果哪天我不在村子里，就随便他，随便他待在他那屋子里吧。可是我要赚钱啊，傻子也要娶老婆。”

她一直说着傻子。我们一起在小城上的高中，一起去沈阳上的大学，毕业谈了一场恋爱，决定要留在沈阳好好发展，没多久先后从沈阳溃败回小城。我们有那么多值得说的，但我们什么也没有说。

桃桃只说她的桃木屋和她的傻子弟弟。往事清零，爱恨随意？大概吧。对我这样的，终归靠不住的人，还有什么好说呢？

桃桃出门后，我看了一会儿电视。这时候我听到床底下有什么东西在活动，类似于一只蟑螂或飞蛾。

我拍了一下床，那声响就停止住了。隔了一会儿，那东西又响了。我得把它弄出来，弄死它。这样，我才能安心地在这个地方一觉睡到天亮。

我下了床，用手电筒在床底下照了照，床底干干净净，床板是新的木床板，除却一些粗糙的毛刺外，别无所有。

那东西一定躲在某处。我在外头找了一根木棒。关了灯，在夜色里等待那东西。好一会儿没有动静。

隔壁有走动声，大概是房客在倒一杯水，或者干点别的什么事。随后隔壁有人敲门，闹哄哄一团糟。他们把电视声音开得很大，在房间里大声谈笑，大概还抽了烟——我想。满房间都是烟味，他们的床，他们的衣服，他们的窗帘，他们的地板，他们的电视屏幕，烟味无孔不入，黏滞在每一个角落。而那里，本该堆满金黄色的稻谷，寒冬里谷仓充满了暖烘烘的香味。

好一阵子，隔壁才安静下去。我将木棒靠在墙壁上，和衣而卧。也许，本无别的东西。或者，那东西已经悄然远遁，就此与我两不相见了。

没有声音。对了，没有声音就是万事大吉。可是——也许，那东西正在慢慢靠近我呢。它有着长长的触须，红色的复眼，毛茸茸的脚……借着黑暗做掩护，它正一点点靠近我。心怀叵测。

开灯。下床。一条粗壮的青尾巴壁虎趴在我的床头上。哦。这可怕的东西，它身上有那么多的细小的疙瘩，有冰凉的、白色的肚皮。冷汗很没出息地从我的发根冒了出来，后背也湿漉漉的。一条壁虎，就击穿了我的所有。我的肚皮庞大、身躯沉重，四肢冒着鸡皮疙瘩，体内有无尽冷汗。

桃桃一早就带着几个客人出去了。傻子看起来心情不错，坐在竹篱笆下玩泥沙。一些散落的，还没来得及被清理掉的沙子，被傻子堆成一个个微缩版的小沙丘。

我在门口站了一会儿，傻子在我身后。我感觉到他在看我。

但我回头的时候，他已经站起来走远了。我在屋檐底下逗金鱼。桃桃在屋檐底下放了一只玻璃金鱼缸。五条金鱼在鱼缸里没完没了地游来游去。里面扔了饭粒和面包屑。它们没有吃。它们总在游来游去，它们的一生，它们的吃喝拉撒，都在这透明的鱼缸里，在我们的眼皮子底下。

桃爸领了几个人进来，给他们安排了房间。

“村头那家明天嫁女儿。”桃爸问我说，“我这里刚好有客房。怎么样？后来睡得好吗？”

他说的是昨晚的丑事。我用木棒驱离那条侵入我房间的壁虎。它爬得极快，在墙壁上游走，毫不费劲，一度脱离我的掌控，钻入了床底下，消失不见了。有大半个小时，我都在房间里乒乒乓乓，对抗着那入侵的壁虎和内心的恐惧。后来桃爸用手轻松捉走了它。

“房间都很干净的，你放心住。”桃爸说。他叫了傻子，他们一起去收拾房间。我在村子里散步，这村子依山而建，规模并不很大，但多古树古房，很有些意思。

几个拍照片的人在路上走走停停。

“这里到处都系（是）虫子。”一个说。他的口音有些古怪，有点偏上海，又有点偏广东那一带，让我一时半会儿猜不准他是哪里人。

“你住 203，我住 205，我们是隔壁。”他说。我想起来，昨天我在房间里对抗壁虎的时候，他探进头来看了一下。隔了一夜，我忘了他的脸。没想到他倒记得。

他说：“你空手来？”

他看了我，好像我手里应该提着点什么似的。那么，我手里该拿着点什么？哦，我明白了。我也该拿着个相机，像一个摄影家。

“这里真不错。”他说。他调了焦距，拍了一张。

他说：“真不错，这里。空气好，天空也好。前几年我在巴黎举办一个摄影展，有个摄影家Mark Rodin，我们在一起喝咖啡聊摄影艺术。他说起过最美的天空，就系这样的天空。”

“我的名片。回聊。”他说。他给了我他的名片，小跑着跟上他那已经走远了的同伴。这时候我想起来，我一句话也没有说过。我把名片放进口袋里。

桃桃和夜幕一道回来。

傻子从楼梯下来，他站了一会儿，呜呜叫着，把自己当成一架飞机开走了。

我们聊了几句，没有提到壁虎。我本来想说的，但却无从开口。

我能说些什么呢？告诉桃桃有一条可怕的壁虎进了我的房间？告诉她我拿着木棍满屋子追赶才将它驱逐出去？告诉她我竟然被一条壁虎吓出了一身冷汗？

我没有说。她没有问我住得好不好——原本我以为她会问，这样我就会一股脑儿将一条壁虎进了我的屋子的事，告诉她。

或者，不说壁虎。说点别的也行啊。从沈阳溃逃回来后，我在小城没有找到工作。我一天天窝在家里，把空调温度调得很低，再穿上厚衣服，看古装穿越剧聊以度日。

“等我们回到小城，从家里到公司，就五六分钟的路。到那时，我们下班后，可以看电影、跑步、逛街，远比在大城市舒服多了。”在从沈阳溃逃回来前，我给桃桃开了一张美丽的空头支票。

我跟桃桃说，我先杀回小城，到那时，再不济也能混个小城优秀青年当当。我说着话，就自己先从沈阳逃回小城了。隔了半个月，桃桃也溃逃回来了。她没有投奔我，直接上了山，开起了民宿。

凭良心说，桃桃没有投奔我，实在是一个明智的选择。桃爸小有积蓄，又宠她，民宿说开就开，绝不是空头支票。不像我，被失业这头巨熊按在地上，啪啪打脸。

什么人叫了她。她就去了。我在屋子大堂一角喝茶，翻一本劣质的、薄薄的小册子。雕花窗、对联、门匾、碑刻、古树、长桅杆、石虎……小册子一页页翻过。这个弹丸小村，几百年来出了两个贡生、三个秀才。

门外夜色一点点渗透蔓延开来。几百年前，山脚下小城一片昏暗，这小村子却灯火通明。年轻人结束劳作，在灯火下夜读。晴耕雨读。或者，红袖添香夜读书。

——现在，所有的都已经远去。曲终人散。游戏终结。

桃爸从外面进来。脸很红，酒气比人先到。他坐在我对面。

我给他倒了一点茶水。

“我有一个女儿，一个儿子。”他说，“一个女儿，一个儿子。”他反复说。

“喝点水。”我说。他喝了茶，给自己添了。

“如果我桃桃是儿子，我就一辈子值了。”他说。

“女儿也好。”我说。但这话了无意义。

“如果小虎能有桃桃一半，不，百分之一，我就值了。”他说。

他大着舌头，满嘴酒味。我想早点起身回房。

“我跟桃桃讲，桃桃，小虎再傻也是你弟弟，是我的儿子。”他说，“桃桃对弟弟没一句好话。她把他搬到后面去。小虎讲，前面空着，不让我住！桃桃讲，你猪样臭，我那里不是猪圈。我跟桃桃讲，桃桃桃桃，他从小就住那间，你赶他到后面，他睡不着觉。”

“桃桃吼我，桃桃讲，都是你惯着他。本来就笨，给你惯出懒……”他没完没了地说着，忽然趴在桌子上大哭起来，声音很大。

杯子倾倒，茶水满桌子流淌。我说：“你醉了，你回房间休息。”我拉他，他弓着身子趴着，像一只巨大的硬邦邦的虾。他上辈子一定是一只冻虾，下辈子、下下辈子也是。

“桃桃，桃桃。”我叫桃桃。桃桃不知道在干什么，没有一点声音。两三个房门打开，有人探出头来。

桃桃终于来了，我和桃桃把他送回房间。

“你爸喝多了。”我说。

“没有。”桃桃说，“他就这样，我已经习惯了。有什么爸就有什么儿，在某一些方面，他和傻子是一样的。”

她还想再说一些话，但我毫无兴趣。我一点也不关心他们家的事。她的爸爸，她的傻子弟弟，与我有什么关系呢？我说：“我回房间了，有事叫我。”她只好住口。

回房间。关上房门后，我看到了地板上的沙子和那条死壁虎。一条断了尾巴的、肥壮的壁虎，翻着肚白躺在地板上。这是一种警告和威胁吗？这傻子弟弟。

窗外繁星点点，山脚下灯火通明。山风吹进屋子，我一点也不困。喝了太多茶水，我胃很不舒服。

楼下房间有人打呼噜。高一声低一声，长一声短一声。我不知道发出声音的人是谁，不知道他或她长什么样，也不知道她或他经历过什么。但我知道，此刻，他或她就躺在我的地板下面，我们隔着大约三米距离。

我迫切地想见一见他或她。在这样的夜晚，我们既非朋友，也非亲戚，却在这样一个原本跟我们毫无关系的地方，无端端地住了一夜。

天亮了。他或她就起身，走了，走他或她的路，可能有很多好运等着。也可能，天降横祸，生死无常。当然，最有可能是他或她，把日子就这么一天天过下去，毫无改变，毫无新意。

——他或她，永远也不会知道，在一个夜里，在他或她头顶上三米的地方，有一个陌生人，这么漫无目的地想过他或她的前途。

隔壁没有一丁点儿声音。那帮人没有回来。他们已经走了，在这个地方住了一夜，拍了一些照片，就此远去。后来他们想起来，觉得像梦一样遥远。

我把手放进口袋里，摸到了那张名片。我将它取出来，翻看了一会儿，名片上有一个中文名字、一个英文名、一个手机号、一个座机号、五个头衔——这些，对我而言，毫无意义。

我将它丢进了垃圾桶。他已经走了，自此与我两不相干。我确信，这样是安全而体面的。

这时候我听到有脚步声。有人站在了我房门外。他开始捶门，一下，一下，又一下。什么人骂了一声，又没声了。

傻子。我知道。我开了门。他闯了进来——

“我要睡这里。”他说。他坐在我的床上。他身上到处都是泥巴，好像在什么地方跌了一跤。

“是你把壁虎放进我的房间。”我说。

“我没有。”他说。

“是你。”我说，“你带来了沙子。”我示意他看垃圾桶。他的那条死壁虎，此刻就躺在那儿。

“我要睡这里。”他说。他默认了他把壁虎放进我的房间。他伸手到自己的衣服里，从里面掏出了一只黑不溜秋的、半死不死的壁虎，放在了床上。

“你出去。”我说。

我想起了桃桃说的“他真的恶心死了。”是的，一个恶心的、脏兮兮的傻子。

“我给你一百块钱，你出去。”我说。我从钱包里拿钱给他。

他没有理我，脱了鞋子，像一条死壁虎一样粘在了我的床上。他身上的脏东西掉得满床都是。

“你出去。”我又说了一遍。老天，我觉得我像一个傻子。来来去去，除了“你出去”外，别无他法。但面对一个傻子，你又有什么法子呢？

“说吧，你想怎么样？”我说。我很累。一整个晚上，我都在说一些毫无意义的话。显然，他要躺在这里。他，一个脏兮兮的恶心的傻子，要躺在这雪白的床上，闭着眼睛，打着呼噜流着哈喇子，一觉睡到大天亮。

是的。他正在这么做。他手里攥着那条半死不活的壁虎，躺在那里。

“你出去！这是我的房间。滚回你的猪窝。”我提高了声音。我将他的手臂拉起，试图将他拖下床，像扔一口破麻袋一样，将他扔出房间。

他叫了，类似于一头受伤的野兽发出嘶吼。楼下有人不满地捶着墙壁。

“我的房间。”他说，“这是我的房间。”他说着，脸上露出委屈的表情，眼泪在眼眶里打转。

“傻子，你真是一个傻子。”我说，“你不知道客人就是钱吗？你要用它买吃的，喝的，玩的。”傻子一脸茫然。他什么也不懂，我感到气馁。

——我构想的战争没有发生。傻子在我房间里坐了一会儿，桃桃带走了他。

房间里安静了下来。我的胃开始一阵阵抽搐、疼痛。我需要回小城的药房，拿一点胃药。

十月末，桃桃告诉我，桃木屋外有桃花三两枝。她给我发了照片，果然，十月里有桃花绽放。多么难得！

她整日都忙。屋子加了隔音，外头新辟了菜地，带着外地客人在山里走。“等开了春，还要养水稻和鱼。”她说。她的计划，现在正在一点点实现。

我感觉她有点陌生。在我的印象中，她是一个柔柔弱弱的女孩子，不像是一个能干大事的。但她正在干一件很大的事，并且，有迹象表明，她正沿着这一条路子，一直往前走。她说了很多，好像要在那个地方一直待下去似的。唯一让她不安的是傻子。

“他真是一个傻子。他把所有住203的客人都赶走，不让他们住那。他吃得多，喝得多，又懒又脏又笨，不赚一分钱。他也不让我赚钱，要赶走客人。”桃桃说。

“他把桃木屋当成自己的家了。”我说。我想起他站在那儿，眼泪在眼眶里打转，将哭未哭的样子。

“傻子！一个碍手碍脚的傻子。”桃桃说，“早晚我会受不了，把他远远轰出去。”

“我们说点别的。我一点儿也不关心你的傻子，不关心你的家庭，一点儿也不！”我心里说。她没有听到。

——求你了，说点别的吧。这世上有很多美丽的事，比如深秋的早晨栗子落在带露的草丛里，比如猫头鹰在甜槠树上啼叫，比如橘子花里散发着甜津津的香味，比如清凌凌的稻田水里青苔摇摆……有很多好玩的美丽的事。但她一句也没有说。

我以为她至少会假装再邀请我一次，说点“春天桃花开，到处都是粉红的花瓣，你若来……”之类的话。但是她没有。

十一月。十一月我们没什么说的了。

北方已经在下雪，小城天气转凉。在一场溃败后，桃桃东山再起，已有点女强人的样子。她整天都在忙，我们没什么好说的。

“暮色渐生之时山山皆水雾 / 世事败于眷恋 / 一次枯萎，缓慢地张开又闭合 / 雪不过道出事实 / 那转瞬即逝的，并非生恨之物。”诗人叶琛的句子。那时我和桃桃也是热爱诗歌的文艺青年。那转瞬即逝的，并非生恨之物呀，那到底是什么呢？

她的那个村子，连同她的桃木屋，她的醉酒老爸，她的傻子弟弟，她的所有，都隐匿在小城上空的云气里了。

我在桃木屋一共住了两夜。胃病犯了，我就下山。从上山到下山，我们都很默契，谁也没有提那间阁楼。世事逼人呀，谁不是一边眷恋，一边假装忘记呢？我们连再见都没说一声，就各自成为各自。

下山那天，傻子在林子里蹲着。他一个人，不知道在干些什么。

我走近他。他看着我，侧着身子护着什么东西。但我还是看到了那座小小“房子”。那是一座占地约一本书、高约一个茶杯的房子，四面用小石头和泥巴垒就，围墙上放几根小木棍、一点松针，算是屋顶。

他显得很紧张，手放在半空，生怕我会毁了他的小房子。

“这是你搭建的？”我坐下来，第一次，认真地凝视这个傻子。

“我的房子。修房子，娶老婆。”他自顾自念叨着。他的眼睛很圆，很亮——傻子也有这么亮的眼睛！

“很好看。”我说。我想起桃桃的计划。

傻子没有说话，他认真地用手捡起地上的松针，一小撮一小撮的，将它们补充到空着的地方。

我陪他坐了一会儿。他沉浸在自己的世界里，对我的存在宛若不觉。

“对不起。”站起身的时候，我说。他没有抬头，哦了一声。

“对不起，小虎。”我说。他好像又哦了一声。我觉得没什么跟他说的，就起身，像逃离似的，沿着新整修出来的篱笆小路往山下走去。

拐了个弯，我听到傻子在叫唤。我仔细听，他叫的是“姐姐——”

收月光的人

好心肠的人有好福气。

月光会照耀他的。

农历八月，月光长肥了。白亮亮的月光一层层铺到瓦背上，又沉甸甸地往下坠，在地上汪洋恣肆。连沟子里都积满了月光，更不消说平地和高岗了。月光大道一直铺向村外。

到了八月十四上下，村人就说："他该来了。"

人们说着。眼下过了八月十五，收月光的人果然就进村了。

"收月光咯，月光——收月光咯——月光——"

收月光的人总在夜里进村，他用一种怪异的腔调，拖着长长的尾音，宣告着他的到来。人说十五的月亮十六圆，过了十五，月光长到最肥，正是收割的好时候。收月光的人进了一家门，与主人谈妥了价格，就开始收割月光。他从自己背上解下那把金黄色的扫帚，在地上轻盈地扫动着，月光就像银色的谷子一样，发出清脆的声响，向中间聚拢起来。不一会儿，月光就积成了一座小山。

通常，到了这时候，收月光的人会停下手，绕着这银色小山走一圈，好像这一走，月光就再也跑不掉似的。月光中有时也会沾上别的一些杂物，比如一根鸡毛，一小片塑料纸之类的，收月光的人将这些小东西仔细拨开。

"说到底，我是吃亏的。"收月光的人说，"这年头，干净的月光真是太难找了。"

他这样说着，好像要叫卖月光的人羞愧。但卖的人却并不总是随他的意思，卖月光的人说："也不能这么说，今年的月光，比去年更便宜了呢，这样下去，怎么得了欧。”

“说到底，我是吃亏的。”收月光的人说。

他说着，这回却没有再说别的话了，从腰间解下一个灰扑扑的小布袋子，将月光往小袋子里扫。布袋子小小个，装得却多。不多时，一堆月光就全装进去了。

月光全装走后，屋子就暗下来了。月亮明晃晃在天上挂着，地上却看不见一寸月光。不过屋主人是不在意的，反正有电灯呢，管这没用的月光做什么？且再说了，月光年年长，等过了冬天，月光就会照样出现在房前屋后。它初时是淡淡的，不容易看到；到了清明前后，就有薄薄一层了；盛夏，出月亮的夜晚，屋子就亮堂了。到了八月，月光就完全长肥了，可以收割了。

屋主人就掰着手指头数中秋。中秋一过，收月亮的人就来了。村民们也不知道这收月亮的人是从哪里来的，谁管这个呢？反正收月亮的人一来，大伙就把月光卖了，换一点钱，再用钱去交电费。刨去交电费的钱，还有富余，可以买油盐和粮食种子。有一些人家，月光又多又肥又干净，收月亮的人就会多给一些钱，他们还能拿多出来的钱，去做一点别的事儿。卖月光的好处，实在太多了。

收月光的人收完一户，就走到另一户。收月光的人最怕破缸家的月光。单身汉破缸整天喝得醉醺醺的，家里横七竖八，到处都是破酒瓶子。一只破解放鞋差点把收月光的人绊一跤。月光从洞开着的大门倾泻来，铺在地上，也铺在破酒瓶子和破解放鞋上。收月光的人得加倍小心，否则，很可能就把破缸的破鞋子也扫进去了。有一回，收月光的人被破缸拉着，多喝了几口酒，出门的时候一个不小心，就把破缸的破鞋子扫进了布袋里。这下坏了，整袋月光被破鞋子熏得发了霉。收月光的人一气之下，把那些月光倒在了破缸家门口，霉月光足足熏了破缸两个月才渐渐消散。

“说到底，我是吃亏的。”收月光的人说。收月光的人费了好大的工夫，才把月光从破缸的酒瓶子和破鞋子堆里分离出来，艰难地扫进自己的布袋里。要不是破缸一直缠着，收月光的人才懒得收他家的月光呢。

收月光的人从村口进村，依次往前收月光。村庄的屋舍一户户暗了，整个村庄慢慢暗下来。只有村东边的屋子，还亮着皎洁的月光。

收月光的人往村东边的屋子去了。这样干净而皎洁的月光，收月亮的人愿意出高一些的价钱。

多一坐在门槛上，有一下没一下，用笛子吹曲子。收月光的人远远地过来了。月光从他身后照射过来，长长的影子落在地上。收月光的人在走，影子也在走。

收月光的人走近了，在多一面前站定，影子也不动了。

“是多一啊。”收月光的人这样打招呼。

“爷爷说了，不卖月光。”多一说。

“还不卖吗？”收月光的人说。

“不卖！”多一说。

“那么，我今年再加一些价钱吧。”收月光的人说，“说到底，我是吃亏的。”

“爷爷，客人说再加一些价钱。”多一朝屋里喊了一声。多一有点想卖月光，所有人都在卖月光。

爷爷先嗯了一声，然后说：“不卖了。”

“说到底，我是吃亏的呀。”收月光的人又嘟囔了一句。

他自己跨进了门槛，进了镬灶间。

“多一爷爷，价钱是可以商量的呀。”收月光的人说。他眼睛往屋子里看，没有看到多一奶奶的身影。他收回目光的时候，看到多一奶奶在墙上了。收月光的人懂了。月光收走了多么好的老太太呀！

月光从屋顶的破洞倾泻下来，淌过松木板的缝隙，堆积在多一爷爷的大锅里。爷爷站在灶台前，看起来，就像是要把月光炒了吃一样。

收月光的人用手凑近月光束，沉甸甸的月光让他越发喜欢了。只有干净的月光，才是沉甸甸的。多一爷爷这老头，一点不逊于女主人，把屋子收拾得干净整洁。月光倾泻在这样的人家，不染一丁点的杂物，出再高的价钱，都是划得来的。

多一进镬灶间了。小男孩坐在镬灶小凳子前，把小柴火塞进镬灶里。小火苗映红了小镬灶。

收月光的人把一张纸币塞给了多一，说：“拿着，买本子。”

多一手里拿着钱，眼睛看着爷爷。爷爷没有吭声，多一就懂了，说：“我有钱，我有钱，不能要你的钱。”

小牛犊子力气不小，收月光的人只好收回了钱，一转手放在了桌子边，也不知道是算收回了还是没收回。多一爷爷并没有炒月光，是葵花籽在锅里翻动，不一会儿就有香味飘到月光里了。这让月光也好像有了葵花籽的香味。

收月光的人知道多一在想什么。收月光的人就说：“多一爷爷，多少卖一点月光给我吧。每年你们家都留着月光，说到底，月光是月亮白给的呀。”

多一爷爷不说话，用手在锅里抓了几颗瓜子，在豁了口的门牙嗑一下，看看葵花籽是不是已经到了火候。多一看着收月光的人，又看看爷爷。

“多好的月光啊。”收月光的人说，“多一爷爷，你瞧，现在你们也用不上月光。你们家的屋顶，也需要一些钱来补一补的。”

“爷爷。”多一说，“我们的屋顶，已经漏了。”

“多一，拿酒去吧。客人要吃酒了。”多一爷爷说。往年，多一奶奶在的时候，收月光的人收完月光，习惯在多一家喝一点酒。

多一爷爷自己酿的酒，清冽、味沉、后劲足。收月光的人在多一爷爷家喝完酒，就算结束了收月光的活儿。多一爷爷和收月光的人，你来我往，说一些天南地北不着调的话儿，月光就从酒杯间溜过去了。到了下半夜，老头儿醉了，收月光的人摇摇晃晃，却说正是赶路的好时候。

“多一再见。”

“客人再来啊。”

“多一奶奶再见。”

“客人再来呀。”

他们相互说了话。多一奶奶把客人送到门口，看客人走远了，才把老头子扶到床上躺好。而后，厨房传出了清脆的清洗酒杯和扫地的声响。这一时，收月光的人带着酒意，已一头扎入黑漆漆的林地中去了。这是往年的光景了。

多一和奶奶都不知道客人来自哪里。多一还记得去年，奶奶送收月光的人出了门，就在门口站着。多一跟在身后，估摸着收月光的人已经走得足够远了，奶奶才说：“怕不是蟒蛇成精呢。”

多一听人说过，密林深处，有巨大的蟒蛇已经成了精。

奶奶忧心的神情让他也跟着忧心起来。

“要是蟒蛇成精，会怎么样？”多一问奶奶。

“不是蟒蛇成精，收这么多月光干什么呢？”奶奶的话，像是回答多一，又像是没有回答多一。奶奶小心地把大门闩好。月光从门缝中倾泻进来，收月光的人毕竟没有从他们家收走一缕月光。

多一并不讨厌收月光的人，也并不害怕他。收月光的人白白净净，说话慢吞吞的，和蟒蛇一点也不像。多一觉得奶奶想得太多了。

私底下，多一把收月光的人看成是从远方来的舅舅。多一没有舅舅，连妈妈也没有，爸爸和叔叔从不回家。要是有一个收月光的舅舅，多一就会觉得自豪。

爷爷叫多一拿酒，多一就拿了四瓶酒。这是他一次所能拿酒的极限。对自己一次只能拿四瓶酒，多一感到有点羞愧。要是他的手能够更大一点，他就能拿五瓶或者六瓶酒。

“拿这么多，吃不完的。”收月光的人说。

“吃得完的。”多一说。

“吃醉去就回不到家了。”收月光的人说。

“回不到家就在我家住可以的。”多一说。没有经过爷爷的同意，多一就说了。收月光的人刚刚给了他钱，多一没有收，但多一觉得，收月光的人就是自己的舅舅。这还是多一第一次收到舅舅的钱呢，就像是过年的压岁钱。

“那不行的，我还要赶路呢。”收月光的人说。

“你家在哪里呀？”多一问。多一很愿意知道这个“舅舅”家住在哪里。

“很远，在大林子里。”收月光的人说。

大林子里。该不是蟒蛇成精吧？多一这时想起了奶奶，并且感觉到有一点害怕，还好爷爷及时过来了。爷爷把香喷喷的葵花籽摆在了收月光的人面前。

“好瓜子啊。”收月光的人说，“多一爷爷好手艺。”

往年，收月光的人说的是：多一奶奶好心肠。

“自己种的瓜子。”多一爷爷说，“这是去年他奶奶买的种子，还剩几颗，收拾东西的时候掉在地上的，我随手扔在门前，竟自己长了出来。我看看拔了可惜，就给它撒了点肥料。谁想到，葵花越长越大，竟给我收了一斗多呢。”

“多一奶奶真是好心肠。好心肠的人有好福气。月光会照耀他的。”收月光的人说。

“吃一点瓜子吧。”爷爷说。爷爷说这话，自己拿了几颗，放在面前，并不剥开。

收月光的人就说：“多一爷爷，我是诚心要买你们家的月光，你开个价好不好？”

“不卖的。”多一爷爷说。

隔了一会儿，多一爷爷又说：“月光虽然没什么用，但最好还是留着吧。”

“多一爷爷呀，你这个老笨蛋。你怎么就和破缸不一样呢？”收月光的人说。哪不一样呢？收月光的人想说个一二三四，但白亮亮的月光满地铺着，收月光的人就没了说的兴致。

收月光的人在吃酒。多一在吃葵花籽。多一爷爷在说话。他说的是“多一，不要吃热了，流鼻血”之类的话。往年，说这话的是多一奶奶，现在轮到他来说了。

多一吃了几颗，抹抹鼻子，忍不住又吃几颗。

收月光的人说多一："小小屁孩吃瓜子，酒嘛不敢吃一口。"

"我敢的。"多一说。收月光的人到底是谁呢？是蟒蛇精还是舅舅？多一在恐惧与亲近的情绪波浪里来回滚动，觉得不该在蟒蛇精前示怯，又想在舅舅面前显示自己的勇敢。虽不明白这呛人的东西有什么好喝的，但还是趁着爷爷不注意，端着收月光的人递来的大碗喝了一口。

一股火辣辣的难言滋味直冲上头皮，多一差点掉下眼泪来。这东西比闻着更呛人。不一时，脸皮已发烫起来。但多一为着自己的壮举而自豪，他看着收月光的人，嘴里没有说话，他的意思，收月光的人不会不明白：不就吃酒嘛，有什么了不起的。

但收月光的人却并不为他的壮举而惊叹，收月光的人说："才舔一小口也叫吃酒嘛，苍蝇的嘴巴都比你吃得多。"

多一感觉到自己受到了无穷的侮辱，不知道从哪里来了一股邪火，怒腾腾从头烧到脚，劈手就从收月光的人手里夺过酒碗。一咬牙，把一碗米酒全灌下去了。而后，胃里翻滚着呛人的汁液，身体沸腾起来，一些酒水夹杂着鼻涕、泪水和口水，从嘴巴和鼻孔中涌动出来，哇的一声喷在地上。

"你干什么呀？"耳边厢是爷爷的惊呼。多一还在哇哇地吐，收月光的人这时倒是动了，一只手扶着多一，一只手轻轻拍着多一的背。

"我逗他玩的，真不好意思啊，多一爷爷。"收月光的人说。

收月光的人和爷爷一起，拿水给多一漱了口，擦了面。多一爷爷用灰洒在多一的呕吐物上，不一会儿，就扫干净了这堆灰和呕吐物。收月光的人抱着多一，说："多一是个大人了，多一能陪客人吃酒了。叔叔也喝一碗，好不好？"

收月光的人说着，自己就真咕咚咕咚吃了一碗。多一不知道为什么，觉得怪委屈，眼泪止不住冒出来。

“是叔叔不好，多一不哭了，不哭了。”收月光的人说。收月光的人越说，多一就越哭，直到多一回到爷爷怀里，多一还在哭，而且越哭越凶，越哭越大声。

“你走，你走，我家不要你来。”多一说。

“好好好，我走。我走。”收月光的人就真站起来，走到门外。他走到门外，却并不真走，就在月光地里装模作样地走来走去。收月光的人高高瘦瘦的，背上背着一把长扫把，这让他在月光地里的走路，看起来有一点搞笑。多一慢慢就不哭了，就是觉得脸上热辣辣的，眼皮子越来越沉重。

收月光的人又回到了桌子边，开始一口一口地吃酒。收月光的人吃酒多，吃葵花籽少。经过这一段小小的插曲，收月光的人就不敢逗多一了。

“真对不起了，多一爷爷。”收月光的人说一句，自己喝一口酒，好像要用歉意来下酒似的。

爷爷说了一句什么，收月光的人笑了。多一头脑昏沉。多一爷爷拍着多一，仿佛奶奶又回来了。隔了一会儿，多一便在床上了。月光清冽冽照在床前，秋虫低低鸣叫。迷迷糊糊睡，到一定时候，多一醒来了，他坐起身子，把脚从高脚床上放下来，凉丝丝的。多一下了地，心里有一点难过。

为什么难过呢？多一自己也不知道。收月光的人走了吗？多一走出房门，影子给了他答案。收月光的人没有走，他靠在青石门槛上，月色把他的影子长长地拉在地上。感觉到多一走过来，收月光的人出声了：“是多一啊。”

收月光的人侧了下身子，示意多一坐在身边。多一站了一会儿，走过去坐在了收月光的人身边。青石门槛凉如冰条，多一用双手垫在了屁股下面，收月光的人笑了。

收月光的人说："多一真是机灵鬼。"

"你是蟒蛇精吗？"多一问。

"什么？"收月光的人说，"我是蟒蛇精？"

收月光的人哈哈笑起来，收月光的人看透了多一的心。

"是你奶奶说的吧？"收月光的人说。

"没……没有。"多一说。

"你相信有蟒蛇精吗？"收月光的人问。

多一点了下头，又迅速摇头。村外是广阔而茂密的林地，林间老树一片连着一片，多一从没有深入过林地，他也不知道林中到底有没有蟒蛇精。

"我爷爷呢？"多一问爷爷在哪里，同时想起了奶奶。

"在睡觉呢。"收月光的人说，"你听。"

果然，多一听到了爷爷的呼噜声，虽并不十分响，但却均匀、稳定，听起来，爷爷又吃醉酒了。

爷爷已经睡了，收月光的人却没走。他坐在他们家的门槛上，他也没有趁着爷爷睡着，把他们家的月光都扫走。多一因此对他多了一点好感。

"月光是好东西啊。"收月光的人说，"蟒蛇精用它来修炼，我们却不是。"

"你们用它干什么？"多一好奇起来。

收月光的人不说谜底，多一只好猜。

"卖钱？"多一猜。就像收香菇收稻谷收萝卜收青菜收蜂蜜的人一样，进入村里，一手交钱一手交货，再运到外面的世界，卖给更多的人。

“再猜。”收月光的人说。

多一怎么也猜不着。收月光的人喝一口酒，像下了决心似的，把自己腰间的布袋解下来，递给多一。

“打开它，往里看。”收月光的人说。

多一将眼睛凑近布袋口，像把头凑到井口。袋子深不见底，白茫茫的月光到处都是，在一团团月光间，是一层层淡淡的云朵。多一看见了月光下的村庄和稻田，环绕着稻田和村庄的，是无边无际的林地。此刻，月光照耀着林地，每一片叶子都泛着淡淡的白光。

收月光的人在林间小道走着。月光清明，林间虽有树影斑驳，却并不阴暗。收月光的人往前走，多一的目光也跟着走。初时，多一还能认到林中分叉的小径。收月光的人往林中越走越深，多一就不辨南北了。月光越来越暗淡。收月光的人有一双好眼睛，在暗夜中也能走得稳稳当当。他翻过一个斜坡，走进一道峡谷后，月光彻底不见了。到处都是黑漆漆的，只有远处有一点微弱的光芒，像萤火虫一样闪动着。

收月光的人朝着光源往前走啊走，借着光源，多一看清了。那是一座松木小屋，屋前是松木搭的晾衣竿。晾衣竿上却没有衣服，只挂着一串串干巴巴的光，形状就像是肉条一样。“月光条肉”已经干瘪了，不少地方都被蛀出了虫孔，这让月光显得毫无光泽。

在夜风中，那干瘪的月光条闪动着微弱暗淡的光芒，就如同烛火行将烧尽。多一心里有点明白了。

“多一啊，月光不会再来了。”收月光的人说。

多一发现收月光的人站在自己的面前，他身子左右摇晃着，看来吃多了酒。他手里小心护着的，正是那个神秘的布袋。

收月光的人站在多一家门口，和多一说话，眼睛却看着天上那轮又圆又亮的月。

“月光不会照耀松源沟了。”收月光的人说。

月光洒满大地，唯独不会照耀松源沟。这真是一件让人难以置信的事儿，可它就真的发生了。在沟子两侧的山坡上，月光清郎朗照着，可到了沟子里，月光就没了。沟子里的人学会了制作月光条，他们有的将月光一束束穿起来，挂在屋檐下，一开始，月光皎洁而美丽。夏天，知了在外头有一声没一声叫着，太阳用暖烘烘的舌头舔着大地，月光就像冰块一样融化，一滴滴滴落在屋檐下面的地上。到了晚上，地上发着光，唬得狗汪汪直叫。也有的人家把月光堆成一摞，摆在堂屋正中间，这样一来，屋里倒是亮堂，可就是占地方。人半夜睡得迷迷糊糊起床拉尿，一走到堂屋，身子一歪，倒把月光撞了一地，染得身上也凉飕飕光闪闪的。还有的人家把月光腌在缸里，希望能长久地保留月光，可是这样更糟糕，还没到开春呢，月光就化成一坛水了，让主人留也不是倒也不是。

这月光啊！这让人又爱又恨的月光。

“为什么你们不用电灯呢？”多一说。明亮的灯光，也并不比月光差呀。收月光的人是傻了吗？

“电灯？哈哈哈，电灯。电灯。”收月光的人笑着，“多一，你是不知道。过去在松源沟，连蚂蚁窝里都有电灯，我们整夜整夜不睡觉，白天和夜晚连在一起。我们把白天卖给了收白天的人，反正，夜晚可以当白天，谁在乎白天呢？这样，我们卖完了自己拥有的白天，把孙子的孙子的白天也卖完了，我们还顺便把月光也搭着白天卖掉了。”

“我们用卖白天的钱，去安装更多的灯。哪想到，天杀的，有人把水、风、太阳光都卖掉了。这下发电机变成了废铁，一盏灯都不亮了。黑夜回到黑夜，白天不再来了。”收月光的人说。他说话像是在自言自语。

“那你们为什么不收山上的月光呢？”多一有点不明白。到处都是月光，收月光的人大可以拿着他那把长长的怪扫帚，把山上的月光全扫走。那是无边无际的野地，谁又能管着他扫一点月光呢？

“多一啊，月光和月光是不一样的。”收月光的人说。收月光的人从地上扯了一把月光，那月光就像柔软的布条一样，贴在收月光的人手里。多一试着扯了一下，可什么也没有扯到。看起来，只有收月光的人，才能收到月光。

“野外的月光，一点也不好扫。”收月光的人打比方说，野外的月光和家里的月光，就跟家里的兔子和野外的兔子一样。家里的温顺，一扫就进布袋里了。野外的可不是这样。有一年，收月光的人费了很大的力气，才从野外扫了一点月光进袋子。结果，一打开袋子，野外的月光全跑出来了，在松木院子里飞来飞去，有的还冲到了屋顶上，发出巨大无比的光亮，害得远处人家以为他们家出了什么事，一个个赶过来帮忙。哪想到呢，野月光不仅没留下来，反倒把屋檐上挂着的几条陈年老月光都带跑了。为此，收月光的人还挨了老婆一顿骂。

想着收月光的人手忙脚乱，在屋子里追着月光跑，多一笑了。在笑里，他又起了一点小小的怜悯，一个连月光都不照耀的村子，该是多么灰暗和无聊呀。怪不得收月光的人年年都要到村子里来呢。

“你说，林子里有蟒蛇精吗？”多一问。他想起奶奶说的，林子里有蟒蛇精。月光照耀着村子，也照耀着蟒蛇精冰凉的身躯。好在收月光的人是温热的，喝了酒，收月光的人脸上红彤彤的，身上弥散出难以言说的酒气味。

“大概，有吧。”收月光的人说，“林子里的事，谁能说得清呢？”

收月光的人打了个酒嗝，看起来，他已经快要醉倒了。果然，不一会儿，收月光的人就靠着门，轻轻打起了呼噜。在呼噜声里，夜风起来了。

一群群半透明的，拖着极长尾巴的，如松鼠一般的风，围绕着收月光的人。它们在收月光的人身上跳上跳下，有的还跳到他的脸上，可惜很快就被收月光的人喷出的酒气熏着了，迷迷糊糊地坠落在地上，发出了呼呼的细微之声。要是捕风人过来，顺手就可以抓了走。

收月光的人可不能着了凉。多一听奶奶说过，着了凉是要拉肚子的。他就推推收月光的人，想叫醒他，该进屋就进屋，该出门回家就回家。但收月光的人嘟囔了两句，头歪到另一边，继续睡了。他把酒瓶子抱在怀里，那月光袋子倒是大大方方放在外边。

几缕风围着那月光袋子，不停地抓来抓去，好像要把这只神奇的小袋子打开。多一倒也起了一点小小的好奇，这是多么神奇的一个小袋子啊。它那么小，比起巴掌来也大不到哪里去吧，可里面却可以装这么多东西。

多一尤喜欢看那一串串挂在屋檐下的月光。自己家的屋檐，整年黑漆漆的，什么也没有。要是收月光的人愿意，多一倒也想让他帮帮忙，也帮自己弄一些月光，挂在自己家的屋檐下。

到那时，破缸喝醉了酒，在村子里游荡，也将吃惊于这些光灿灿的东西，他将难得地安静下来，靠着墙，低声说话。多一猜想，破缸将说，多一干得不错。

爸爸回家的时候，见到这么些奇怪的月光，一定也要吓一跳，虎着脸说："多一，不许乱来！"

他虎归虎，已经晚了，月光已经挂在屋檐下，总不至于把它们用竹竿挑下来，统统丢到大路上吧？

多一把手搭在月光袋子上，凉飕飕的。他看到过收月光的人开袋子，就是随手开了口子。那时候，多一在月光袋子里见到了月色下的林子和群山。

多一看了一眼收月光的人。

"我可以叫你一声舅舅吗？"多一对着收月光的人说。收月光的人并没有听到。他歪着头睡得正香。多一自己沉浸在对舅舅的想象里，这想象里的温情让他感觉到愉悦。在愉悦里，更有一点对那神秘的密林深处的想象。

多一小小的心脏，在胸膛里跳动着，为着广袤而幽深的密林，也为着密林深处那未知的世界。

多一把手伸向了"舅舅"的月光袋子。这回，会看到什么呢？多一屏住呼吸，打开了袋口，把头靠过去，他看见了！一条白色的巨蟒，从群山之间冲起，向着他扑来……

我的妈呀！多一把月光袋子一扔，吓得叫了出来，白色巨蟒冲出了袋子，迅速冲上了屋顶，冲上了云霄，整个屋子都被照亮了，简直比白天还要亮。多一这回看清楚了，不是巨蟒，是一条巨大的月光柱子。

这突然出现的光亮也惊醒了收月光的人。一年收到的好月光，趁着多一打开袋子的当儿，全跑了。很快，月光弥散于天地间，再也难以聚在一处了。一点可怜的微弱光芒，照耀着这间小小的屋子。收月光的人像丢了魂一样，抱着月光袋子蹲在地上。

“多一爷爷，我一年的月光呀！”收月光的人说。

多一爷爷就站在多一身后面，他的身子佝偻下去。老头儿被先前强烈的月光从床上惊醒，光着脚跑出房间。对这突来的祸事，老头儿一时还没能消化。

“真些作啊，真些作啊……”多一爷爷嘴里说着懊悔的土语。多一倒没有哭，这变故让他完全呆了。多一抬头看着天上，月光像鞭子一样抽打着他。

这是收月光的人一年的月光呀！该怎么赔给人家呢？

“多一爷爷，我一年的月光呀。”收月光的人说话了，“不该和你多吃了酒呀。就是扫光你们家的月光，也不够赔我的损失的。”

“真些作啊，真些作啊。”多一爷爷还在喃喃着。该怎么办呢？多一爷爷也没想好。这毕竟是人家收过来的月光呀。

“这都是没办法的事。”收月光的人发话了，“不该和你多吃酒啊。”

多一再次呜呜地哭了，为着自己不安分的双手，也为着收月光的人一夜的徒劳。在哭泣的抽搐中，多一感到收月光的人在自己身边蹲了下来。

“多一啊，我想了想，要不这样好了。你吹一支曲子给我听，我就不要你赔月光了好不好？”收月光的人话里还带着酒气。

“把我家的月光扫走吧。”多一对收月光的人说。多一觉得，自己也是个大人了，应该可以做这个主。更何况，是自己把月光袋子打开的。

“来不及了。再见吧，多一。”收月光的人说。一片乌云慢慢靠近月亮了。

“说到底，我是吃亏的呀。”收月光的人说一句，把门槛上的酒瓶子拿了，递给多一爷爷。

他将身儿跨出青石门槛，一切不言自明，他将带着他那空荡荡的月光袋子，回到那个黑漆漆的山沟里去了。他出了门，又回头说一句：“多一啊，月光是好东西。”

收月光的人趁着最后的月色，越走越远了……多一坐在门槛上吹笛子，也不知道收月光的人听没听到。

敲门的艺术

对一个犹疑的人来说，
果断，是多么宝贵的奢求呀。

我在等敲门声响起。等到第三下，我再慢悠悠开门。开门，脸上不可带笑，但又得带一点表情。郑重，又漫不经心，这样的开门是体面的。

至于客人，我还不知道他是谁，也不知道他的来意。最初，我接到了一个陌生电话。那头说，喂，你在家吗？我说，在的，你是？那头说，到你家看看，方便吗？我随口说，方便方便。

说完我就后悔了。果然，对方马上就说，那你等一下，我就来。

但客人并没有来。此后，时不时，这个陌生电话就会打过来，先忙不迭道歉，说一通上次没来的原因，再说自己正准备在某某时间过来。当然，也有时候，他告诉我，他来过，我却不在家。

我问了他的名字。他说他叫王吉，或者是叫黄吉、王局、黄杰之类的，听不太清，总之我不记得认识这么一号人。他对我，倒很有些了解，名字、工作、以前的一些琐事，都能对得上号。这些，都使我相信，这个王吉，不是搞恶作剧，而是真的想来坐坐。

这天是六月十六，周六，阳光灿烂，搬家的吉日。我在阳台上看三个人抬一张粉色床，往另一幢楼的楼梯走去。王吉的电话又来了。

照例又是一通抱歉的话，随后说，这回真的要来看看，不然对不住我。

他很快挂了电话，好像很着急过来。这让我有点惭愧，这个王吉这么主动上门，我却连他是谁都不知道。

王吉这回真的要来了吗？这样想着，我有了一点期待，把电视从连续剧调到了新闻频道，假装看得津津有味，又留心敲门声。

怎么说呢？当初为了得到这套小房子，可费了好些力气。填表格、拉证明、送审、等待、摇号、抽签、公示，要走很多流程……谁想到，这么偏僻——如果王吉问起房子的来由，就用这样的口吻，有点轻描淡写，又有点惋惜的样子，跟他闲谈。

这小城东西两面是山，中间一条河，河两岸挨挨挤挤建了一点房子。受限于地理，小城只好不断沿河伸腰，迫使南北越来越长。有人计算过，从城北到城南，骑电瓶车要四十分钟，从城东到城西，最宽处步行却只要六分钟。作为小城南向扩张的结果，这小区成了最边缘的小区，偏僻、风大、路况差、灰尘多。

小区朝向也怪，只有一点阳光可以晒进阳台。家家户户都自己动手，往窗外安装各种架子。从一层到七层，每个阳台外都装满了各色窗台架、晾衣架、伸缩架。形形色色的架子，像楼房长出的怪异枝条，尽力往外伸展，以获得更多一点阳光。

到了阴雨天，室内更是没有一点阳光，整日阴沉沉、湿漉漉的。

这不，出事了吧。四月的一天，阴雨稍歇，出了一点太阳。我在阳台上晒太阳，不一时感觉到身上暖烘烘的，顺手脱了外套搭在栏杆上。不承想，这外套竟自作主张开溜，落在三楼的简易晾衣架上。连同这外套掉落的，还有一串钥匙和一个卡包。

我去敲门。好一阵子，都没有人开门。这时刚好从楼梯上来了一个人，在我身后说：“别敲了，不会开的。”

“我东西掉楼下了。”我说。我继续敲门。

“落到这个姑娘口袋的东西，掏不出来了。”那人说。

什么意思？我还没反应过来，那个人就自己说了起来。

“那时候你还没来，我们在阳台晒东西，我的围巾被风吹到了楼下。我就敲敲门，说，小姑娘小姑娘，我东西掉你家了。”

“你明天来吧。”

“我是楼上的。”

“我都睡下了，不方便给你开门。”

“人家都这么说了，能怎么办啊，第二天再敲吧。敲了半天，没人啊。后来，我再看围巾，就不见了。你说说，这都什么人。”

那人说着。他甚至还模仿了跟楼下小姑娘的对话。别说，模仿得还挺像那么一回事。我果然没敲开门。

想想那人的遭遇，老实说，像这样直白、粗暴的拒绝，虽然让人心里不舒服，但真叫人有几分佩服呢。像我这样一个没有勇气和能力拒绝的人，不由得对那位小姑娘，生出了几分敬意。

那天，我想了好多办法。什么钩子、杆子、绳套，轮番上阵，可惜那东西既已决定逃离，便一心在楼下扎根，根本弄不回来。

一件有点起球的旧外套，出现在别人家的阳台上，本就不是特别光彩的事。何况，随着外套的掉落，房间钥匙、办公室钥匙、汽车钥匙、电瓶车钥匙、抽屉钥匙、老家房门钥匙，连同那装着身份证、银行卡、社保卡、超市卡、食堂卡、公交卡的钱包，也一齐挂在楼下的阳台上了。

必须把外套拿回来。那几天，我一直在猜，等她回到家，看到这件外套，她会怎么办呢？最好是直接送给我，最怕是不闻不问，直接当成垃圾丢进了。

林花。我查过，楼下那户户主叫林花，1992 年生人。查到这个不难，公示里写着呢，姓名性别年龄。别的信息，我是根据公示里的这点信息，从各种渠道，零零碎碎拼凑了解到的。

她小时候“偷”过东西。我的意思是，她说她永远也不会原谅小时候说她偷东西的人。有点绕口吧。她的微博原话，是这样：

“想起来还是觉得浑身冰冷。永远也不会原谅你们。我从来没有拿过别人的东西。我真的不知道它是怎么跑到我抽屉的。”

那是她五年级的时候。班里有个小胖子，带了一个俄罗斯方块游戏机来玩。头两天，大家玩得好好的。到了第三天，游戏机不见了。小胖子急得眼泪汪汪，顾不得被老师批，就告诉了老师。

老师一听，不得了，自己班上还出了这种事，马上下令，查！

结果，一搜查，搜到了林花那里，不仅搜出了游戏机，还搜到了一块大象造型的橡皮——三天前另一位同学丢的。

林花吓坏了，一直哭一直哭。这下更证实了，东西就是她拿的，眼泪就是明证。要不然，她干吗哭呢？

后面的事，就不难想见了。没完没了地被怀疑、被歧视、被排斥，最严重的时候，她不敢去上学。没办法，她只好转了学，跟着做生意的父母转来转去。

当然，以上剧情，是我根据她的微博推测的。具体情形如何，只有她自己知道了。实际上，到目前为止，我才只见过林花三面呢，三次碰面时间加起来不过七八秒。

第一次是我搬家的时候，她刚好开门出来，在楼梯口，她让了一下，就过去了，约两秒钟。第二次是搬家后的某天，我一早出门，看她在楼梯转折处，对着玻璃窗，大概是拿玻璃窗当镜子吧。这次碰面时间稍长，大约三秒。当时我心里还在想，这姑娘家里都没镜子吗，后来证实了，果然没镜子。第三次是她和她男朋友一起回的家，我们在楼梯碰到，大约三秒。

三次碰面，我们没有打过一次招呼。外套掉了以后，我有点后悔。要是前两次碰到时主动打下招呼，甚至留个电话加个微信啥的，联系她取走外套就方便多了。但一切都晚了。

一直到中午十二点多，王吉还没有过来。我在阳台观望了一会儿，又有一伙人开始搬家了。六月十六，果然是个搬家的吉日。新闻又重复播放了，该调回到电视剧吗？我把房门开了，顺手清除了墙角的蜘蛛网，又关了门，坐回在沙发上。

我把所有台换了一遍，又刷了一阵手机。当然，没刷出什么新东西，朋友圈还停留在三分钟以前。

敲门声，我在等它响起。也许，该打一个电话回去看看？跟对方说，如果来，就来，不来，就不要来。打完电话，就下楼，走路到小区门口，随便吃碗面再回家窝着。

这样想着，我拨了一下电话，没等通，又迅速挂了。催着人来自己家，总归不太好。

在小区门口吃完面，是下午一点多。往回走。到处都是打钉声、电钻声、电锯声……更多的人从城北边搬过来，忙着装修、入住，填充着这个年轻而荒凉的小区。

窝在沙发上，我又想起了林花。外套掉了的第二天，我就找到了她的微博。刚找到的时候，我兴奋地差点跳起来。这回可算是能联系到她了。我赶紧给她私信留言：

“你好，我是你楼上的。外套掉你阳台了，钥匙、身份证等也在外套里，你什么时候回家？想来你家拿一下。或者，你帮忙放到门外也可以。麻烦了，请千万帮忙。”

为了表示诚意，我还仔细校对了文字，又精挑细选，加了两个表情，让自己的要求看起来更委婉和体面。

发送。等回复，刷新。等回复，刷新。到第三天，刷到了一条新微博。

“买了一面大镜子。漂亮吗？快递已在路上，自己扛不动，看来只好找人扛了。”配微博的，是一张大镜子的图片。与其他微博一样，没有人回复她。只有五十三个粉丝的她，耐心地编辑每一条微博，又像有人听似的耐心发问，然而没有一个人回应她。只有我，从头到尾，耐心地看完了她所有的九百三十八条微博。

有一种被辜负的委屈。我有点后悔给她留言了。细细想来，是多么唐突。怎么能这么做呢？留言一发，林花得怎么想？咦！他怎么知道我微博的，他做了什么，他想干什么，他是不是变态？还故意扔件外套到我家，不行不行，我要搬家。我要发微博揭穿这个死变态。

要不是为了钥匙和卡包，何至于此？但我还是抱着一点点希望，期冀于某一天，她接受了我的建议，将外套放在门口。但更多时候，我在她家门口看到的是盒子，巨大的快递盒子。盒子上的电话，被她小心地抹除了。只留下包装盒上的大字，提示着盒子里原有的物品：窗帘布、窗帘杆、简易地板、金属轨道、拼装柜子、油烟机、麻将桌……盒子们没完没了地堆满门口，又静悄悄地被清空。

林花，开始装修了吗？她家先前是什么样？我有些好奇。我等着她家装修，等着她家房门开着。然而，楼下静悄悄，我不知道她什么时候回家和出门，我也不知道她什么时候装修。也许，就是不停置办东西，不装修？

不管怎么说，我的单方面联系，至此宣告失败。没能成为她的熟人，我只能守株待兔，等待最恰当的时机，才能取走我的外套了。

说起来，“兔子”在家的机会也不是没有。

不过麻烦的是，“兔子”不是一只回家的，而是一窝，估算一下声音，得有五个吧。四个打麻将的，一个看电视加做服务的。有天晚上，八点多，“兔子”们来了，我想这是一个好时机。

林花家的门没有关紧，留着一条小缝。我站在门外，听到麻将声从门里传出来，还有电视机开着，放着很嘈杂的综艺节目，有个明星说句什么话，主持人就装出吃惊的样子、集体起哄，这使得整个屋子闹哄哄的。

有个女的被逗得哈哈笑个不停。是林花的笑声吗？

听起来，他们麻将也玩得不错，还大声使唤着那看电视的。

“林花，去倒水。林花，没水了！林花！”

“哎呀，你不会削干净点！难吃死了。”

“你到底好了没有？笨手笨脚的！”

诸如此类的。看电视的，果然是林花。听得出来，他们是故意的，此起彼伏的招呼、呼喝声，让林花团团转，让她无法专心看电视。林花倒是好脾气，每回总低声下气的，不住地说着抱歉的话，好像那些打麻将的在她家吵吵闹闹，是给了她极大的面子一样。

人生狼狈，莫过于此。我在门外停留了好一阵子，终归没狠下心进门，去看到林花的狼狈。也许再过一会儿，那帮打麻将的就会走了。当只剩下林花的时候，我可以趁她还没关门，再进去说明来意，取走外套。她总不至于当面拒绝，说什么“晚上不方便”之类的话吧？

一想到外套、钥匙和卡包就要回归，我就来了精神，顶多隔十几分钟，就要走到楼梯口，仔细倾听楼下的动静。林花的房间里，麻将声哗啦啦作响——那送到门口的麻将桌子，可派上用场了。或者，干脆就是为今晚准备的？

到了十二点多，麻将声停了。她们开始唱歌、喝酒、嗷嗷大叫，不停地开门关门。我的眼皮子开始打架，心烦意乱，想冲到楼下，朝着他们大声吼，去你妈的！滚出去！将玻璃啤酒狠狠砸到地面上，让碎渣子四处飞溅，酒泡沫发出滋滋的破裂声。

到第二天醒来的时候，林花家门口多了三箱啤酒瓶，还有一堆瓜子壳、花生壳、酒瓶碎片、塑料包装，以及其他零零碎碎的垃圾。更多的是呕吐物，他们从林花家门口一直吐到楼梯口，墙上是干了的残渣。几只苍蝇嗡嗡飞来飞去。

“兔子”又溜了。我感到疲惫而沮丧。我又在犹疑中，失去了找到林花拿回衣服的机会。对犹疑的人来说，果断，是多么宝贵的奢求呀。

你别说，我现在发现，这林花和兔子还真有点像，越琢磨越像。狡兔有三窟，林花呢，三个窟肯定是不止了。光我所能查到的，她就待过不下五个地方。她总是频繁地换工作，且每一次换工作后，都留下一条微博。

“肥仔经理不给我请假，我只能炒了他。”——2014 年 9 月 25 日。

“此处不留爷，自有留爷处。下一站，我来了。”——2014 年 11 月 9 日。

“挥别错的才能和对的相逢。相信明天会更好。恶心的老板，再见了！不，永别了！”——2015 年 5 月 12 日。

“又失业了。离开。”——2015 年 12 月 12 日。

“散伙饭，感谢鱿鱼姐、气球哥、狐狸妹，感谢你们，永远的朋友。”——2016 年 6 月 18 日。

不得不说，大事小事事事记一笔真是个好习惯。要不然，我也不会这么容易地就从她的微博找到她的博客，再从她的博客找到她的人人网——真是个古董网站了，我一度忘了自己的账号密码。在种种网络空间里，她的人生痕迹，被一点点对照着、分析着……

五月初，我很忙。单位要举办一个活动。从前期的方案，到后来各方面的协调，再到结束后写一点总结交差，我整日忙得脚不沾地。林花倒是潇洒，一会儿在海边疗养，一会儿又在邻县的室内滑雪场滑雪。

王吉的电话时不时来一个，一律都是说想来看看，隔段时间又忙不迭道歉，总说自己老被事情耽搁了。

我说我很忙，没有时间在家里等他。

“是，是。我知道，我来过你家，敲了门，你没在。”王吉说，“怪我怪我，总抽不出好时间，一次次打扰你。”

他这样说，我倒有些惭愧起来，好像是我故意躲他。

到五月中旬，那件外套依旧在林花家的阳台上，在她的窗台上干了又湿，沾满了灰尘，已经完全不成样子了。我补办了身份证，启用了备份钥匙，银行卡还没有挂失——心底还存着一点侥幸，想着有一天能敲开林花的门，把它们拿回来。

林花肯定也看见了。她看见，却无动于衷。她心里在想什么？让邻居多一些麻烦？无冤无仇的，何至于此呢？

或许，我哪里得罪她了？也有可能。某一种步幅、姿态、表情，做者无意，观者有心，没准看着看着，就琢磨出敌意来了。刚巧林花又是一个爱多想爱琢磨的人。多疑而敏感。

短短三年内，她换了这么多工作。这中间，全是别人的原因？不可能的。像她这种从小就被怀疑、被孤立、被排斥的人，会有一种不安全感。这样，因为工作中生活中的某一件事，她就容易想多了，委屈了，就辞职了。

摊上这么一个邻居，你得万分小心呀。说不定就会弄僵关系，都是邻居，弄僵关系后万一时常碰到，岂不是更尴尬吗？人与人之间是经不起推敲琢磨的。不细究时马马虎虎难得糊涂，可一旦仔细琢磨，便全是似是而非的龃龉和尴尬，永远都不对味。

她怎么就不能动手去清理一下呢？万一她男朋友不小心转到阳台，看到这件男外套，他得怎么想？会不会顺手就丢了。事实上，从四月到五月，我几乎都在这种不安中度过。

她男朋友，我倒是见过，先前也在她的人人网上看过照片。现在还玩人人网这种古董网站的，实在不多了，因此我对他男朋友印象深刻。他个子不太高，但看起来挺凌厉，直白一点说，看起来不像什么好人。

有天，我急匆匆去上班，他提着一个巨大的包，正往楼上走。我走到了楼梯中间，他在楼梯转角处。按正常情况，该是他稍等，我迅速下楼，好为他腾出足够宽敞的楼梯。但他没有，他没等我走过，就抢先一步跨上了楼梯，抱着大包欺压过来。这样，我只好往上退到楼梯口，让他先过去。

林花随其后，看了我一眼，像在致歉，又像某一种挑衅，我读不太懂她的眼神。这是我见林花第三面的事了。

虽然只是匆匆擦身而过，但我感觉他们之间有点不对劲。具体来说，应该是两人看起来都有些不高兴，像是吵过架。很可能是手机的事。

“他又改了密码。如果不是心里有鬼，为什么手机不给我碰呢？”林花发过的一条微博。

不过我不太确信，毕竟，没有证据的事，就是随便猜猜。

还是说林花的事吧。她转过好几个学校。那会儿她家里做生意，香菇、茶叶、超市、水电、养殖，什么赚钱做什么。运气不好的年头，就用赚到的去补亏空。她就随着家里的生意，不停地换学校，一会儿在浙江、一会儿在福建，过了一阵子，又到江苏去了。

她是本地人，但其实，在本地她也没有什么特别好的朋友。她是进了国企后才从外县回到本地的。一个人回的，她的父母还在外地开超市。

有一阵子，她独自租住在浙南一个小县城里。到秋天，小县城满是落叶。有天晚上夜班结束，她踩着落叶回家。身后，踩叶声也跟了她一路，她快声快，她慢声也慢。她死死咬着牙，不敢回头。

“终于到家了。关好门后，忍不住就哭了。一个人，感觉到无助。”——2015 年 12 月 10 日。

两天后，她发了微博。“又失业了。离开。”

风把我家的门窗吹得咔咔作响。这地方没有什么大的建筑遮挡，风便长驱直入，肆意吹刮。楼上的东西往下掉，是常有的事。

五月底，就有一个小花盆砸在了我晾衣架上，滚了一下，又继续掉了下去。砰的一声，摔到了一楼。

一簇绿油油的小东西滚到了阳台上。那是一簇叶片圆润的小多肉，通体绿如翡翠、长势旺盛，不过摔碎了好多叶片，看起来十分惨淡。

会是谁家的呢？过了一会儿，确信风平浪静，我探着身子看，楼下的简易晾衣架，完全散了架，只剩下一个接口，挂在阳台外。我的那件顽固的外套不见了。

不是被风吹走的。那是什么时候不见的呢？我一点也不清楚。想想，我已经很久没注意看楼下的晾衣架了。在一次次揣测和想象中，外套、钥匙和卡包渐渐被我淡忘了。楼下是空荡荡的阳台，我感觉什么东西被清空了，像喉咙的鱼刺被咽下，像齿间的异物被剔除，又像嘴角的饭粒被擦去。

举着破碎的多肉，我上楼，挨个房间敲门。

五楼。“是你家的花盆砸了吗？”

“没有啊，刚才我也吓一跳呢。”

“哦，我再问问，多肉掉我这了。”

六楼。“没有没有，我们不养花的。”

“哎，你什么意思？你是说我们没看好花盆喽？要不要进来查？”巨大的关门声。

七楼。没有人开门。门口空荡荡的，没有鞋架，也没有对联，地上看起来灰蓬蓬的。可能没有人住吧。

我将多肉放在家门口的一个花盆边，等了两天，没有人敲门说一声。也没有人清理一楼地面的花盆，最后一个环卫工弄走了花盆。

除了那受伤的小多肉，花盆倾倒事件就没有留下任何痕迹了。自始至终，没有人知道那是谁家的。

林花也不知道。她在微博里传了图，配了文字："风太大，多肉盆掉我家，砸坏了我的晾衣架，一层层问上去，没一家敢开门承认！无语！只好归我了。"图片是晾衣架、泥土和多肉。林花啊林花，你也有今天。

林花敲过一层层房门吗？我不确信。我感到头有点大了，如果她并没有敲过一层层房门，那么她的微博、她的人人网，她的痕迹，又有多少是可以采信的呢？

王吉还没有来，我在拨弄着多肉。散落的几张小叶片，被我放在花盆周围，现在开始发芽，准备扎根了——想来林花家的也是。冷清的小区，也正在渐渐热闹起来。

这时我听到了敲门声。一下，两下，三下……等到第三下，我慢悠悠开门。开门，我认为自己脸上没有笑。我觉得自己是郑重，又漫不经心的。开了门，门外是一个胖嘟嘟的男子，像一团多肉成了精。这就是王吉吗？

"你好，我想看看你家。"他说，"真是很抱歉，打扰了。"

这就是王吉吗？

我想问问，是不是他一直给我打电话。但他比我嘴快，抢了我的话头，说："真是没主意，不知道怎么装修好。这客厅，四面倒有两面空，电视该放哪呢，沙发也没地方摆。"

他嘴上说着抱歉，脚却很不客气，熟门熟路地跨进门，在房间里巡逻起来，甚至连衣柜门都准备打开看看。

我家里什么装修都没有，反正不是自己的房子，就租个几年暂且容身，何必花冤枉钱呢？

当然，我没有把我的意思告诉他。我很想问问是不是他打的电话，话到嘴边，又觉得并无意义。我说："你看吧。要快一点，我要上班，赶时间。"

说完话，我想到了林花。这么粗暴、直白的话，还真有点林花拒绝开门的味道呢。我有点难为情，但内心深处，不瞒你说，爽快。

送走这团"多肉"，我下楼。这时候林花的门开在那里，房间里传来哗啦啦的水声。正对着门的，是一面大镜子，就是林花买的那面吧。

我站在楼梯口，看见自己正站在镜子里。我就以这样的古怪方式，进入林花的房间了。

站在门外，我想了一会儿。如果我敲敲门，该是第几次敲门了呢？王吉敲着我的门，我敲着林花的门，林花敲着邻居的门，整栋楼都浮在敲门声里。

林花房间的摆设平平无奇，沙发茶几麻将桌饭桌，各安其位。所有的窗户都遮着厚厚的窗帘，房间里亮着日光灯，没有一点外来的光亮。在客厅中央，林花裹在一只巨大的、没有织完的、雪白的蚕茧中，更多的蚕丝从日光灯里倾泻而出……我是这样想象林花和她的房间的。

我站在门口，过了一会儿，门缝露出了林花的脸。预想的话一句也没有用上。我只是说，想来看看你的房间。林花说，不欢迎，请出去。说完我们都笑了。

西北有高楼

年复一年耗着，
应付工作越来越麻利，
应付自己却越来越难。

冯俊比蕾蕾早到。冯俊是一个略施粉黛的男子汉。他朝她挥了挥餐券。蕾蕾闻到了他身上的香水味。起初是冯俊约的她。他在电话那头说，中山路上新开了一家法国餐厅。蕾蕾赶紧打断，说，不了不了，要不我们去吃自助餐好了，我还有兑换券，就要过期了。

说着话，她在左边抽屉找了找，翻出三张兑换券。这是上次活动时酒店发的，她有一张，同事不要，又给了她两张，一共三张。要不是冯俊打电话约饭，而她又不想和他一起共度法式浪漫晚餐，也不会突然想起自助兑换券来。兑换券躺在那个塞满了各种纸片、曲别针、订书针和文稿的抽屉里，整整三个月，才醒过来，准备做一点什么。

蕾蕾拿了两张，把剩下那一张给了盛红。给盛红的时候，蕾蕾不经意瞄了一眼，兑换券的序号是002500。保洁阿姨盛红，人很勤快，手脚利落，蕾蕾家里也是委托她清理的。一般，盛红每个月上门一次，清扫地面，擦玻璃和有限的家具，收拾垃圾。纸箱饮料瓶归盛红，蕾蕾再给她五十块钱，同为寓居丽水的外地人，两边都觉得挺划算。

盛红拿了餐券，谢了蕾蕾。蕾蕾叮嘱她，就这两天去，迟了就过期了，要抓紧去前台兑换，兑换完才能用。听她叮嘱完，盛红没头没脑来一句，说，刚好是这个日子呢。说完，又谢了她。

酒店是星级酒店，表面大气，其实抠门。比如自助餐券，别的酒店都是直接给餐券，这家酒店要弄成兑换券。多个环节折腾，有什么意思？蕾蕾反正没想明白。她是搞活动时认识冯俊的，小伙子长得白白净净，比她小三岁，本地人，巨蟹座。他一开始喊她蕾蕾姐，后面喊她蕾蕾，再后面就成蕾了。

“蕾，有一家新开的茶餐厅，我们去吗？”

“蕾，最近有个电影不错，去吗？”

“蕾，没事，我就叫叫你，蕾。”

冯俊“蕾蕾蕾”地叫着，蕾蕾就感觉有点甜腻腻的。这叫“小奶狗”恋上中年少女吗？蕾蕾在心里想来想去，不过落在面上，就冷淡很多。一个原因是，作为年纪越来越大的编外用工，她已然看不到考上一个编制的希望。年复一年耗着，应付工作越来越麻利，应付自己却越来越难。她还没想明白，到底是继续在这留着，还是回到江西老家。因这不甚明朗的去留抉择，她的感情也跟着不甚明朗起来。

“没空，忙。”

“不去！”

通常，蕾蕾的回答干脆利落，有如投枪匕首，刀刀见血。她想着冯俊那爱情的小火苗也该熄灭了。蕾蕾见多了这种小伙子，嘴巴甜滋滋，动不动凑上来又凑上来。远看还行，凑近一看，抠的抠，渣的渣，幼稚的幼稚，简直叫人绝望。

对此种种，盛红当然不知道。在这位身高一米八、体重一百五的阿姨眼里，蕾蕾简直就是儿媳妇的最佳人选。不过盛红没有多余的儿子了。她四十二岁离婚，儿子跟着前夫走。她从那个让人伤心的北方城市过来，扎根在这丽水，转眼六年多了，俨然是一个“老丽水”。做卷饼、腌腊肉、烧知了，丽水人爱干的事儿，她样样没落下，有时还特意带一份给蕾蕾尝尝。最夸张的一次，盛红带了一大盒烧知了，变戏法一样突然摆在蕾蕾桌上，把她吓得哇哇大叫。

盛红这才知道自己唐突了。原来不是所有人都爱吃知了。

“可惜了。我以前在店里，最拿手的就是烧知了。宝华抓的知了，又大又肥，大家都说好吃。”盛红说。盛红把知了收了，忽然叹了一声气，很轻，但蕾蕾听出来了，那是替她惋惜呢。但伤知音稀？蕾蕾想起一句诗，前后的句子，不记得了，没头没尾的一句。

“阿姨哟，你们也好结婚了。”蕾蕾说。宝华是盛红处的对象，五十上下，跑了老婆，带着一个儿子过活，和盛红刚好凑一对儿。

“哎哟，蕾蕾哟，我们都老了，结什么婚哟。就是凑一凑，有事搭把手算了。”盛红说。

蕾蕾笑笑。讲真，她还真有点羡慕盛红的这种状态，凑一凑，有事搭把手，多么清爽。不像她，黏黏腻腻，感情总也处理不干净。

宝华在外面打零工，秋冬季做搬运工，到了夏天，就进山找山货。蘑菇、知了、野兔、蛇，逮着什么就是什么。尽管现在宝华已经不再抓知了了，但山里能抓的还有很多，在他看来，夏天真是好季节，遍地是财源。

蕾蕾给冯俊发微信：“等下我把兑换券拍给经理，她会跟前台讲。如果你先到，就去前台领票，领完票就先进去拿东西吃。”

冯俊很快给她回了个明白的表情。他果然先去了前台，领来了餐券。在酒店门口，蕾蕾闻着他身上的香水味，感觉自己真是个糙妹子。冯俊说：“走吧。”

冯俊伸了伸手，仿佛想搭着蕾蕾。但蕾蕾走得快，冯俊没有搭成功。他们往酒店自助餐厅走去，这时他们看到有个男人正和服务员争辩。男人一只手在空中徒劳地挥舞着，一只手牵着一个小男孩。小男孩长得黑乎乎的。

蕾蕾还没明白怎么回事，冯俊就在边上说了先前遇到的小插曲。冯俊按蕾蕾说的，先到前台领了餐券，又准备按蕾蕾说的，先进去拿吃的。这时男人拦住了他。男人开的口，跟冯俊说："你可以带我们进去吗？"

什么意思？对这突然而来的话，冯俊蒙了一下。他打量着男人，不记得自己在哪里见过他。男人解释说，他的兑换券不让用了。

嗯？冯俊还是不明白男人这没头没尾的话。

"但他们说，如果我们有朋友吃的话，凭票可以打五折。我儿子是免票的，我有票，你去里面吃的话，把我带进去，我们就能进去了。"男人说。

尽管他努力地想把话说明白一点，但冯俊仍听得一头雾水。男人就更加着急起来，双手在身前胡乱地比画着，脸涨得通红，越发说不清楚。他的着急带着小男孩也一块儿着急起来，小黑孩儿啊吧啊呗地发出声音，又拿手来拉冯俊。

冯俊感觉他的手冷冰冰脏兮兮的，突然就不耐烦了起来，说："可以兑换的。我带不了。你再去问问吧。"

男人只好拉着男孩去找前台。冯俊被小黑孩儿一抓，没了直接进去餐厅的兴致。他自己去洗手间，抹了洗手液，反复洗了好几遍手，才走到酒店门口，在那里站着等蕾蕾。

没想到男人又到餐厅门口来了，显然，他没有从前台兑换到票。蕾蕾有点心虚，要不是先联系了经理，她恐怕也兑换不来票了。她是真不知道酒店新改的规定，但经此一事，总觉得自己占了便宜。她看了一眼冯俊，冯俊在盯着那个小黑孩。

“先生，我已经跟您解释得很清楚了。您的票确实已经停止兑换了。不过您的情况特殊，我可以替您向经理申请一下。请您冷静下来，不要大吵大闹，影响其他客人用餐。”餐厅服务员一面安抚男人，一面打电话给上司。

男人总算安静了下来。他把票递给蕾蕾，说：“你看看，票上面明明写着的，明天才到期，怎么今天就不让兑换了呢？没这样的道理嘛。”

蕾蕾接过兑换券，一眼就看到了序号：002500。这是她给盛红的票，现在，这张票在外面转了一圈，又回到她手里了。蕾蕾知道他们是谁了。

蕾蕾打量着男人和小孩，大的叫宝华，小的叫玉敏。她听盛红反复提过的。经由盛红的嘴，蕾蕾还知道，宝华的前妻，是个外籍新娘。宝华在四十多岁娶的她，没几个月，生了个小孩，又没两年，前妻跑了。现在，宝华就带着玉敏站在她的面前，可怜巴巴地拿着兑换券。

“但他们说，如果我有朋友在里面吃的话，凭票可以打五折。我儿子是免票的，我有票，你们去里面吃的话，把我带进去，就可以打五折，我们就能进去了。”男人说。蕾蕾是明白他意思的，但他说的，实在是太绕了。他的绕来绕去的话，一身不甚鲜亮的装扮，让他看起来与这个酒店格格不入。他应该是第一次来这里当客人吧？

服务员给餐厅经理打电话。“……对，对……聋哑人，小孩……我跟他讲了，讲不灵清的……好，好……明白……好，好……”她说一会儿，又飞快地看一眼小男孩，又说一会儿，目光在自己前方和男孩间游来游去。宝华的脸色一点点难看起来。

蕾蕾也觉得有点过分了。左右不过一张兑换券的事，何必搞成这样呢？她感觉到有一点懊悔，真不该把票给盛红的。给了她，她又给了宝华，没来由的，让人白白遭受一场羞辱，何必呢？

服务员终于挂了电话。

“先生，我刚刚已经跟您解释清楚了。现在确实不能兑换了。但是，考虑到您的特殊情况，我也跟经理汇报了。经理说，如果您有朋友在酒店消费，可以带您进去。如果没有，那很抱歉。”

“我有个屁朋友在你酒店消费！”宝华撂下一句。他拉了一下玉敏，准备往外走。

玉敏定住了。他把头扭向餐厅，嘴里啊吧啊呗地叫着。宝华更恼火起来，抬手对着玉敏就是一个巴掌。

“走！”宝华喊。

他准备拖走玉敏，但玉敏不肯走。小孩子的蛮力发作，也不好收场的。一时间，一个拖一个拉，两个人搞得很有些滑稽。

“干什么呀？让小孩子进去。”没等蕾蕾说话，冯俊先开口了。他很快拉开了这对父子，把玉敏抱在了手上。

“他们是我朋友。我们进去消费，现在没问题了吧？”冯俊说。他伸手掏出了手机，“还要多少，我付了。”

进了餐厅，宝华拉着玉敏，一直跟在后面说谢谢。

“不客气的，你们找位置坐吧。”冯俊说。他把玉敏交给宝华，看他们找到座位后，才拉着蕾蕾找了一个离他们很远的角落位置。而后，冯俊去了很久的洗手间才回来，蕾蕾闻到他身上有一股洗手液的味道。

对冯俊这突然的仗义，蕾蕾有点刮目相看，但他身上洗手液的味道告诉她，冯俊还是冯俊。冯俊替她拿了甜点和饮料，蕾蕾低着头吃。两个人之间的气氛有点沉闷。

“我小时候有一次，在一个蛋糕店门口，我爸爸也是这么对我的。”冯俊说。

“哦，怪不得呢。”蕾蕾说。她对冯俊的过去没兴趣。她坐在那里，透过自助餐厅的塑料花摆设，看到宝华和玉敏面对面坐着。他们的桌子上，堆满了小蛋糕。两个人不吃别的，倒先拿了一堆小蛋糕，你一块我一块，在那里吃得不亦乐乎，蕾蕾想想觉得好笑。

冯俊见她没有兴趣听他的童年往事，就转了话题，说：“我最近在健身房练肌肉，感觉效果很不错。”

他秀了秀他的肌肉，刚才拉开宝华和玉敏，全靠了这身肌肉。蕾蕾又哦了一声。一个略施粉黛的肌肉男，蕾蕾在心里想，这到底跟自己有什么关系呢？她并不热衷于这样的约会，但又觉着不好拒人千里，只好例行公事和人去约会。今晚的约会，她先预设了议程。第一项议程，共进晚餐，三十分钟；第二项议程，共同散步，三十分钟；第三项议程，告别仪式，两分钟。她希望每一项议程，都尽可能精到分秒。这样她就可以对自己有一个交代——约会，她是约了的，只是没兴致。这能怪谁呢？她想，在圆满完成三项议程后，她将回到她温暖而安全的小公寓，打开橘黄色的小灯，躺在床上刷剧。

冯俊伸了伸手，仿佛想搭着她。她顺势调整了一个坐姿，躲开了。冯俊起身拿了一些水果。蕾蕾一点儿也没有动，她看着宝华父子终于换了新的菜。宝华喂玉敏一口，玉敏又反过来喂宝华一口，两个人都有了笑意。刚刚在自助餐厅门口的那拉锯战，仿佛都消融在碳水化合物里了。

“我们走吗？”蕾蕾问。她看了一下时间，已经吃了三十五分钟了。现在，是时候进入下一个议程了。

“好。走吧。我们去走走路。”冯俊说。他把一个小番茄丢进嘴巴。

他们起身，走向餐厅门口。蕾蕾往宝华他们的位置看了一眼，只见父子两个面对面坐着，还在那里吃。蕾蕾没来由感到有一点心酸。

饭后走路的时候，冯俊还对法国餐厅念念不忘。显然，他对这场寡淡的自助晚餐并不满意。现在进行到第二项议程了。他们沿着中山路散步。中山路的两侧，是两排高大的法国梧桐，法国梧桐下，是一家家小餐馆。宝华过去抓来的知了，大半都是被这些小餐馆消化掉的。小餐馆把知了随便处理一下，下油锅，再做成椒盐的、麻辣的口味，能卖一百多一斤。

盛红说过，她当保洁前，就在这条路的一个餐馆里打工。宝华前脚刚把抓到的知了送来，后脚，盛红就辣手无情，把它们的头一个个摘了。陷入绝境的知了，叫得震天响，但是没有用。该下油锅，还得下油锅。油锅一开，盛红把知了倒进去，它们最后一次，发出前所未有的巨响。

宝华送完知了，有时也会在店里待一会儿，看盛红处理知了。宝华拿话撩拨盛红，盛红再撩拨回去。宝华倒不会动手动脚，只在嘴上讨便宜。他撩拨盛红的时候，脸上笑嘻嘻的，嘴皮子像抹了油一样；不撩拨时，厚厚的嘴唇紧紧抿着，一脸忠厚相。熟了以后盛红知道，这脸忠厚全是装的，他不光抓知了和山货，也抓别的东西。年轻时在老家鹤墟街头抓，后来大家都知道他了，没了办法，就跑市里来了。丽水城毕竟大一点，门路广，他逮着什么抓什么，因此，有时也不免被派出所抓进去。盛红摸准了宝华的干活时间，有一段时间没来，准是去吃国家饭了。

果然，隔了几天，宝华又晃荡晃荡出现了。脸上笑嘻嘻的，“天休唉，谁想到他们会蹲着等我，我一拿出来，就被没收了，还抓我进去。”

宝华整天把“天休”挂在嘴边，盛红一开始没听懂是什么意思。后来慢慢懂了，“天休”就是“天收”，他那个鹤墟口音，“休”“收”不分的。坏人自有天收，宝华说的大概就是这一点意思吧。他却不认为自己就是坏人。天休说顺嘴了，类似于一个语气词，味道就淡了。

宝华说着被拘留的事，云淡风轻，俨然是拘留所熟客。他有分寸，不拿穷苦人的东西，也不搞大事情，顶多就拘留几天，不会把他怎么样的。

“这也不好吧。你也老大不小了，以后怎么娶老婆？”盛红劝他。

“娶不上就娶不上吧，不是还有你吗！哎，我们去领证怎么样？”宝华半真半假。

“神经！”盛红骂一句，骂完不免又想，真去领证会怎么样？她和前夫就没领过证，两个人好上了，睡了，后来又生了小孩。离婚的时候，说分开就分开了。要死的，悔不该把儿子让给他。现在一个人孤零零的，夜里翻来覆去，想着那本红彤彤的证。国家发的证，烫着呢，也不知道宝华这个神经说的是真是假？

心里有了一点念想，盛红感觉踏实。一踏实，她竟发高烧了，烧到三十八度八。宝华把她送到医院，陪她住了两天。等烧退了，宝华一个人上山，给她弄了一些山货，在炉子里炖了，说是补身子。

过了一阵子，宝华还真领证了。对方是柬埔寨来的，又黑又瘦，像一段木炭裹了布。盛红听了宝华的喜讯，愣了半天，笑起来，说："恭喜恭喜，要摆酒了。"

宝华说不摆了，没什么客人。盛红说，不摆也好，过日子嘛，能省就省点。私底下，盛红觉得挺不值的。

柬埔寨女人很快就生了玉敏。生完，宝华脸绷得紧紧的。孩子是没有声音的。宝华脸上笑嘻嘻的神色没了，话越来越少，每次来了把知了一给，拿了钱，站一会儿，就悄摸摸走了。

宝华给知了的次数越来越少了，后来干脆就再也没来过了。听人说，宝华已经不抓知了了。盛红也是听人说的，说宝华抓了太多知了，造了孽了，儿子才哑巴了。

听人这样说，盛红感觉心尖被什么东西扎了一下。过了几天，领了工资，她就辞职了，辗转在保洁公司上班，又被派到了蕾蕾单位。

蕾蕾有意走慢，落在冯俊后头。冯俊想等等蕾蕾一起。他们相互等着，越来越慢。散步也变得像知了的叫声一样，知了知了知了，单调而乏味。

"哎，吃知了吗？"蕾蕾忽然问。

没等冯俊回答，突然，一只知了飞了起来，向着他们扑来。蕾蕾吓得哇哇大叫，冯俊叫得比她还要夸张。偏偏那知了不知好歹，啪嗒一声落在他的衣服上。冯俊吓得花容失色，还是蕾蕾拿包帮他赶走了知了。

好险好险。两个人摆脱了知了，心脏怦怦直跳。他们站在一起时，蕾蕾知道自己刚才那个问题的答案了。

盛红主动说起来，自己把兑换券给了宝华。她还说了宝华在酒店的事。自然，也是宝华回去跟盛红讲的。

“还好，碰到一对年轻人，把他们带进去了。怎么会这样呢？明明没过期，就不让换了。做生意怎么能这样呢？你们兑换成功了吗？”盛红说。

“我是先跟经理讲的。早知道我就她讲，三张一次性兑换出来。”蕾蕾说。这个办法，她确实是后来才想起来的。为此，她还懊悔了好一阵子。

“也真难为他了。他这个人，别看他平时嘴巴抹了油，到了正经场合，是个大舌头，讲不清楚话的。”盛红说。

蕾蕾还没作声，盛红又说到了玉敏。“他那个儿子哟，更不会说话，整个人傻愣愣的。真让人担心的。”

蕾蕾想起玉敏眼巴巴看着餐厅的样子。也不知道他那个柬埔寨母亲，现在在世界的哪个角落了？这个柬埔寨女人，宝华其实是从别人那里接手来的。那人说，柬埔寨女人的老公死了，现在她没人要，要是宝华要的话，他可以去说说，成了只要给他两千媒人费。

宝华同意了。过了两天，那人就领着“柬埔寨”上门了，说：“证件都全，管饭就行。你可以带她去民政再拿下结婚证。”

宝华找人看了证件，也叫派出所看了，真是一个合法的外籍新娘。宝华带她领了证，过了七个月，就有了玉敏。宝华倒也不是很在乎。不管怎么说，玉敏都得喊他爸。宝华就在那里等啊等，等着玉敏发出声音。

玉敏没有声音。宝华知道坏了。

“叫啊，叫啊，爸！爸！爸！”宝华疯了一样，摇晃着玉敏，用力掰开玉敏的嘴巴，想把那一声“爸爸”从他的喉咙里扯出来。当玉敏的喉咙里发出嘶哑的声响时，柬埔寨女人也加入进来，和宝华扭打在一起。

扭打完了，三个人抱在一起哭。哭完了，宝华一巴掌打在柬埔寨女人身上，他们又扭打在一起。他们哭哭打打，玉敏就长到了四岁，一双眼睛乌溜溜的。宝华看着玉敏乌溜溜的眼睛，对柬埔寨女人发誓说：“以后再也不打你了。”

柬埔寨女人嘴里说着宝华听不懂的话。宝华由着自己的理解翻译，这是说，谢谢老公，谢谢老公，以后我也会好好过日子的。

“明天带你去店里买件新衣服。”宝华说。柬埔寨女人来了后，一直穿她自己带来的衣服，宝华想想，真是没给她买过一寸纱。

“你呀，是没赶上好人家。要是我爹娘都在，你也是个好媳妇。”宝华说，反正柬埔寨女人啥也听不懂，他就由着自己胡说八道，“都是洋老婆，你怎么就这么贱呢？嫁给我？你要是个金头发白皮肤的，嘿嘿，天休的。”

玉敏无声无息爬到宝华怀里。宝华在他头上轻轻赏了个暴栗，骂一句：“小王八蛋。”

他又骂了一句自己，“老王八蛋。”

“老王八蛋不抓知了了。”宝华决定以后连街上的东西也不抓了，找一份正经的活干干，等攒够了钱，就带玉敏去上海去北京看病。先前，宝华领着玉敏去看医生，医生检查了半天，摇摇头，说：“先天的，没有办法。”

宝华骂了一句。心里不服气。

宝华带柬埔寨女人去买衣服。柬埔寨女人碰到了另一个柬埔寨女人。她们在那里呜呀呜呀聊天，宝华这回没有翻译出他们说了什么，但觉得挺好。老乡见老乡，毕竟是件高兴事儿。柬埔寨女人跟他们一起回了家。宝华也不在意，多个人多双筷子的事。哪想到，过了个把月，两个柬埔寨女人都不见了。

“我老婆跑了。天休，我老婆跑了！”宝华给熟人打电话。大家一起帮忙往车站找找，那边人已经跑得没影了。

宝华想来想去，想不明白到底怎么了。打她的时候她不跑，给她买衣服了，她怎么就跑了呢？

“小犬儿，你老妈跑了！”宝华想想，气不过，在玉敏屁股上拍了一巴掌。

盛红也帮着宝华找老婆。那天她正在蕾蕾家里打扫卫生，刚擦完玻璃，宝华就来电话了。

“我老婆跑了。”宝华说。盛红哦了一声。宝华以为她没听清楚，又说了一遍。盛红听明白了，宝华的意思是，他老婆跑了，他想去找找，玉敏没人带。

盛红放下电话，跟蕾蕾说：“我家里有点急事，今天就到这吧，明天我再来收拾。”

蕾蕾说：“去吧去吧。不着急的。”

盛红匆匆忙忙走了。从这次事件后，盛红嘴里，才陆陆续续跑出宝华，钻进蕾蕾耳朵里去的。那以后，盛红整天在蕾蕾跟前宝华宝华地叫，俨然是一家人的口气。蕾蕾觉得阿姨的爱情真的难以理解。她就不明白了，宝华这样的人，这样的家庭，有什么好的？或许，正如盛红所说，不过是“凑一凑，有事搭把手”？

宝华在自助餐厅喝了不少啤酒。整个人醉醺醺的，打着饱嗝，敲开了盛红的家门。盛红骂了一通，又替他收拾残局。

“穷人莫做人啾，天休的。”宝华坐在破沙发上，自己在那里念叨。

盛红一时没听懂。宝华讲了半天，才把在酒店里发生的事情讲了个大概。讲完，宝华哇啦哇啦，把吃到肚子里的，全吐在了盛红身上。

“没良心吃啾，我犯得着吗我？早知道还不如我自己去呢。”盛红说。玉敏给盛红拿来了纸巾。

盛红心软了。她收拾了自己，再收拾完地面，拿来被子把睡着的宝华盖了，才抱着玉敏。

“好吃吗？玉敏。”盛红问。

玉敏回了一通啊吧啊呗。盛红把玉敏的额头贴在自己的额头上，“你哥哥小时候，比你还贪吃呢。”

她从手机里翻出儿子的照片，指给玉敏看，“你哥哥十二岁的时候，拿了全市画画二等奖，十五岁拿了全校考试第一名。你呀，以后学画画，画大街总可以的。实在不行，你就去学剪头发。剪头发好啊，人人都要剪头发，这门手艺差不了。”

宝华打起了呼噜。盛红听到呼噜声，又骂了一句。玉敏很兴奋，不停地啊吧啊呗，拿手指指嘴巴，摸摸肚子，比画了一通，大概还在说晚餐的事。

“可怜见的，跟着这个神经，没吃过什么好东西。”盛红自己说，“好了好了，知道了。以后阿姨再带你去。”

她抓着玉敏，哄他洗了脚，又哄他睡了，才一个人坐在黑暗里。房间里传来此起彼伏的呼吸声，宝华呼噜重、玉敏呼吸轻，轻轻重重，浮浮沉沉，有如潮汐涨落。盛红听着，心里感觉到踏实。从北方来这边后，有很长一段时间，她心里空落落的。还好宝华出现了，他送那么多知了过来，让她一次次，扭下知了的头。在虐杀知了的快感里，盛红心里慢慢平静下来。她知道，她欠了很多知了的命。可谁叫它们是知了呢？盛红一面觉得头被人拧下来是知了的命，一面又觉着要不是自己动手拧的，该有多好。

“生日快乐哟。”给玉敏掖被子的时候，盛红说了一声。玉敏安安静静睡着。

玉敏的生日，她是记得的。中午她拿到蕾蕾给的兑换券，看着日子正合适，就赶紧给宝华送去了，还叮嘱他说，刚好今天可以用，你拿着，自己再买一张，算给玉敏过生日了。宝华倒邀请了她，她想想，说算了算了，我晚上还有一家要清理呢。

“再说，你们父子过生日，我去也不合适吧？”盛红又说。宝华没坚持，她就没跟着去了。哪想，宝华这个死抠门的，非得在门厅吵闹，让玉敏的生日过得不安生。不过，总算带玉敏吃过一顿好的了。

宝华在家里躺了两天，整个人闷闷的。等他恢复过来，就开始收拾工具，说去山里找点山货。盛红说，你别去了，当心给人抓到。宝华说，你别管。

“你懂什么？”宝华突然把嘴凑到了盛红耳边，压低了声音，“山里有个灵芝成了精，在到处跑呢。现在正是抓住的好时候。等我抓来，你烧火，煮七七四十九天，喝下去，玉敏就好了。”

“神经！”盛红骂一句。

宝华是一头犟牛。一去十来天，没了消息，手机也关机了。盛红慌了，到派出所问问，说没有抓过这么一号人。应急救援队出动了，电视台播了，微信群也转了，到底没把人找回来。

“大概是变成一头山货了吧。”盛红对蕾蕾说。玉敏赖上了盛红。过了一年，盛红带着玉敏，到蕾蕾家搞卫生。蕾蕾把买来的图画书送给玉敏，他在那里啊吧啊呗地叫着，好像在说谢谢，又好像不是。盛红问起蕾蕾结婚的事情，蕾蕾就想起冯俊逃避知了时的狼狈样子。至少在那一刻，他们的心是贴着的。

常客

这世上有多少人，
都是在错位的事上，
磨损了他自己哟。

陈秋沙觉得满堂红有一个好胃口。医院门口那家台州早餐店，那又干又硬的包子、馒头，她都能吃得津津有味。吃完了，还抹抹嘴，说一声好吃。满堂红仿佛是那家早餐店的捧哏，要不然，那家根本没人去的店，就只能唱单口相声。

满堂红喝一声彩，两个台州夫妻脸上就有了光彩。女人像陀螺一样，在店里转来转去，虽然什么客人也没有，却一副很忙的样子。男人安安静静地坐在桌子边发呆。有人来了，男人就站起来，像是迎接，又像是没迎接，就站着等客人开口。如果是一个男客人，他又很久没开口说吃什么，男人就给他递一支烟。

这当口，女人就见势开口，问问客人吃什么。客人点了吃的，一屉小笼包、一碗甜豆浆，或者两个包子、一碗稀饭之类的，还没吃两口，男人就开始做售后，不住地问客人包子怎么样、豆浆甜不甜。

“还好吧？咸淡还可以吧？今天的馒头还发吧？”男人这样问。

客人只好顺势说，挺好的挺好的。男人就满意起来，说自己家的肉，都是手工剁的。有时客人算错了账，少给三毛五毛，男人也乐呵呵的，说算了算了。如果是个男客人，又给一支烟。

讲真，这家早餐店，除了味道差，别的方面都没话说。陈秋沙不免为此遗憾，这就好比一个医生除了医术差，别的都挺好。

客人出了门，多半不会再回头了。满堂红是个例外。她是这里的常客，连路过都要和台州夫妻打声招呼。满堂红天天吃这家店的包子，还非得给陈秋沙也带包子。陈秋沙勉强吃了几天，胃里隐隐不舒服，吓坏了，赶紧找个理由推了。满堂红却一点没感觉，和店里夫妻打成一片，一天天在陈秋沙耳边说店里的事。

“早先开在山珍市场边，后来生意不好，才搬到这边。”满堂红说。

“就这手艺，生意能好才怪呢。”陈秋沙说。

“不会啊，我觉得挺好的啊。很有嚼劲，肉也很新鲜。他们家的温州糯米饭也好吃。”满堂红说。

听听，吃包子还要吃有嚼劲的，稀奇！陈秋沙白了她一眼，三号床在叫她了。她赶紧跑过去。三号床是住院部常客了。这几年，三号床每年都要来两三次住院部，多则半个月，少则五六天。他一来，住院部就充满了紧张的气息。陈秋沙也跟着紧张起来，整个人都绷得紧紧的，天不怕地不怕，就怕三号床按铃。

看到陈秋沙来，三号床把自己蒙在被子里，被子就跟着发出声音——不想活了，不想活了，死了算了。

他一边喊，一边踢腿，被子一鼓一鼓的。陈秋沙知道，这位的这些话纯粹就是口头禅。要是真不想活了，他才不会来医院呢。她甚至想，这位要是真不想活了，像有些人一样，悄悄摸到溪口，一头扎进湛蓝湛蓝的双鹤湖里，也是好的。至少，这样就不用到住院部来折腾人了。

但他想活着呢。身体有点不舒服，就非得找到医院来。也不知道他使了什么魔法，那些医生，一个个都迷了魂似的，只要他一来，就把他往住院部塞。为此，陈秋沙还偷偷向人打听过他的来历，比如他是什么领导的亲戚、什么有钱老板的老爹之类的，可惜这位什么也不是，就是兜里有几个钱。

“三号床，量下体温。”陈秋沙说。

对这位，陈秋沙可不想表现出任何一丁点儿的关怀。绝对不能。不然就是没完没了的“不想活了”，她得在他床边，哄着他捧着他，跟他说活着有多美好。等她说得口干舌燥了，他会再来一句，“我饿了，我要吃饭。”

陈秋沙上了几次当，现在学了乖。过去看一眼，量个体温，算是应了卯：嘿，你叫我，我可是来了，我可是把体温都量了。你这把戏，可以消停了。通常，量了体温，这位就真的会消停下去，嘴里喊的“不想活了”也会低下去。

“不想活了，死了算了。死了算了。”陈秋沙掀开他的被子，出乎意料的，这次三号床眼里真是泪水滚滚。陈秋沙愣住了，这次是怎么了？真的哭了？还是演技又有新进步了？

这次是别人帮他按的铃。他在床上嚎叫，显然吵着边上的人了。他们不想他再吵下去，就帮他按了铃。

“不想活了，死了算了，死了算了。”三号床说着，身体却很顺从地配合着陈秋沙，量了体温。

“体温正常。再过三天就可以出院了，回家过年。”陈秋沙说完，头也不回地走了。说起来，三号床也没什么大毛病，就是时不时发高烧，一烧就烧得浑身抽筋。这种怪病，三号床去各医院看了一圈，还是没有治好。在医院，医生们对待他都熟门熟路了，配点消炎药、挂点退烧针，按时测量体温，十天半个月准好。用满堂红的话来说，三号床这病叫“住院依赖症”，不住院是不舒服的，住院了，把钱花了，也就舒坦了。

满堂红是最早接触三号床的护士。那时候，陈秋沙还说她没有同情心，一点也不体恤病人痛苦。现在陈秋沙觉得满堂红讲得真是对极了。

满堂红换科室的时候，千叮咛万嘱咐，要防着三号床发癫。发癫就是说他好好挂着针，突然就发作了，嘴里说着不想活了，手里把针胡乱一扯，把桌子上的瓶瓶罐罐推了一地。结果呢，收拾残局的总是她们这些小护士。

“记住了，只要铃响，赶紧过去。千万不能迟了，迟了他就要发癫。”满堂红临走前，又说了一次。

“知道了，知道了。楼上楼下的，不知道的还以为你换到西伯利亚去了呢。”陈秋沙说。满堂红是换楼上儿科去了，又不是去很远的地方，她觉得大可不必这么交代的。她笑满堂红过于小心了。

不想，满堂红换了科室那天，三号床真的就发癫了。他按了铃，陈秋沙正被另一个病人缠着，脱不开身，大约过了五分钟才过去。三号床那边就哇哇叫开了，跳到走廊里，哇哇叫着“死了算了”，惹得走廊里围满了人。陈秋沙那次花了很大的精力才把这个三号床安抚下来。过两天，这位的投诉就到院长那里去了，为此，陈秋沙还被扣了三百奖金，在科室支部会议上作了检讨。

陈秋沙从那以后才知道满堂红的交代是很有必要的。后来满堂红老拿这事取笑她：关公大意失荆州，秋沙小心扣奖金。

满堂红去儿科后，天天和小朋友们打交道，整个人快乐多了。她有时路过住院部，也会停下来，和陈秋沙聊两句。两个人是同一年考进医院的，后来又在一个科室待过，相互间比别人更亲昵一些。闺密，满堂红喜欢用这词。陈秋沙虽觉得这词腻得慌，但想想也差不离了。

年二十八这天，满堂红来了。这位闺密站在那里，看陈秋沙忙完，才说："有个饭局，一起去吗？"

"什么局？相亲吗？"陈秋沙说。满堂红现在还单着呢，挺好一姑娘，要脸有脸、要身材有身材的，怎么就单着了呢？陈秋沙有点想不通。

"相你个鬼哟。早餐店老板请我们吃饭，去不去？"满堂红说。

"啊？"满堂红跟早餐店夫妻已经混熟到这种地步了吗？

满堂红说了原委。那天她在店里吃早餐，聊了几句，说起来家乡的美食。男人说他的家乡的台州卷饼，味道很好。满堂红说，丽水也有卷饼，她很喜欢吃。女人说，改天家里做卷饼，可以叫满堂红去吃，看看正宗的台州卷饼和丽水卷饼有什么不一样。

满堂红顺口说，好啊，那你们一定要叫我。

男人就叫满堂红留个电话，等他们做卷饼了一定请她。

"我想，他们就是客气一下，所以我就留了电话。没想到，他们真的打电话给我，叫我明天去他家吃卷饼。我觉得有点不好意思，一个人怎么去吃啊，我就帮你也报名了。"满堂红说。

现在陈秋沙知道满堂红为什么会特意来找她了。她这是坑完自己还带着坑闺密啊，哈哈，满堂红啊满堂红，还吃卷饼呢，我看你现在就像一个卷饼。陈秋沙在心里暗笑。

满堂红就是这样一个咋咋呼呼的人。刚考入医院时，第一次开会，新人们都穿得规规矩矩的，早早就到了，在座位上窝着。只有满堂红，穿着一身很招摇的红色，拎着两个肉包，咔哒咔哒从主席台前仰首走过，又咔哒咔哒走到陈秋沙边上，坐了。台上的院长，那个临退休的小老头儿，看她坐定，就开始主持会议了。

小老头儿说："我们的'满堂红'来了，同志们，现在开始开会。"

从此，满堂红的名字就一炮而红了，大家见了她，都是满堂红、满堂红的叫。满堂红是在大家的一声声叫唤里，慢慢长成业务骨干的。当了业务骨干，满堂红知道怕了。

现在满堂红又怕了，拉着陈秋沙，非得叫她陪着一起去。

"这有什么好去的，又不是什么熟人。你随便找个理由推掉不就行了？"陈秋沙说。

"你的意思是，不去？"满堂红说。

"不去。"陈秋沙说。现在什么人都有，万一饭吃了一半，对方开口借钱怎么办？又或者推销点东西，你买还是不买？临近年关，还是不要惹事的好。

"行，那就不去了。我想想怎么回他们。"满堂红说。

"等明天差不多时间，你说医院里临时接了个病人，走不开不就行了。"陈秋沙说。医院里别的事没有，突发事件还少吗？

"行。"满堂红答应了她。

陈秋沙松了一口气。想当初，满堂红可是一直拉着她去店里吃包子的呀，她被迫做了好几天回头客，又被迫吃了几天陈秋沙带的包子，才终于硬着头皮推掉。现在她怂恿满堂红推掉饭局，满堂红还答应了她，这才是好闺密嘛。

推了一件事，陈秋沙替三号床量了体温，又脚不沾地地办了几个出院手续。临近年关，按本地风气，病人们都喜欢回家过年。只要病情不是太严重，病人自己又有要求的，医生们和住院部心照不宣，都放走了。三号床的体温现在已经恢复正常，也到该出院的时候了。

不过，三号床却不着急出院。他孤家寡人一个，反正没人来接，倒也不在乎出院不出院。时不时地，三号床就从病房里溜出来，在外面走廊晃来晃去。他对这里的情况门儿清，只要有新病人住进来，他都会主动过去串门聊天。这已经成了三号床在医院的生活方式。陈秋沙是见怪不怪了。

但现在不一样的了。临近年关，三号床不出院，就是给她添负担。何况，他在住院部待着，指不定又闹出什么事来呢，大过年的，她可不想再被投诉扣奖金了。陈秋沙准备动员三号床也出院。

“出院好啊，大过年的，买点好吃的，总比在医院里待着强吧。”陈秋沙先探三号床的口风。三号床躺在那里，半天不说话，一双眼睛睁得大大的，看着天花板，也不知道在想什么。

陈秋沙心里暗叫一声不好，他该不会想留在这里过年吧？果不其然，三号床开口了。

“医生，我觉得我体温又高了，我现在不能出院。”三号床说。三号床见到医院里的人都叫医生。不可能的，怎么会高呢？陈秋沙刚刚才给他量过的，体温正常，血压正常，什么都正常，他就是不想出院。

“没问题的，你的体温很正常。再说，住院费也很贵啊。要不你先出院，真高起来再来？现在住进来也很方便的。”陈秋沙苦口婆心。要不是想把他早点弄走，好让自己过一个好年，她才懒得跟他说这么多废话呢。去年受疫情影响，她整个年都在住院部待命，今年她可不想再没年过了。

“没意思。不想活了，我也去喝药，死了算了。”三号床说。三号床这回在口头禅“不想活了”“死了算了”中间加了个“去喝药”，是受了另一位病人的影响。上周住进来一个老爷子，八十多了喝农药，还好发现及时，急救了大半夜，才救回来了。打这老爷子进了住院部，三号床的“死了算了”，就有了新标准：是喝了药的死了算了，而不是别的什么死了算了。

现在三号床又说不想活了。陈秋沙就懒得跟他废话了，她把三号床不想出院的情况报了上去，让上面去协调。

年二十九，也就是台州早餐店约满堂红吃卷饼的日子。陈秋沙给三号床量了体温。三号床乌鸦嘴，现在他的体温真的有点高起来了，不过也没高到那种必须住院的程度。但三号床可不这样认为，他把体温偏高一点当成是他病情即将恶化的证据，整个人更加害怕起来。这回是真不可能出院了。

多了这个麻烦精在医院过年。陈秋沙心里就多了一块石头。这时候看到满堂红来了。

满堂红穿着一身红，走近了，说：“我想了想，还是去吧。”

“啊？去哪？”陈秋沙想着三号床的事，一时没有反应过来。

满堂红说：“万一人家真是好心邀请，我们不去，也不太好。大过年的。”

她说着，陈秋沙明白了。她这是来叫自己也一起去了。

“我跟他们说过，带朋友过去的。”满堂红说。

“干吗把我也拉上，万一真遇到坏人，你这下是连个救兵都没有了。”陈秋沙说，“再说，我替人值夜班呢。”

陈秋沙指了指三号床所在的病房，压低了声音："那位要在这里过年了。"

闻言，满堂红苦笑一声，摊了摊手，又拉住了她，"走走走，不耽误你时间，先吃饱再说。八点半前准能赶回来接班。"

陈秋沙只好胡乱收拾一下，跟着她出发了。两个人买了一盒牛奶、一篮水果去台州夫妻家。台州夫妻店开在医院门口，住却住在老车站后面的一个旧小区里。满堂红和陈秋沙按照台州夫妻给的地址，一前一后，穿过狭长的房子和房子之间的小道，认准了一扇锈迹斑斑的铁拉门。

两个人站在铁拉门前，抬头看看，旧墙面笔直向上，顶上是暗沉沉的天色。暗沉沉的天色下面，是随意牵拉的电线网线。她们要沿着楼梯爬到最高层，那才是台州夫妻的家。

铁拉门里面是昏暗的楼梯，陈秋沙试图找到楼道灯的开关，但没有找到。两个人只能打开手机，用手机手电光照着，沿着楼梯攀爬。

这是一座八九十年代的楼，里面的楼梯很狭窄。每上一层，就是一条甬道，甬道两头是两个房间。陈秋沙知道，这样的房子，很多都是出租出去的。三号床就是一个有很多房间租出去的房东，他把收来的房租，换成住院费、医药费，一天天在医院里住着。现在这栋房子里没有什么人，到了年关，很多租户就回老家过年去了，就有点楼去人空的意思。现在想来，满堂红带上自己，还是明智的，这么昏暗的地方，的确不那么让人放心。

想到这里，陈秋沙叫满堂红歇一下。她给老公发了一个定位，留了言，让他保持手机畅通，如有情况，要随时过来接应。满堂红笑她过于小心。

两个人爬到四楼，楼梯亮起来了。再爬一层楼，楼道就飘满了菜香味。台州男人扎着围裙在煤气灶边忙碌，女人在吼孩子，孩子在偷吃烧好的菜。

屋子里的灯光让陈秋沙放松了下来。她有点为着自己之前的小心翼翼而惭愧。现在陈秋沙和满堂红成了这家人的嘉宾了。他们殷勤地招待他们。他们的孩子，一个虎头虎脑的小家伙，在女人的支使下，一会儿给她们拿饮料，一会儿给她们拿水果。

“还没好，再炒一个菜就好了。我说你们下班晚，冷了就不好吃了。”男人说着，很有些歉意。

满堂红说：“是我们来早了，一听说有卷饼，就来了，连打卡都忘了。”

男人又说起他的早餐店，说他的肉都是手工剁的。男人的话特别多，这和在店里刚好相反。在店里，是女人在忙个不停，男人坐着，不怎么说话。到了家里，则变成男人在忙个不停、说个不停，女人在旁边，偶尔插一句话。店里和家里的不同，让陈秋沙觉得很有意思。

“我们一年到头，也就过年休息几天，还是你们拿工资的人好啊。”男人说。男人又说起来，他们去年夏天从台州过来，在山珍市场门口刚开了半年，结果房东临时又不租了。他们只好重新找店面，刚搬到医院门口，疫情就来了。没办法，只好又关店了小半年。来来回回，一分钱都没赚着，还倒贴了好几万。

不会要借钱吧？陈秋沙又警惕了起来。这多么像要借钱的前奏。如果他们在饭桌上开口借钱，她该怎么拒绝呢？她有点后悔来之前，没有和满堂红先统一口径。万一满堂红被他们说动，真掏了钱，那可真是得不偿失了。

她赶紧掏出手机，给满堂红发了一条微信 :“无论如何，不能借钱出去。什么事都不能答应，防人之心不可无。”

满堂红看了她一眼，没有回她微信。满堂红在忙着安慰他们。

陈秋沙一面揪着心，在那里逗小男孩，一面在想万一他们开口借钱，接下来该怎么办。小男孩八岁了，在老家台州读一年级。今年他们没有回去，才托老乡把小男孩从台州带过来。现在一家三口团聚了。

男人把最后一个菜放在桌子上，很豪迈地挥手，说 :“开饭喽！”

男人把啤酒拿上桌子，女人拿了红酒，男孩拿了果粒橙和酸奶，桌子上一下子就丰盛起来了。说是吃卷饼，其实两人做了满满一大桌，中间是猪蹄火锅。男人解释说，这是跟本地人学的手艺。火锅边上挨次布列着螃蟹、虾、烤鸭、饺子、青豆炒玉米、木耳炒山药，还有卷饼皮和卷饼的各种馅料。老实说，这样一桌菜，五个人是吃不完的。

满堂红和陈秋沙掏出手机拍了照。女人给陈秋沙和满堂红包了卷饼。陈秋沙一连吃了两个，满堂红吃了三个。台州男人笑了，说，先吃别的菜，一会儿让我老婆包一些给你们带回家吃。

果然，等他们酒足饭饱出来，女人给她们每人塞了一袋卷饼。外面天色已经暗了。陈秋沙给老公发了微信，告诉他不用来接了。发完她感觉有点惭愧，刚刚在桌上，她还揪着心，一会儿担心他们借钱，一会儿担心他们推销东西，结果人家真是就请他们吃一顿饭。

满堂红倒是坦然，说 :“唉，明年我们想办法帮帮他们。”

满堂红说的是他们早餐店没有客人的事。这其实是一件几乎已经注定了的事。他们的店虽然在医院门口，但却是一个很难停车的地方，何况他们早餐的味道——也只有满堂红一个人说好吃。陈秋沙想起在餐桌上，男人的自信，说他的手艺怎么地道、肉怎么用心选、剁得又怎么仔细，他所认为的这些，在坏味道面前，全成了笑话。

做点什么不好呢？非得做早餐，做包子。平心而论，男人的手艺还是不错的，家里的菜烧得咸淡适宜，每一片山药都切得均匀。可是怎么到了早餐，就做成那个样子了呢？陈秋沙想来想去，只能把这个归结为他没什么做包子的天赋，又过于相信自己的手艺。这世上有多少人，都是在错位的事上，磨损了他自己哟。

满堂红在边上，自言自语说，人生地不熟的，在外地过年也不容易，他们这就算提前吃年夜饭了。

陈秋沙心里咯噔了一下。在餐桌上，台州一家人兴致都很高，不停叫她们吃菜、喝酒。男人没有抽烟，他把杯中酒一杯一杯往下喝。虎头虎脑的小男孩，在男人和女人的怂恿下，和满堂红、陈秋沙干杯。

男人说等年初五就开业。

“年初五，迎财神！生意兴隆！”女人说。

男人给自己倒了满杯啤酒。忽然，他提议大家一起干杯。

他们举起杯子。男人的啤酒杯，女人和满堂红的红酒杯，陈秋沙和男孩的果粒橙杯，在饭桌中间清脆地碰了一下。男人先喊的“新年快乐”，然后女人、男孩、陈秋沙和满堂红先后喊着“新年快乐”。

“新年快乐啊！生意兴隆。”满堂红单独敬了台州男人和女人，给他们拜早年，祝福他们新一年发大财。

吃完饭，陈秋沙觉得自己也喝了酒，有一点恍恍惚惚。这会儿听满堂红说起这是他们的年夜饭，陈秋沙想想还真是。他们大概觉得到了年关，也该热闹一下了，又知道年三十她们忙，就在年二九请她们吃饭。陈秋沙觉得很羞愧。

“我们想想吧，看看怎么帮他们。”陈秋沙说。尽管她也知道，她帮不了他们。这家小店的命运，不过就是再开一段时间，然后关店而已。在医院的这几年，她见过三波人来开过了，没一家能撑过一年的。她知道台州夫妻也撑不过一年，但她还是再次说，我们想想办法吧。

“对不起，我们已经尽力了。”想着，她脑海里自己跳出一句话来。见鬼，她努力去驱赶它，但越驱赶它就越黏糊。

陈秋沙就到了住院部，交了班。住院部静悄悄的。三号床像一条游魂一样在住院部逛来逛去，陈秋沙当没看到，自己在那里玩手机。当班的医生护士，都空得慌，他们聚在一起，低声说笑。一年到头，也就这时候最空了。陈秋沙恍惚起来，觉得自己不是在医院。

三号床在走廊游荡了一阵，钻进一个病房去了。陈秋沙瞥了一眼，那个病房，是喝药老爷子的病房。上周的一天晚上，也是陈秋沙值班，上半夜平安无事。下半夜她正迷迷糊糊呢，老爷子病床转过来了。听急诊那边的医生说，老爷子自己想不开，喝了药，他们忙了半夜，给他洗胃、挂药水，才把他从鬼门关拉回来了。

一把年纪了还喝药，这不是多此一举吗？陈秋沙想来想去，没想明白这个老爷子是怎么想的。三号床和老爷子是在住院部认识的。见到老爷子进来，三号床就过去嘘寒问暖，没多久就熟络了。这是三号床的绝活了，作为住院部的常住客户，三号床仿佛把认识新的病人，给每个病人讲他的怪病，当成了自己的工作。

老爷子进来后，三号床每天都要过去找他聊天，去得比老爷子的家属还要勤快。三号床是一天去好几趟，随叫随到，简直贴心透了。现在住院部没几个病人，三号床就更要找老爷子了。

三号床进了病房，隔了很久也没有出来。陈秋沙站起来，她忍不住想去看看。临近年关，三号床可别整出什么幺蛾子来。这样想着，陈秋沙装作巡房，路过老爷子的病房。

这时候她听到老爷子在哭，是那种压抑的哭。三号床坐在老头床边，抱着一包面巾纸，也跟着流泪。两个人对着哭，隔一会儿，三号床就抽一张纸巾递给老爷子，自己也抽一张。两个人你来我往，在那里哭得不亦乐乎，地上丢满了面巾纸。

陈秋沙在外面看，觉得这画面又感人又滑稽。她敲了敲门。

“那个，我看看他。”三号床站起身来，好像被人撞破他在哭是一件很难为情的事情。

他把手里的面巾纸放在老爷子的床边，说：“大过年的，别哭了。”

三号床一溜烟跑了。神经啊。陈秋沙在心里暗骂了一句，也不知道是骂谁。

三号床跑回自己的房间，躺在了床上，盖上了被子。陈秋沙坐回护士工作台，给家里发了语音，叫老公带儿子早点睡，又玩了会儿手机。

三号床把陈秋沙的好奇心勾了起来。那个老爷子进来后，也没见什么人来看，也不知道家里是个什么情况。陈秋沙打了个哈欠，怪自己想太多。凡来这儿的，谁没一点儿伤心事呢？现在她只求今晚别出什么幺蛾子，只求平平安安到天亮。对值夜班的人来说，这才是真的幸福呢。

这时，三号床忽然嚎叫了起来。嚎叫声在安静的住院部里，显得格外瘆人，陈秋沙赶紧跑了过去。只见三号床像一只大虾一样弓在了地上，额头上不断冒着汗。又抽筋了！

陈秋沙遇到过这种情况，她替他拍了身子和小腿。过了五六分钟，三号床身子伸直了，仰天躺在地上。陈秋沙替他量了体温，又升高了。

“苦啊苦啊，不想活了，死了算了。”三号床又叫开了。

陈秋沙听到他叫的时候，肚子咕噜噜响个不停。

“饿了？没吃晚饭？”陈秋沙问。

“没吃晚饭。死了算了。”三号床说，“饿了，我要吃饭！”

陈秋沙回护士站，拿了卷饼过来。她扶着三号床坐回床上。卷饼是台州夫妻临出门时给她的，她和满堂红每人五个。拿回住院部，她给了同事三个，现在还剩俩。本来打算自己夜里吃的，现在她把卷饼递给了三号床。

三号床迟疑了一下，还是抓起来卷饼，塞到了嘴里。三号床咀嚼着卷饼，发出让人讨厌的声响。陈秋沙在心里说，吃吧吃吧，噎死你。隔了一会儿，三号床开始吃第二个卷饼了，陈秋沙又在心里说，吃吧吃吧，吃饱了，好继续不想活了。

民女名叫冯素珍

人与人之间的相互安慰，
真是脆弱而必要。

像往常一样，好运来彩票店一开门，就先挂了红纸喜报。红彤彤的喜报往外一放，彩票店就有了喜气。那红纸黑字，仿佛就有了声音和神态，会把行人兜里的几个小硬币钩出来，心甘情愿地跑到老板手里。

他就是被勾进来的人之一。他在门外看了又看，就直接进了门，说："买彩票。"

一张口。原来"他"是"她"！彩票店老板柳青青吃了一惊，这是个什么样的女人呀？红色短发、暗黄脸色、偏黑肤色，脖子挂一根五彩细珠串，串底下坠着一只白手机；上身是深紫色卫衣，下身是浅蓝色牛仔，脚上穿一双男式红旅游鞋，活脱脱是一条彩虹成了精。

这"彩虹精"是头次买彩票。她甚至连怎么填都不知道，柳青青告诉她，怎么选数字、怎么填，等多少时间会出结果。对这事，柳青青熟门熟路，连说的话都是相似的。

柳青青说："头一次买的人，运气特别好，我有好几个客人，都是头一次买就中了呢。"

这话半真半假，好几个是未必。头次买就中的，却也不是没有。

彩虹精付了钱，用手理了一下头上的短发，说："我是没买过。"

她说着话，脸上带了几分羞涩，好像没买过彩票是一件特别不好意思的事。这几分羞涩让柳青青动了心，知道这彩虹精是个可以培养的购彩潜力股。

柳青青又暗中打量了彩虹精。她注意到，彩虹精脸上还有两个小酒窝，如果拾掇拾掇，身上减一些颜色，素净一些，大概也会是一个看起来不错的女人吧。可惜有的女人就是邋遢，把五六分的料子，硬生生邋遢成了不中看的衣服。当然，这话可不能跟眼前这彩虹精说。

来的都是客，全凭嘴一张。管他邋遢不邋遢，只要会把钱送到自己手上，那就是最美顾客了，柳青青很乐意把人家夸上天去。柳青青笑眯眯，叮嘱眼前这彩虹仙子一定要收好那张彩票。彩虹仙子就真的把彩票小心收到了牛仔裤兜里，还从外面郑重其事地摸了摸，好像一不留神，就会飞了五百万似的。

“你可以加一下我微信，下次直接在微信上找我买。”柳青青说。她拿着手机，加了彩虹仙子。

“我拉你到群里。他们得奖了会发红包，你也可以抢，一年下来也能抢到不少钱呢。”柳青青趁热打铁，把彩虹仙子拉到了自己组建的微信群里。对这种潜力股，柳青青必须热忱服务。

一番话说得彩虹仙子乐呵呵。柳青青顺便瞟了一眼彩虹仙子的微信。彩虹仙子昵称“素珍”，头像也是黄梅戏《女驸马》里的素珍。凭借着往日的一点戏曲爱好，柳青青不难判断出，这彩虹仙子也是黄梅戏《女驸马》的爱好者。凭着这一点，彩虹仙子临走时，柳青青还把她送到了门口。

看她走远了，柳青青才从门口拿来拖把，把这个彩虹精留下的一串鞋印子拖干净。柳青青还顺手用抹布擦了桌子，给桌子上摆着的小发财树浇了一点水。

“亲们，投注时间到了，有需要的亲尽快哟。好运在招手，冲冲冲！”柳青青在微信群里发消息。不一会儿，就有三三两两的人发了红包给她。柳青青收了钱，按照客人的要求，替他们买了彩票，又拍了照，发到群里作为凭据。

开奖日最热闹了，有真中了奖的，便在群里发红包让大家雨露均沾。没中奖的也不懊恼，抢了红包再接再厉。有时，柳青青也会在群里发一点小红包，一来是暖个群增加群成员活跃度，二来是借钱生钱讨个好彩头——反正这发出去的钱，过不了多久，又会变成彩票钱重回她手里。

到了这一期开奖日，彩虹仙子早早来了，拿着那张彩票，把中奖号码对了又对。不幸，她连个末等奖都没得着。

“就差了一个数字。真可惜呀，就差了一个数字。那时候我想过选 4 的。我一想，4 多不好听啊，就改成了 8。你看到的，我改成了 8，早知道就不改了。”彩虹精一直念叨。

这回她照旧穿得花花绿绿的，身上足有五六种色彩，这使得她在一众黑白灰色系穿着的客人中显得很有些特别。

彩虹仙子又买了两注彩票，选的是两串不同的号码。一串号码一张网，多串号码多份希望。柳青青替这些买多个号码的人想了很多理由。其实呢，柳青青知道，这世上哪来这么多鱼好捞？更多人是鱼没捞着，倒被鱼给捞水里去了。

不过，这些事儿，谁管呢？柳青青只要客人把钱交给她，她就乐意用这一串串号码，为客人编织出一个个美丽的发财梦。

她的手指飞快动着，在朋友圈发出一段段励志语录。语录后面，是自己的彩票广告。广告语通常是这样的：

“买彩票，微信投注。实体店，实时出票。您转账，我出票。

拍彩票，传给您。中小奖，微信转。中大奖，通知您。有照片，做凭证。更快捷，更放心。”

起先，这广告语是柳青青从一个同行那里偷来的，后来她用来用去，觉得这段广告语写得实在是顶呱呱，就直接做了一张带字图片，在下面加上自己的店名，算是成功占据广告语了。

别看这广告语简单粗暴，但柳青青自己知道，自从用了这广告语，找她线上买彩票的人真多了不少。虽是几块钱的小生意，但架不住人多，且有的人一出手就是十几注，她一天下来的收入也很可观。

柳青青在店里待到中午十一点半，就会准时锁好门，步行到老鹤街吃午饭。这小街一天到晚闹哄哄的，摆摊的踩黄包车的骑电动车的，都爱往这里凑。在你挨我挤中，挤出了小城小街的百态世相。柳青青很喜欢在这里吃午饭。

吃完饭，是十二点二十。柳青青钻入一条狭长的小巷子里去。一种清脆的美妙声音勾着她，就像她的“好运来”勾着行人一样。这世上的种种，说到底，都是相互勾引。

小巷里的麻将室并无名字，门也开得小，内里却有洞天。五张桌子坐满了三张，俱是烟雾缭绕、人声鼎沸。柳青青实在讨厌这样烟熏火燎的环境，但每到中午，手里痒痒，不去摸几圈麻将，下午便没精神。

图啥呢？柳青青也常自问。她一不想着靠玩麻将发财，二不想着靠它打发时间，但每回一吃完午饭，脚就不知不觉走到这里来了。这是她的怪癖，无可奈何的。算起来，饭后打麻将的瘾，还是跟着先生的时候落下的。先生，呵呵，柳青青自己苦笑一声，把那人的影子驱散了。

通常，柳青青在麻将室待到下午两点，便会起身往外走。麻友们知道她这习惯，开玩笑说她是准点上班、准点下班。她笑笑，也不多说。从心底里，她实在有点看不上那些整天泡麻将室的人。

话说回来，要不是有这些天天想着发财的人。她的彩票怎么会越卖越多呢？她那个彩票群里有不少人，可都是在麻将室加进来的。

这些个在麻将室里泡着的人，有店主、教师、医生、公务员、打工的、失业的，也有放高利贷的、偷窃的、拉皮条的，还有酗酒的、家暴的和一不小心暴发了的拆迁户。他们里的一部分人，会整日整日在麻将室里窝着，左手把钱输出去了，右手就掏点小钱递给柳青青，借着美女老板娘的手，替他们买一个好财运。

柳青青相信自己的手指足够修长、洁白、柔软，她从小就觉得，这样的手，天生就该拿钱、数钱、存钱、花钱。在一群大老爷们中间，柳青青如一只白天鹅一样撩人。可惜柳青青不让撩，谁撩谁倒霉，彩票店老板娘的“辣”味，在小麻将室小有名声。大家伙窝在这小巷小店的，若不是失心疯了，谁也不想惹出事来，去派出所蹲着。

柳青青连麻友都差不多是固定的。一个是自称搞工程的吴总，一个是自称“南城赌神”的刘老师，一个是退休佬张主任。反正在这地方，大家说话都是半真半假，柳青青也懒得较真去打听他们的真姓名。

到了时间，大伙往桌子上一凑，不是自摸就是放炮，荤荤素素汤汤水水，有点过嘴瘾百无禁忌的意思。隔壁桌就认真得多，杠上开花五门齐，海底捞月喜相逢，讲究的是赌场无父子。有一个家伙，看着面生，嗓门却大，整天哇哇叫个不休。

吴总消息灵通，低声说了，这家伙原是个拆迁户，家里分了好几套房。人家看他房子多，就叫人引他打赌，专门设了圈套等他，隔了一两年，把他的房子全赌走了。这家伙不长记性，反以为是自己运气差，一门心思要在赌桌上赢回房子来。

“别看他现在公鸡一样，其实是只死公鸡。”吴总说，“很多人都这样，平时蹦跶得厉害，一朝出事免不了死翘翘。”

柳青青笑笑，不置可否。

“还是我们青青好啊，守着小店天天发财。”吴总说。他又说，现在人买彩票，根本不差那几个钱，动不动就是几十几十的买，买完呢，中了不用柳青青出钱，没中不用柳青青赔钱，可以说柳青青是稳赚不赔。

说到中奖，几个人就闲谈开了。有说中大奖其实会带来坏运气，说谁谁前脚刚中奖后脚家里就出了事；有说谁谁中了大奖，戴着面具去领奖反被当成抢劫的；有说某地有个诚信彩票店老板，替人买彩票中了大奖，最后分文不要全归顾客的。

“我要遇到这事，铁定关门跑路了。”南城赌神说，“谁中了几百万大奖，还死守着破店呢。”

“话也不能这么说，像我们青青，肯定就不关门。”吴总似笑非笑，说，“谁跑了青青也不跑。青青，你说是吧？”

吴总话里有话，柳青青自己是听懂的。老张每日很神道，南城赌神更是浑浑噩噩的。

“我说青青老板娘，我这儿可有一条某人的最新消息。你想不想知道呢？”吴总低声说。

“说这些有什么意思呢？”柳青青有点不高兴。那都是陈年烂谷子的事了，不知道吴总是从哪里打听来的。他又知道多少呢？

“意思嘛，嘿嘿。总有点意思的咯。我说，青青老板娘独守空房，就不想再找个男朋友？”吴总嬉皮笑脸。

“吴总，你怎么知道老板娘没有？”南城赌神说。这个看热闹不嫌事大的蠢货。

“哎哟，看来刘老师知道青青老板娘的秘密。”吴总说。

“这我可比不得吴总。”南城赌神说。

“你个乱说鬼，你以为谁都像吴总大老板一样，到处留情啊。”张主任出来打圆场，“哈哈，胡了！”

张主任先起了身，大伙就心照不宣，一起散了。柳青青心情不太好，慢慢往回走。到了店门，看见彩虹仙子在那站着。一回生两回熟，现在彩虹仙子已经成了她的老客户了。这老客户也是个怪人，加了微信，却并不用微信买彩票，回回都要穿得花花绿绿的，到店里买彩票，再到店里来对彩票。

三百多人的微信大群里，这位叫素珍的彩虹仙子动作慢，红包是抢不到多少的。但每天一大早，往群里发“早上好”的，一准儿是她。发完“早上好”，紧跟着发一段不知所云的心灵鸡汤语录，完了再转发《女驸马》的名段《民女名叫冯素珍》，外带一段戏词：

“民女名叫冯素珍，自幼许配李兆庭。公主生长在深宫，怎知民间女子痛苦情，王三姐守寒窑一十八载，刘翠屏苦度了一十六春，还有前朝英台女，生生死死爱梁生。这都是父母嫌贫爱富贵，女儿不忘恩爱情。我虽比不得前朝贤良女，救夫我不顾死生。”

日复一日，素珍在群里就是这三个动作。虽则这位老客户的装扮、举止实在不入柳青青的眼，但没有跟钱过不去的道理，柳青青只好回回耐着性子和彩虹仙子好好说话。彩虹仙子从先前的两块钱买一张，到现在一出手就买二十多块钱的，上次更是破天荒豪掷五百元买彩票。

今天不是开奖的日子，彩虹仙子来店里干什么呢？想归想，柳青青还是赶紧把这个潜力股让进了店里。

“那个，老板娘，我就想问问，想问你个事。”彩虹仙子露出了她的那一点羞涩，“买了的彩票，可以退吗？”

“啊？”柳青青吃了一惊。没听说过买了彩票要退的。昨天，彩虹仙子可是一口气买了五百块钱的彩票。

“我想退彩票，可以吗？”彩虹仙子说。

“怎么了？出什么事了吗？”柳青青问。

“昨天买多了。我糊涂啊，怎么可以买这么多！”彩虹仙子说。

原来是这样。柳青青松了一口气，给她解释了一通彩票的规则，最后说：“你想啊，你一退，只能我自己贴钱了。”

“退一万步来说，就算我贴五百块钱，给你退了。可是，万一你这些退的彩票里，就有一个中奖几百万的号呢？你这可有二十个号呢，每个号都是一次机会。你现在心疼五百块，到时候心疼的可能就是几百万了。”

彩虹仙子就没再要求退彩票了，只一个劲地说：“我糊涂啊，怎么可以买这么多！”

自己做的，就得自己担着。柳青青很看不上这种一时冲动买彩票，又反悔唧唧歪歪的人。买的时候怎么不自己控制着点呢？哦，现在知道糊涂了，知道反悔了。晚了！

彩虹仙子在店里站着，柳青青没有再理她。为了抵抗这无形中的对峙，柳青青撕掉了桌上贴着的彩票群二维码，又打印了一张，重新贴在桌上。这表示柳青青已开始新的工作，彩虹仙子见退钱的希望已经破灭，又骂了一通自己糊涂，就真的走了。

彩虹仙子始终没有怪过一句柳青青，这倒让她有了一点不安。凭良心说，这回要不是柳青青给她宣扬买得越多，中奖概率越大，还有意无意举种种例子，彩虹仙子也许不会一次性买这么多。

柳青青在店里坐着，心思却不在彩票上。眼下，彩虹仙子到店里要退钱，倒是出乎她的意料。柳青青翻了素珍的朋友圈，扑面而来的，也是浓浓的心灵鸡汤味。自然，那段宝贝名段《民女名叫冯素珍》，也是被素珍反反复复地转发着。

柳青青朋友圈素珍发的动态，点赞为零，评论没有。柳青青和彩虹仙子，本就不是一个圈子里的人。王三姐守寒窑一十八载，刘翠屏苦度了一十六春。柳青青呢？守着一家小小的彩票店，明面上光鲜亮丽，暗地里冷暖自知。她的化妆品越用越贵，也挡不住皮肤一点点松弛，且身体的机能在一点点退化。用现在时髦的词来说，柳青青是个大龄“剩女”了。

先生跑路那年，柳青青还是个二十五六的小姑娘呢。

“再等等吧，再等等，一定给你一个满意的答复。”先生总是这么说。四十多岁的男人温温吞吞，一直说等等、等等，柳青青就做着二十多岁小姑娘的青春梦。到了年底，先生就说："再等等吧，等过了年，我们去巴厘岛去斐济岛，或者去济州岛也行，你想去哪儿我们就去哪儿。"

再等等吧，再等等吧。柳青青一门心思等着，真过了年，先生就人间蒸发了。先生失踪的同时，柳青青的两条项链、三枚戒指和银行卡里的钱也一起失踪了。多么搞笑，本来就是一场露水姻缘，去留随意的事，硬生生演变成了一桩狗血剧。

吴总说的某人的消息，柳青青明白的，就是先生的消息。更早一点，柳青青就听说了。这世上哪有不透风的墙呢？一个潜逃在外的落魄老板，被人押解着回了国，顺带把已经沉下去的、柳青青的陈年往事，也翻了上来。

柳青青把吴总后来转给他的那篇"劲爆消息"看了又看。这篇翻陈年烂账的网络文章，也许并无意针对柳青青，甚至也并不仅仅是针对先生。但她明白，自己与先生，从一开始就被绑在一起了。眼下先生被押送回来，自己不过是拔出萝卜带出的泥罢了。先生背后，更多的东西，恐怕将要被一点点牵扯出来呢。

柳青青是这些年从各种渠道一点点了解到真相的。她那时候依靠的所谓先生，不过是一个皮包公司老板，老板背后自然另有要人。更背后的一些东西，柳青青就不清楚了。这篇劲爆消息的作者写起陈年往事来，真真假假、虚虚实实，把每一件事都说得有鼻子有眼的。其他的柳青青倒也不想全盘否认，就是彩票的事，柳青青实在不敢认。消息里说，柳青青和先生，靠着操作彩票起家，曾经一口气私吞了几十万的彩票钱。诸如此类的没影儿的事，随着先生的回国，一股脑儿砸在了柳青青的头上。

这种没影的谣言，虽不足以毁掉柳青青，但却足以让人对她产生一些不太好的想法。果不其然，到了下午，群里人说话就话里有话了。天地良心，我什么时候骗过你们？柳青青真恨不得将自己的肚肠翻出来，给大伙儿看看是黑是白。但这平地风波的发酵速度实在太快了，柳青青连反应的时间都没有，到了更晚一些，群里便说什么的都有。

一开始还有人顾虑着她这个群主，拐弯抹角地说操作彩票的事儿。到后来越说越激烈，有人便直接质疑起来了。更有人摆出法律专家的架势，说什么操作彩票是犯罪之类的。

柳青青试着在群里辩解了几句，反倒招来几句恶言恶语。

“本来就不是正经做生意的，小三一个，讲什么诚信呀！”

“不诚不信，发财要命。”

从质疑到人身攻击，柳青青总算领教了一把网络暴力。那些人与她无冤无仇，平日里个个与她客客气气，但在这集体的语言暴力狂欢中，却都一个个满怀正义斗志昂扬。

柳青青只好投降，任人言语。在众口一词中，倒也有个例外：那个被柳青青拒绝了退钱的“素珍”，在一句句帮着她。一开始，柳青青并没有注意到素珍，后来她帮多了，柳青青才注意到。

素珍：“证据呢？证据在哪里？”

素珍：“能不能文明一点，现在是文明社会。”

素珍：“你们都闭嘴吧。”

素珍：“老板娘，我相信你。”

素珍：“你们不能这样冤枉人。”

…………

在众语喧嚣中，素珍一句句回应着，可惜并没有人理她。

素珍就像狂风中的狗尾巴草一样，单薄又顽强。但这无济于事，且显示着一种不合时宜的可笑来。她回应得越认真，就越可笑。

柳青青看着有些感动了。她在群里说了一句："清者自清，谢谢素珍，不要再说了。信我的人自然信我，不信的请自便。"

隔了一会儿，彩虹仙子素珍给她发了一段长长的话："老板娘，永远不要因为别人的言论而怀疑自己，也不要因为喜欢谁而看低自己。你所有的优缺点，都是为了能接纳你现在这个样子的人而准备的。要知道，谁都想要成为更好的自己，但不代表现在的你不值得被爱。"

这都哪儿抄来的？神经兮兮的。柳青青感动归感动，心底里倒也不大乐意一口干了这碗莫名其妙的心灵鸡汤。

"老板娘，我不会说话，从网上看到的，送给你，祝你早日证明自己的清白。"素珍倒也诚实，自己就交代了这话是从网上抄的。柳青青一搜，果真是。

这都哪跟哪呢？柳青青感到好笑，又感到荒唐，操作彩票，这倒是天大的罪名，但那是一个小老百姓能办到的吗？当然，柳青青知道的，人家往她头上安上这么一个可怕的罪名，目标却并不是她。

柳青青是当过小三没错，柳青青家的姘头是跑路了没错，可现在她不是已经守着一家小彩票店，正正经经过日子了吗？怎么还是有人揪着往事不放呢？

柳青青将一张大红喜报贴在了门外。

"热烈祝贺本站彩民喜中福彩双色球第 2018133 期四等奖一注：奖金 200 元！"

在往常，这种一两百的小奖，柳青青是不写的。但现在是非常时期，柳青青将喜报写了、贴了，无疑是一种姿态：我柳青青不贪你们一分一毫，“好运来”彩票店依然被好运眷顾着。

彩虹仙子又来了。一身花花绿绿的彩虹仙子站在店里。她将自己的彩票一张张拿到眼前，核对着中奖号码，又将一张张没中奖的彩票叠放在桌子上。彩虹仙子将那三十张彩票，一张张撕掉，撕成了一堆碎片，丢进了垃圾桶里。

彩虹仙子颓然坐在那里。柳青青想安慰她几句，什么好运迟早总会来之类的。如果她说的时候对方反应不错，柳青青还愿意讲几个例子鼓励她。像什么从前有个客户中了大奖之类的，柳青青早就讲顺溜了，只要开了话匣，她能张口就来好几个不带喘气的。

不想没等她开口，彩虹仙子倒先安慰了她。

“我来看看。那个，别在意啊，老板娘，别听他们说的。我知道，你不是那样的人。”彩虹仙子说。她带着一点羞涩，羞涩外，还有一点小小的怜悯。

这点小小的怜悯，触痛了柳青青。看来，自己的那点事，连这神经兮兮的女人都知道了。凭什么呀，这种把五百块钱看得比命还重的女人，都能来怜悯自己了？柳青青莫名地一下就奓毛起来：“你才老板娘，你们全家都是老板娘，走走走，少在这里看好戏。”

被这突然而来的风暴吓了一跳，彩虹仙子脸上一阵红，又站了一会儿，像是有什么要说。但她最终一句也没说，转身走了。

事后想想，柳青青也觉得对不住人家。自己怎么好端端的，就发脾气了呢？人家多半被吓着了吧。

彩虹仙子的怯生生仿佛与生俱来。有次在店里，彩虹仙子又怯生生地问柳青青，是染红头发好看还是染黄头发好看。柳青青说，都好看。彩虹仙子说，都好看就难选。

柳青青这才知道彩虹仙子一身花花绿绿的由头。这女人多半是选择困难症，看什么颜色都好看，又舍不得丢掉某一种颜色，就什么颜色都往自己身上搬了。

“老板娘是安慰我。我知道的。”彩虹仙子说，“很多人都在背后笑我。”

“怎么会呢？”柳青青说。看来这彩虹仙子还有一点自知之明。

“我就喜欢身上多点颜色，怎么就不行了呢？”彩虹仙子觉得挺委屈的。

柳青青那时候并没有给她太多安慰。她没有给彩虹仙子安慰，还冲她发了脾气。柳青青有点自责。但愿彩虹仙子善解人意，能理解一个陷入麻烦的心烦意乱的大龄剩女吧。

彩虹仙子与素珍。一直到现在，柳青青都很难把她们想成同一个人。线上的素珍，是一个善解人意的女人。在柳青青心烦意乱的时候，她总是像一个功力深厚的煲汤师傅一样，及时为她端上一碗热腾腾的心灵鸡汤。

“我能理解你的。你不是一个坏人，我知道的。”素珍说。

“呵呵，凭什么这么肯定？”柳青青说。

“说不出来，感觉吧。第一次来你店里，我就感觉到。”素珍说。

“你最开始是什么时候来我店里的，我都没什么印象了。真不好意思。”柳青青说。柳青青故意这么说，她才没忘记那个花花绿绿的彩虹仙子第一次出现在店里的场景。

“忘了。嘿嘿。”素珍说。

“喜欢《女驸马》？”柳青青另起了话题。她愿意和素珍聊天。从她那里，她得到了一种难以言说的踏实和安慰。

素珍很长时间没有回答她。柳青青把手机看了又看，在等待中冷静下来后，她感到有点后怕。这场风波的由头，恐怕没这么简单。自己知道的先生当年在小城做的坏事就不少，自己不知道的，恐怕更多更坏。柳青青扪心自问，跟着那个男人作恶的事，自己也没少干。现在先生被抓回来了，有心人又想弄一点动静。风声已经传到耳中了，天知道接下去这刮起的风暴会把自己刮到哪里去呢？

不知什么人往群里发了一个视频。彩票群又热闹了起来。

柳青青点开，是一段乱糟糟的视频，一群人拉拉扯扯、哇哇乱叫，模模糊糊中，是一个红衣服的女人在追着人跑。这视频拍得太乱，柳青青根本看不明白。

倒是群里有人解释开了，说是在城南边的一间麻将室，有个女人因老公沉迷赌博，就上门砸了麻将店，还拿了刀子，要把老公的手指砍掉。

“这招够狠的，对赌博的，就该这么弄。”

“也太极端了。怎么说也不能动刀子啊，现在是法治社会。”

因为一段不相干的视频，大伙儿轻易地又忘了对柳青青的芥蒂，一起加入了这公共话题中，共享着这份集体的荣光。

柳青青一直看那视频，越看越觉得那女人眼熟得很。在一遍遍看视频中，柳青青终于看出来了，这女人就是彩虹仙子。

群里有不少人是混麻将室的，不一时便有小道消息传出来。有人说，那个女人夫妻俩都是外地打工仔，后来她老公迷上了赌博，女人劝了又劝，反被打了一顿，她没了办法，一气之下就动了刀子。也有人说不是这样，是这夫妻两个都爱赌博，一开始在麻将室赌，后来越输越多，女人就和麻将室老板吵了几句。老婆越想越气，就发生了这回事。还有人说这女人根本就没有老公，是精神病发作了。

群里闹哄哄的，说什么的都有。柳青青的彩票群，简直成了一个谣言的集散地。

忽然有人在群里放了一个惊天消息，那人说：大家说话小心，那女人就在群里。说话间，有人顺便就圈出了素珍。不一时，素珍退出了群聊。

"真的是她？"有人说。

不是她还能是谁呢？要不是她，怎么一句话不说就退群了呢？"福尔摩斯"们你一言我一语，瞬间就把素珍退群的那条提示湮没了。

柳青青心里一阵阵发堵，尽管一开始她就知道，彩虹仙子就是素珍。但到了这时，她仍不愿意相信，那个有着漂亮头像的素珍，那个一遍遍往群里发戏曲名段的素珍，那个始终替柳青青说话的素珍……会是那个视频里的主角。不过想想也是，这像是彩虹仙子会干的事。当素珍和彩虹仙子重叠在一起，一些她们从没说过的话，就开始有了声音。

彩虹仙子说，我需要好运气，需要钱，需要发财。

素珍说，是，我喜欢《女驸马》，我需要救我的丈夫和我的家。假如有足够的钱，我的丈夫就不会再赌博。

彩虹仙子说，没错，钱，彩票能发财。

素珍说，老板娘说的，天天有人中奖，为什么那人不是我呢？

彩虹仙子和素珍仿佛是一条花花绿绿的两头蛇，死死缠住了柳青青，越缠越紧越缠越紧，柳青青快要透不过气来了。是她自己，满嘴鬼话，替彩虹仙子编织了一个发财梦。她本该提醒客人，彩票中奖概率和被闪电劈中的概率差不多的，但是她没有。不仅没有，她还夸大了中奖概率。即便知道花五百块钱买彩票，是徒劳的，她也没有劝阻。

彩虹仙子这个傻瓜，她就不知道彩票店老板娘的热情都是在演戏吗？其实，这世上哪来这么多好事呢？她若有柳青青的一半聪明，稍微花点力气便能打听清楚的：她那沉迷赌博的丈夫，麻烦远非麻将桌上那一点。确切地说，麻烦在高利贷。

那从网络借来的高利贷，将如雪球一般越滚越大，最终引发雪崩。对此，彩虹仙子又知道几分呢？想想彩虹仙子，为着花了五百块钱买彩票而悔恨；想想素珍，一遍遍在朋友圈发着“民女名叫冯素珍”。柳青青坐立不安。

“你在哪？我来找你。”柳青青给素珍发了微信。

“不用了。谢谢你。”素珍回话了。

没等柳青青再回，那头发来一串语音。柳青青点开，是彩虹仙子的声音没错了。

素珍说：“以前他不是这样的。那时候，他什么都听我的，我喜欢看戏，他就舍得花钱，带我去省城看。《女驸马》是我们看的第一场演出。我知道的，今天是我不对。但我真的没有办法了，老板娘。”

“你在哪？我来找你。”柳青青再次给素珍发微信。但显示发送失败，对方拉黑了她。

柳青青呆了一会儿。这个傻女人！

柳青青庆幸于这个傻女人没有做出别的出格事情，从目前视频中的情况来看，不过就是拉到派出所批评教育一顿罢了。至于打砸麻将室，给麻将室造成损失，柳青青相信，自己可以帮上一点小忙。

锁好门后，柳青青骑上自己的电瓶车，去寻找彩虹仙子。在大雪崩还没有将这个傻女人吞没前，她将认真地对这个彩色的女人说一句："谢谢你相信我。"

虽然这根本无济于事，这个傻女人将独自面对人生的雪崩。想想这些，柳青青便觉得人与人之间的相互安慰，真是脆弱而必要。

等到风浪暂时止息，柳青青解散了微信群，把自己的头像换成了冯素珍那个角色的照片。她还继续在朋友圈里打广告，只是多放了一张图，是提醒客人适可而止的。当有人联系她买彩票，她就按着客人的意思买了，且拍了照发给对方。做完这一切后，柳青青自己也掏钱买了一张，在那彩票背面写上"冯素珍"。她把彩票放到抽屉里，合上抽屉，桌子上的小发财树轻轻颤抖着。愿好运眷顾每一个人吧！

河流最蓝的地方

当一个人把自己交给夜晚，

他的路总是亮堂的。

河流最蓝的地方，是河歇息的地方。雁溪从大雁顶上奔腾下来，一口气跑了五十里，跑不动了，蓝汪汪的一个潭子，沉甸甸的，坠在水草丰茂的雁湖边。雁湖是潭子，也是一个村子。潭子和村子紧挨着，不知道是谁先叫的这个名。

说雁湖，就不能不提梅先生。梅先生早年代过课，后来没认清形势，嫌工资低，辞了。又自学中医，给人开方子，小有名气，后来没证，歇了。没奈何，学风水，给人看墓地、算吉日，收一点钱。也给人写对联，倒是不收钱的。打过交道的，无一人不说他好。

梅先生七十多，身体还硬朗，不爱去城里凑热闹，只爱在雁湖边学陶先生。如今老伴去了女儿家带外孙，儿子儿媳工作圆满，孙子梅灯灯二十六，学的中文，大学毕业，留在深圳工作。知道的，也无一人不说他有福气。

梅先生也常常觉得自己有福气。唯一遗憾的，是灯灯上了大学后，就很少给他打电话了。不过，梅先生并不十分往心里去。雁溪日复一日，有哪一片草叶，不是流到大地方去呢？

梅灯灯是傍晚回雁湖的。他进了门，梅先生就看出来了，他近来不顺。灯灯不说，梅先生也不说破，给他煮了番薯面，加了两个蛋。灯灯穿着一件白短袖，跷着腿，在八仙桌旁滋溜滋溜吃着。吃完了，把筷子一放，就说累了，他要睡觉。

梅先生替灯灯理了床铺，看他进了房，关了门，才去吃剩下的面。吃完，把碗摞了，灯灯的在上，自己的在下，筷子拢着，四支，架在碗上。

梅先生没去洗碗，就在青石门槛上坐着。

房子坐乾向巽，远处一座笔架山，近处没有遮挡，夏夜凉风如水。

“萤火，萤火，到我门头吃麦粿。飞得高，驮刀枪；飞得低，大骨鸡。飞得好，穿棉袄；飞得歹，饲蚂蚁。”

今天天气格外好，几只萤火虫闪烁着，飞过来，飞过去。梅先生唱一句小时候的调子，没来由，自己笑了。

灯灯没有睡。他开了门，换了一件长袖，站在梅先生身后。

“去雁湖吧。”梅先生说。

灯灯拿了一根小棍子，在前面探路。水草丰茂的地方，蛇要多一些。有根棍子，灯灯就放心了。两个人一前一后。没有打灯。当一个人把自己交给夜晚，他的路总是亮堂的。

雁湖边，萤火虫飞呀飞。

“小时候啊，我们把萤火抓来，关到草叶编的笼子里，可以当灯笼呢。”梅先生说。今晚也不知是怎么了，梅先生的脑子里总是一遍遍过那个调子：“萤火，萤火，到我门头吃麦粿。”

“爷，你能不能帮我算算，我什么时候能成功？”灯灯说。

调子停住了。灯灯就是为这事来的。毕业四年，工作换了一个又一个，可成功的影子都没见着。人说爷爷什么都能算。他失业了，想起爷爷，也来试试。

灯灯的生辰八字，梅先生是知道的。他能算阴阳吉凶，可算成功嘛，唉，这个，怎么说呢。

“小时候啊，我爷爷带我到这里放牛，就给我讲牛郎织女。你小时候，我也给你讲过，你还记得吗？”梅先生说。

梅先生不等灯灯回答，自己接着说：“那时候你还小呢，天天叫我给你讲故事。我就给你讲牛郎织女啊，讲雁湖故事啊。哎，雁湖吧，水深呀，有次来了个女人要过河，可过不去呀，在那里急得叫皇天。”

“你帮我算算，到底什么时候能成功吧。”灯灯说。

“这时候，来了一个老和尚带着一个小和尚，也要过河。老和尚就背着女人，过了河。过了河，跟女人分了手，继续走。走了一段路，小和尚说，师父师父，你背女人了。老和尚说，哦，背了。走了一段路，小和尚又说，师父师父，你背女人了。老和尚又说，哦，背了。再走一段路，小和尚又说，师父师父，你背女人了。老和尚就给他一巴掌，说，畜生，我都放下了，你还背着呢！”

梅先生想到了很多故事。在这雁湖边，他兴致勃勃，想讲给灯灯听。这些故事，有一些是他爷爷讲的，有一些是他自己一辈子攒下来的。他有一肚子故事，在不远的将来，难道就烂在地里了？

但灯灯没心思听他讲。为着工作的事，为着那怎么也追不上的房子、车子，为着那咬人屁股的成功，灯灯心烦意乱的。

“能不能算呀？到底要到什么时候？”灯灯说。

一只萤火落在灯灯的肩膀上，灯灯掸去了，小东西落在地上，扑闪扑闪的。梅先生蹲下身子，把萤火捡到手心里。不一会儿，萤火飞起来了。梅先生示意灯灯眼跟着萤火，往天上看。这一时，他们共同看见了：在那蓝黑色的无垠天幕上，一条巨大的乳白色长河，浩浩荡荡地奔腾着。

“银河。”灯灯惊呼。他从来没有见过这样气势磅礴的银河。这是王母娘娘的银河，是牛郎织女的银河，是天蓬元帅的银河，也是无尽宇宙中那颗宝蓝色水球浮沉其中的银河。

“银河还是那条银河，爷爷和孙子已经换了一茬了。”灯灯差点要把这话说出来。此时此刻，在雁湖边，这一茬爷爷和孙子，恰巧是他们两个。灯灯为着这新发现而心潮澎湃，他几乎忍不住要抱住爷爷。但他克制住了。他把头转过去看向雁湖。

梅先生没有发现灯灯的发现，他今夜无比想念自己的爷爷。他看看灯灯：要是自己是灯灯，边上站着爷爷，那该多好。他多么愿意听爷爷讲雁湖故事，哪怕这些故事他早已听过千万遍。

“萤火，萤火，吃麦粿。”梅先生唱起爷爷教的调子。他觉得自己仿佛还是一个孙子，但仔细算来，学唱这调子，已是六十多年前的事了。

“萤火,萤火,到我门头吃麦粿。”灯灯学一句。梅先生笑笑。有一个深夜，他唱这调子，爷爷在他头上点了一下。现在，梅先生也在灯灯头上点了一下。

青斑

这世上最震耳欲聋的声音，
是背着人的私语声，
它像暴风雨里的电闪雷鸣，
敲打着世间草木。

“水底有真金，我时投水，欲挠泥取，疲极不得。”

——《百喻经·见水底金影喻》

苍青色

沿着小巷出了小区，林小青便到了小小街。小小街虽名“小小”，却是本城最大的街，双向六车道，走的是南来北往大小车，整日轰隆隆咆哮不休。只有黎明前后，才有短短几个小时的安宁。

此时天还不太亮，远处街口的红绿灯在闪烁，街上没有车辆。本城知名画家林小青，将画包随意地挎在左边肩膀上，放心地踏上街面，准备过街到对面，步行到城边的河畔去写生。

这是他素日的习惯。不过，今天当他走到街面中心的时候，意外来了。但听得“呜呜”两声，斜刺里杀出一辆摩托车，直接撞在他身上。他那并不强壮的身体飞了出去。同时，随意背着的画包也开心地脱离了他的肩膀，在空中飞翔起来，将一支支油画笔和一瓶瓶颜料吐出来。待他在街边灌木丛里落定时，那五颜六色的油画笔和颜料瓶便劈头盖脸地拥抱了他。

一根油画笔自上而下亲吻了他的鼻子。那应该是一支湿漉漉的、沾满了青色颜料的油画笔，不过，他不太肯定。他想肇事者至少该停那么一下，但肇事者显然没有这个心思。

摩托车在街上扭了两下，径直去了。

他在灌木丛里缓了一会儿，才想起应该检查一下自己的身体。他试着动弹了几下。膝盖火辣辣地疼，所幸手脚胳膊还都齐全。他放心下来，起身收拾画笔、颜料，塞进画包。收拾的时候，特意找了找那支吻过他鼻子的油画笔，但没找到。其余画笔都干燥整洁，并未沾染上颜料。最后发现，那青色画笔居然安静地躺在远处的画包的怀抱中。

林小青顺势坐在地上，恍惚起来。那湿漉漉的一笔，清晰地留在他的心上。他记得那湿润、黏稠、冰凉的感觉。然则那画笔就在包中，也没有在他鼻子上留下颜料。

干干的画笔，又能留下什么色彩呢？林小青画到这年纪，心里越来越虚。说起来是青年画家，年过四十，实际并不年轻了。半辈子和色彩打交道，又有哪一种色彩留下来了呢？

近两年，林小青总觉得自己的绘画遇上了难以突破的阻隔，就差那么一点，停在了某扇门前。这两年他发了狠，想要突破这一丁点距离，像一条鱼一样，弓一弓身子，跃进那一道门。很多日子，他天不亮就起床，背上画包，到城边河畔写生。一般他要步行半个小时，到江边，天色刚刚好。

突如其来的车祸让他没了兴致。他仍旧把画包懒懒挎在肩上，却是跛着脚往回走。进了门，把画包扔到墙角，他瘫坐在沙发上。此时才觉心口怦怦直跳。他有心洗把脸，但双腿像灌了铅一样沉重，周身也开始一阵一阵疼。他勉强站直身子，透过卫生间的门，他看到盥洗镜中的自己，鼻梁上赫然一块倒三角形的青色。

那湿漉漉的一笔，终究还是在他的鼻梁上留下了印记。他把手撑在墙壁上，慢慢往卫生间移动。劫后余生的恐惧如一条蛇从深渊里探出头来，朝他吐着猩红的信子。这冰凉的冷血之物，贴着他的脊背沟子，慢慢地游走着……他的双腿不住发抖，难以支撑身体，终于摔在了地上。盥洗台上的瓶瓶罐罐，在他挥动的双手下，乒乒乓乓落下，横七竖八躺了一地。

妻子终于醒了，穿着睡衣披头散发地从卧室里出来。两人相对看了一会儿，才开口说话。一个说，一大早咋咋呼呼吵死了。一个说，你这堆破东西再不拿走，我就全扔了。一个说，你死远点。一个说，妈的，我刚刚被车撞了。

妻子这才知道林小青遭遇了车祸。她扶着他坐下来，用毛巾给他擦脸，又蹲下去收拾东西。

林小青给公司打了电话，请了半天假。两人去了医院。抽血化验，核磁共振、心电图、B 超……折腾了大半日。所幸并无大碍。两人诅咒那该死的摩托车，一路相互抱怨着回了家。林小青坐在沙发上，往身上喷外伤药，房间里弥漫开刺鼻的味道。妻子在卫生间里收拾东西，把没用的瓶瓶罐罐扔进垃圾桶。药味和乒乒乓乓的声音混在一起，屋子里这才充满了细碎、安心的味道。

妻子提着垃圾下楼去了。林小青把自己挪到卫生间里，关了门，开了灯，凑到镜子跟前。他的鼻尖几乎碰到了镜面。青斑占据要害，得意扬扬。林小青掬起水。冲洗着它。但无济于事。对着镜子，眼睛是那样不可靠，它甚至分不清楚这块青斑是在皮肤之外，还是在皮肤之内。

林小青用手指涂了洗手液、洗发露、沐浴露，甚至洗洁精和洁厕液，用力地揉搓着，试图驱逐那块难分内外的青色。

“干什么呢？好了没有？”妻子在敲门。

“快了，快了，吵死……”他嘟囔了一句，草草抹了一下满是泡沫的脸，开了门。

妻子看着他：“你没事吧？把鼻梁弄这么红做什么？”

红？

林小青愣了。但妻子已经进了卫生间，将他关在了门外。他在原地站了一会儿，觉得一股鸡屎味从什么地方飘过来，便挪到了沙发上。他顺手开了电视。屋子里热闹起来了。屏幕上人影晃动，他一点也看不进去。

妻子说，你把鼻梁弄得这么红做什么？妻子的话一直在他脑海里响着。红。他的鼻梁上是红色，而非他看到的青色。

他在等。妻子在卫生间里待了很久。他听到开门的声音，鸡屎味变浓了。

“你是不是踩鸡屎了？”林小青问。

“没有啊。”妻子说。但她还是小心地检查了一番，才说：“怎么可能？我们这里哪儿来的鸡。”

也是。这小区虽是老小区，却并没有人养鸡，鸡鸣都听不到一声，哪儿来的鸡屎？

妻子挨着他坐下。

“问你个事。”林小青说。

“问吧。”妻子说。

林小青问：“我的鼻梁上是什么颜色？”

“红色！”妻子说，把手机递给他。借着手机自拍屏幕，林小青看到，一块倒三角形的青斑像一摊青色鸡屎，糊在他的鼻梁上。

“没有鸡屎味吗？”林小青问。

“神经。”妻子说。她说林小青撞坏脑子了，疑神疑鬼。

说话间，林小青感到鸡屎味越来越浓。

“除了红，还有没有其他颜色？比如青色啊绿色啊之类的……”他试探性地问妻子。

“神经。你还想有什么颜色？要不要画朵花上去？”妻子说了他几句，便懒得再说了。

下午，妻子去上班。林小青也想去上班，但脚肿得猪蹄一样，连上卫生间都困难，只得再次打电话到公司。那家小小的广告公司，林小青挂着一个艺术总监的名号，干的活儿大体上是设计和修改广告效果图。有时候，林小青也不得不出去拉一些广告，小公司分工没那么细，没客户的话，大伙只好各显身手，四处拉业务。事务越来越杂，林小青越来越晕。“艺术总监”这头衔，越来越像笑话。

林小青难得空闲。他对着镜子不断打量。青斑是那么显眼。他抚摸着倒三角印记，并无疼痛的感觉。就是油画笔涂上的颜料，而非受伤造成的淤青。他把毛巾泡过热水，敷在自己的脸上。暖意从毛孔一点一点地渗入到皮肤里。他又很小心地用面巾纸擦拭鼻梁，希望能将那该死的青斑弄掉。

徒劳无果。他心情郁闷，坐在沙发上生闷气。他看到扔在墙角的画包，灰不溜秋的，看上去陈旧不堪。沾染上的颜料东一块西一条，在灰不溜秋的底色上，越发造成脏兮兮的效果。

原打算得了奖金，就换一只画包的。现在看来，奖金是泡汤了。说起来，那不过一个小型画赛而已，奖金倒也不多。自十八岁起跟着美术老师学绘画，林小青大的成就没有，各种小型画赛、画展参加了不少。只这一次，他觉得心有不甘。

借助特殊渠道，这一次画赛的参赛作品，他全看过了，几乎全是平庸之作，只几幅看起来出挑的，细细一品，也不过博人眼球，炫技而已。林小青是以有了一种必得的自信。结果呢？他名落孙山，连个入围都没得着。入围的全是最平庸的作品，完全出乎林小青的意料。

真正懂绘画的，都不会选这样的作品。事后，林小青了解到一些评奖的内情。相比于愤懑评委的不专业，他倒更吃惊于行内行外眼光的悬殊：何以一幅平庸至极的作品，会被外行人看成精品呢？

这事让林小青头一次跳出来，重新审视自己的绘画。一审视，他心里越发虚了。他觉得自己难以控制住画笔，心中所想落在纸面上，总差一点，不管如何调色彩和明暗，总觉得画面脏兮兮的，不通透、不轻盈，沉闷而黏稠，如同将雨的闷热午后，雨一直不下，气也难透一口。

林小青像金鱼一样，鼓着腮帮子呼吸。画包被摩托车撞飞后，那色彩斑斓漫天游动的一幕，一遍遍在他的脑海里回放着。那看着危险、无序、动荡的画面，内蕴却是安静、有序和空灵。可是画不出来。林小青知道，自己的画笔只能画出一些脏兮兮、灰蒙蒙的东西。

过去，林小青时常以身上沾染的颜料自豪。现在，他第一次意识到颜料也可以是脏的。那种脏兮兮的东西挤满了他的画板，又如同鸡屎一样，涂在他的鼻梁上。他甚至还嗅到了鸡屎的味道，一阵又一阵，呛得他难受。

他想：干脆用指甲把鼻梁上的那块皮抠下来算了，这样暂时看上去比较难看，但只要新皮长好，一切就会恢复原样的。他这样想着，就拿小镜子照着抠了抠。有点痛，想到整块抠下来会非常痛，只好作罢。

他请了几天假，除了用自己所能想到的方法尝试外，还上网查询，什么淘米水加白醋，牙膏加食盐，蜂蜜加红糖，茶叶加米饭……试了个遍。

但那该死的青斑，却依然在他的鼻梁上，依然散发着难闻的鸡屎味。接踵而至的是厌食症。林小青整日昏昏沉沉，窝在家里，对一切味道都失去了兴趣。即便所有人都告诉他，他的鼻梁上并没有那一块青斑，他却依然能清晰地看到它，且能闻到它那味道。

多少年没有闻到过鸡屎味了？林小青算不太清楚。但他确乎记得，少年时与大孩子打架，曾被按在鸡屎堆上。湿漉漉的鸡屎，细闻起来，里面还有一点腐烂的青菜叶的味道，就是那时候沾在他的鼻梁上的。他以为他已经忘了那味道，没想到一场祸事之后，那味道又出现了。

所有能试的办法都试过了，没有一种能清除他的青斑。他在镜子前又待了很久，才像贼一样溜进卧室，在妻子放化妆品的抽屉里翻起来。那些瓶瓶罐罐在他手下发出各色声响。他在一堆瓶瓶罐罐里找到了粉底液、遮瑕膏、粉底霜，等等，仔细看它们的说明，很不幸，他一句也看不懂。

好在看过妻子涂涂抹抹，现在依样画葫芦。遮瑕膏抹在鼻梁上，那青斑就被掩盖了。随后，他将粉底抹在脸上。初时，他的手微微颤抖着，有一种女孩初次化妆般的惶恐与生涩。很快，长期的油画训练就显出了作用，他的手灵巧而精准，竟有如神助。

镜中的脸一点点白皙细腻起来。他嘿嘿笑了两声。那股鸡屎味消失不见了。坐在镜子前，看着陌生又熟悉的脸，林小青感觉到了一种前所未有的宁静。那是一种抽离了自己的宁静。林小青索性将衣裤一件件褪下，换上了女人衣裙，且涂了口红……

食欲又回来了。吃下一大碗面条后，林小青重新换上自己的衣服，跛着脚出了门，在小区里转悠。起初，见到有人来，他会假装整理头发，遮挡一下。而后，他胆子渐渐大起来，开始直面路过的人，还有意朝人多的地方走，向着他们微笑。没有人发现他脸上涂了粉底。

他放下心来，大大方方去小区小卖店里买了一包烟。老板跟他打招呼："林老板，今儿没上班啊。气色不错啊。唉呀，你脚怎么了？"

他告诉对方，下楼梯时不小心扭了脚。

回到家。洗去脸上的粉底，他感到轻松了很多。他拖着伤腿，把扔在墙角的画包好好收拾了一下，寻思着明天便可到河边写生去了。

次日，等妻子出门。他在脸上打了粉底，小心掩盖了那块青斑，背着画包，跛着脚，穿过人群，到了河岸边的公园里。这河岸原本有一段古城墙，后来城市生长出章鱼般的一条条触角，直至把古城墙吞到了肚子里。人们又在古城墙的头顶处堆砖砌瓦，修建了一座市民公园。

公园极大，但对林小青这样的常客来说，找到一个僻静且风景独特的角落易如反掌，很快，他就选定地方，支起画架，拉开架势。人们从他身后走过，有人驻足，有人匆匆而过。他随意画着，心里头有些得意：这些人，没有人发现他脸上的异样。

到了晌午，他与妻子通了电话，说自己不回家吃饭。他随便啃了些面包，便又一头扎进色彩的世界中。林小青不免又想起了那理想中的画。画画半生，什么时候才能画出一幅理想中的画呢？这让他心里又乱了套，想扔下画笔回家，又想再努力一把，在打拉锯战。好不容易挨到下午四点多，天色越来越阴暗，眼见着一场暴风雨便要来临，他才收拾东西，跛着脚走回家。

到家已五点。雨还没有落下，屋里闷得吓人。他看见妻子坐在客厅里，板着脸，没有做饭。他隐隐有一种不祥的预感。果不其然，妻子劈头盖脸便问："你是不是动过我的粉底？"

"哈……哪有的事！"他想往卫生间躲，洗把脸，但妻子已经敏捷地蹿到了他身前，把眼睛凑近他的脸。仿佛一道惊雷劈了下来，他整个人都颤抖了一下。但妻子显然没有听到雷鸣。她的脸上有一种说不清道不明的奇怪神色。

"早上我就觉得不对劲，有人动过我的东西。我还以为是我自己动过又忘了。我又摆了一遍，关好柜子。中午我没注意，晚上回家，我发现柜门开着。柜门开着，你知道吗，开着的，我的粉底、粉底液和遮瑕膏，每一样都被人动过……"妻子语速很快，以至于后面的话他没听清，只能靠猜。

"哦，是吗？哈……很贵是吗？对不起，我不该乱动你的东西的。"他想他该补偿下妻子，"要不我再给你买一套？"

"这是重点吗？！林小青，重点不是贵不贵、动不动的问题，也不是买不买的问题。"妻子说。

他努力回想了一遍妻子的话，但实在想不起来她话里的重点。都怪这该死的闷热天气，他甚至都想不起妻子刚刚说的话了。

"林小青，你还想干吗？用我的化妆品，下一步，是不是还想穿我的内衣裤，穿我的裙子？变态！"妻子朝他吼道。

又一道惊雷轰隆隆劈了下来。这下重点找到了。变态。一个大男人，穿女人的衣裙，脸上涂粉底，到处溜达，并感到得意，就是变态。

他站在卫生间门口，想起小卖店店主的话："林老板……气色不错啊。"这时候，他才明白那话里隐含着的嘲讽。还有那些路人，他们都向着他微笑，原来他们早就发现他脸上的异样了。然而，并没有一个人说破，他们只是转过头去偷偷地笑。

他们在窃窃私语：一个变态……一个变态……变态！私语声越来越大，终于变作了轰隆隆的雷声，湮没了其他一切声音。林小青这时方明白，这世上最震耳欲聋的声音，是背着人的私语声，它像是暴风雨里的电闪雷鸣，敲打着世间草木。

妻子拖住他，胡乱往他脸上拍卸妆水，替他洗去了粉底。那块肮脏的青斑，再次出现了。尽管妻子一次又一次明确地告诉他，并没有那块青斑存在，但那该死的青斑和鸡屎味，却又牢牢地攫住了他。

他们再次去了医院。跑上跑下忙碌了大半日，又抽血又化验的，结果却显示一切都没问题。林小青无比健康，不光眼睛和头脑，心脏、血管，一切的一切，都欣欣向荣。至于鼻梁上那块青斑，医生表示无能为力，随便开了几样静心安神的药。又提醒说，这可能是心理方面的问题，需要找专业的心理医生给出进一步的结论。

两人去找了本城一个小有名气的心理医生。对方与林小青聊了很久，说的也不过是些老生常谈。夫妻两人都有些失望。

连着几日，林小青都没有出门。不用遮瑕膏和粉底，他的厌食症也又犯了，整个人病恹恹的，提不起精神。

公司打来好几通电话，明着是关心他的伤势，其实是催促他去上班。他只好勉强去上班。但他总想着那该死的青斑，心不在焉，出了好几个严重的岔子，还差点跟客户在公司里打起来，还好，同事把他拉住了，事情才没有闹大。

但毕竟还是对公司的生意造成了影响，用老板的话来说，由于他的鲁莽，公司失去了一个大客户。老板让他交接下工作，回家反省，等冷静下来再考虑上班。

他求之不得，当即回家。妻子上班去了，他把自己关在屋子里。到处都很闷。倘若没有那块青斑，一切都不会发生。会跟客户打架，出现青斑之前，是断不可能的。他回家反思，想到这个月的工资和年终的奖金悬了。真怪不得老板生气，整个单子都已谈好，等着收钱了，被他这么一闹，煮熟的鸭子飞了，这事搁谁身上，谁都会生气。

他寻思，倘若没有那块该死的青斑，这时节他肯定已经完成了那单子，光是提成，就相当于两个月的工资。

这么一想，更焦躁不安。晚上，妻子先埋怨了他一顿，又安慰他别多想，先休息几天，等老板气消了，再回去上班就是了。

他想想也只能如此。等了三天，公司没来电话。他想去看看，但出了门，突然又不想去了。索性关了手机，像条死虾一样缩在沙发上。第二天，妻子休息，两人寻思着外出走走。不料，两人刚要出门，公司一通电话打到了妻子的手机上，告诉她，她丈夫在公司与客户争吵，给公司的收益和声誉带来了严重损失，鉴于林小青反思期间无悔改表现，经研究，公司决定予以辞退，希望她转告本人前去交接。

妻子低声下气地辩解了几句。对方说林小青在家反思期间手机关机，致使公司无法联系上他，足见态度不诚恳。

妻子刚想再说，对方就截住她的话，斩钉截铁地说："就这样吧。请你转告他。"

她听出了对方不留余地，便很认真地跟对方说："去你妈的！"

挂了手机，妻子顺手把对方电话拉入黑名单。她坐到丈夫身边，感觉到沉重的压力像山一样向他们的小家庭压过来。

林小青一直坐着。他有点想不起自己是什么时候关的机了。青斑没除掉，加上丢了工作，林小青彻底垮了。有一次，趁着妻子不在眼前，他拿着水果刀，借着镜子，猛刮鼻梁，想将那块该死的青斑刮下来。表皮破了，血渗出来，化作血珠，往下流淌。

妻子吓坏了，大叫着夺下刀，把他拉到沙发上坐下，用纸巾给他止血。此后，她再不敢让丈夫离开自己的视线。她偎着他坐着，下意识地攥着那把小刀，努力抵抗着那块侵入他们家的却看不见的青斑。

情况越来越糟糕。林小青一看到镜子，就会控制不住自己，歇斯底里地刮自己的鼻梁，不论用什么。妻子也不敢上班了。她用指甲钳剪秃林小青所有的指甲，又把家里的锐物全藏起来，以防他控制不住把自己的鼻子割了。

那块青斑彻底击垮了他。在此之前，他们从未想到，小如一块青斑，竟会有如此威力。倘若真存在那么一块青斑，他们会有办法的，可是他们的对手并不存在，这又该怎么办？妻子一遍遍约那名心理医生，可对方总说，林小青的心理并没有大问题，至于为什么会这样，他也在研究中，暂时无能为力。一个个难懂的专业名词织出了一片云雾，使林小青陷入了幻境。一根根画笔在眼前跳来跳去，湿漉漉的，时不时就跳到他的身上，触碰到他的肌肤，浓烈的鸡屎味无处不在……林小青趴在地上，哇哇吐着，鸡屎味和胃液混在一起，又产生了新的难闻的味道，成为新一种催吐剂。

妻子就在旁边看着，等他再吐不出什么了，才站起身来，默默地收拾屋子。他们靠在一起，抵御着这无形的灾难。良久，妻子说："小青，我们去省城看看好不好？"

林小青盯着天花板，半晌吐不出一个字。一张惨白的脸出现在天花板上，脸的正中央，有一块青斑，不一会儿，青斑融化了，变成一坨鸡屎，滴落到他的鼻梁上。林小青的身子颤抖着，冷汗不断往出冒。连日吃不进去东西，又吐了半天，这时节，他连吐的力气都没了。

林小青回过神来，又开始疯了似的找刀子。他要将鼻梁上的青斑铲除干净。他也不想再用什么遮瑕膏、粉底了。他想用的手段简单粗暴，即"刮除"。

妻子心里怕极了。她担心这样下去，她总有防备不及的时候，林小青就在那时把事情办了。

"小青，戴上口罩，我们出去透透气好不好？"她问。她看到丈夫摇摇头。

"你看，像这样，大家就看不出来了。"妻子自己戴上了口罩，把鼻子遮住，说，"再说，看就看呗，有什么大不了的，没关系的。"丈夫没有任何回应。他目光深邃地看着前方，酝酿着她猜不透的念头。

妻子想了很久，又说："要不，你把那种颜色调出来吧。我们拿到医院去，再给医生看看，看看是否有法子。"

"没用的，只有刮除。那青斑渗透到皮肤里了，洗不掉的。"林小青说。

经不住妻子劝说，林小青最终还是在颜料碟里调出了那种深沉的苍青色。

“你看，是这样的吗？”妻子手指在颜料里蘸一下，抹在自己的鼻梁上。

“不对，下面更宽一些，颜色更浓一点。”林小青说着，用手指在妻子的鼻梁上划动，按照自己所见，将那块青斑正确描摹出来。

妻子对镜看了一阵，说：“还不错啊，挺漂亮的。”

“是……是吗？”林小青愣了。他看着妻子。妻子的皮肤比他的白皙，青与白的组合很协调。青斑为妻子安静的脸增添一种粗犷的效果。

“小青，我想就这样上街。你敢不敢陪我？”

没等林小青回答，妻子拉着他下了楼。他们径直出了小区，走到了小小街上。所有人都看着他们。妻子始终笑着，仿佛鼻梁上并无青斑。众目睽睽之下，他们的手牵在一起，向前走去。

桃花雨

那块青斑一直跟着他。

它像一只青色的眼睛一样，死死地盯着他，让他心神不宁。客人的头发没剪好，他被客人臭骂了一顿。

他刚想休息一会儿，便看见自己的老客户林妮走了进来。这姑娘清清爽爽的。打见她第一眼，他便觉得他们之间会有故事。果不其然，后来她成了他的老客户。

说实在的，理发师这活儿他实在不喜欢。但他高中肄业，知识性太强的活儿干不来，太费体力的活儿也做不了，餐馆里端盘子洗碗又磨不开脸，只好在本城的一家连锁理发店找了份工作。

原本他想就干几个月，弄点路费，去北上广闯闯。哪料到干到第二个月，林妮便成了他的客户。两人聊过几次，他去北上广的计划便暂时不去想了。

这会儿，林妮已走到了他身边，笑着说："小李子，伺候姐姐洗头。"

他略微郁闷了一下。悔不当初，不该让这小妮子知道自己叫李琏。小妮子顺口帮他添了个"英"字在后头，他便成"小李子"了。

李琏给林妮洗头。

林妮对着镜子左照右照，忽然说："小李子，姐姐看你印堂发黑、双目无光，莫不是被狐狸精缠上了吧？"

"姐姐高见。最近弟弟真被只叫什么'妮'的小狐狸缠上了。"李琏笑道。

"什么什么'妮'？"林妮故作不明白。

"说真的，我都烦死了。"李琏正色道。

"什么烦心事，说出来让姐姐开心一下。"林妮又笑。

"算了，不说了。"李琏是想把那块青斑的事跟林妮说说，想想又觉得不合适。他叫下一位客人来洗头发。林妮见他忙着，便告别走了。

下一位客人是一个中年男子。头发不很多，圆脸庞，宽肚子，往椅子上一坐，便将整张椅子都填满了。李琏给他围上理发布，准备下剪刀，这时，镜中那中年男子的鼻梁上慢慢地浮现出了一块青斑，像是用油画笔慢慢地涂上去一般。

用力揉了下眼睛，李琏确定自己没看错，就用手边的湿毛巾往客人的鼻梁上擦去。那块青斑便消失了。客人看了李琏一眼。他想不通，身后这个理发师为什么要擦自己的鼻子。自己的鼻子上没什么嘛。

李琏的剪刀开始行动，客人的头发一束束往下掉。剪着剪着，那块青斑又慢慢地从客人的鼻梁上浮现出来。他想不去管它，那青斑却无相安无事的意思，像只青色的眼睛，一直盯着他看。

迫不得已，他只好又用湿毛巾擦了下客人的鼻梁。青斑没了。但他知道，青斑不会善罢甘休的，它一定会再出现。于是他反复拿湿毛巾帮客人擦鼻梁。最后客人终于被他神经质的举动搞烦了，让另外一名理发师接替了他。

真是阴魂不散。他想。

那天早上，他不过是将摩托车开得快了一些，就惹上这样的事。那个早上，真是鬼使神差。往常，他早上都睡不醒的。单那天早上四五点，一个噩梦惊醒了他，令他再无一点睡意。他起了床，准备骑着摩托车在街道上恣意一回。

好死不死，摩托车开出去没多久，就从一条狭窄的小巷子里闷头闷脑地闯出了一个人，直接走到了街面上。刹车不及，他“砰”地撞了上去。对方像是个画画的，他看到许多支画笔飞起来，又劈头盖脸砸向那个倒霉蛋。

倒霉蛋仰面朝天躺在绿化带的灌木丛中，鼻梁上被蹭上一块倒三角形的青斑，嘴里叫着。他吓坏了。若是被抓住，他非得赔偿一大笔钱不可。急切里他加大了油门，迅速地逃离了肇事区域。

一开始那两天，他紧张极了，把摩托车放在楼下的车库里，根本不敢开出去。他担心那个倒霉蛋会报警，叫警方追查，让他赔偿。忐忑不安地过了几天，似乎没什么动静。他寻思，兴许那家伙伤得不重。

倒是他，成了受害者。那块青斑一直跟着他。现在，只要看到有男人进店来，他都心惊肉跳。不光如此，每个男客的鼻梁上都顶着一块青斑。他不断疑心，这些男客中会有一个是被他撞倒的家伙。

若是被抓住了，他想，对方一定会让他出医药费、误工费什么的。

林妮第二天又来了。这一次，她想剪发。

李琏就帮她剪发。他的剪刀在林妮的头发上蜻蜓点水般来回移动。林妮的鼻子上没有那阴魂不散的青斑，李琏心情好了一些。两人像往常一样，有一搭没一搭地打趣、聊天。

李琏极力向林妮推荐店里推出的一款新套餐，林妮却深知李琏心里的那点小九九，死活不松口。

“姐姐，你就试下吧。反正你人傻钱多，也让弟弟拿个小提成，开心开心。”李琏无奈，只好明说。店里有推销硬指标，而自己还没完成。

“姐姐是穷人。要不你送我一个得了。”林妮反将一军。

“那可不成。再说了，你漂亮了又不是给我看的。”李琏摇头。

“那你就多看几眼呗。”林妮笑道。

“才几眼啊……”这时候，李琏感觉门口有一只青色的眼睛盯着自己。一位客人上门了。他用青色的眼睛逼视着李琏，走过来，靠近，再靠近……

“哎，魂儿被狐狸精勾走了？”林妮提高了音量，把他的魂儿拉了回来。

他“哦”了一声，便不再说话，加快了速度。林妮细柔的淡黄色的头发纷纷飘落。

“你要是能答应姐姐一件事，我就考虑考虑，兴许来个烫染……”林妮说。

“说吧。”李琏剪掉了林妮一束不该剪的头发，还好林妮没有发觉。

“后天你休息吧？陪我去个地方。”

“你还真了解我的工作表。说吧，什么地方？”对林妮知道他哪天休息，李琏颇有些意外。

“仁寿寺。”林妮说。

“出家？”李琏笑着问。

“求桃花！”林妮笑着答，“顺便带你去驱驱邪。”

“好咧！”李琏一口答应。

休息的那天，李琏果真骑着摩托车，带上林妮去了仁寿寺。他们沿着通往仁寿寺的小公路上行。盘山骑了约半个小时，两人便到了仁寿寺门口。这日正是良辰吉日，仁寿寺门口的大坪上人山人海。

林妮拉着李琏，好不容易穿过人群到达正殿前。正殿前方，一只巨大的石香炉中插满了香。香火氤氲，李琏觉得一只青色的眼睛正在暗处盯着他。

李琏看去，见是一个黑黑瘦瘦的男子，靠着正殿门前的石栏杆站着。他鼻梁上一块青斑，咬定了李琏，让李琏心烦意乱。

李琏借口上洗手间，离开了正殿，想躲避那块青斑。但青斑并不想轻易放过他。他感到那个男子装得漫不经心，在他身后紧跟。

他停下来的时候，那男子也停下来。他看那男子，那男子时而看看行人，时而看看风景。他再走，男子又跟上。他越看越觉得那个男子就是被自己撞倒的那个。

像极了。身形，动作，神色，简直一模一样。那块青斑如同刚刚被油画笔刷上去，新鲜欲滴。

他迅速地拐过一个弯，借着墙角的掩护，脱离了青斑的视线。他想，那个倒霉的家伙一定是认出自己来了，否则不会一直跟着自己。看来，对方并不想要他赔偿医药费什么的。

他又感到背后有青色的眼睛注视着自己。

果真，那个男子又出现了。那么，对方是想以牙还牙、以血还血了，给自己也来那么一下子。对，一定是这样。摩托车撞上那个倒霉的家伙之前，他怎么也不会想到，人的身体是那么轻，只要轻轻一撞，就会像纸片一样轻飘飘地飞起来。而比人更轻的，是那家伙背着的包包和穿着的鞋子，它们简直没有一点重量。

唯一沉重的是那些画笔。它们还没有在空中好好地飞一下便开始跌落，劈头盖脸地砸向那个倒霉的家伙。

真是一失足成千古恨。他假装扭脸看墙，急急往前逃窜。他想，那时候自己真该下车，仔细看一下那个倒霉的家伙长什么样。但他又想，也不用看，必定就是身后那个一直跟着的家伙，否则，他没理由一直跟着。

眼前出现一个洗手间，他迅速钻了进去，带上门。他观察四周，看到一扇开着的窗。他寻思，要是对方进门来，自己就迅速跳窗逃走。门开了，进来一个高高大大的男子，看起来有些脸熟，他一时想不起在哪里见过。

或许是他的一个客人也说不定，但他很快就否定了这个念头。倘若是他的客人，一定会跟他打招呼的。但对方没有，对方正用一种意味深长的目光打量着他，确切地说，是对方鼻梁上的那块青斑正用一种意味深长的目光打量着他。

他知道自己完了。先前他其他猜测全都错了。眼前这个家伙正是那天被自己撞倒的人。确定无疑。

他假装要解手，靠近窗户，趁对方不备，用手在窗框上一撑，跨过了窗户，跳到了公厕外面。而后，他手脚并用，像一只大马猴，蹿过公厕后墙与后山之间狭长的满是垃圾的通道，一溜烟跑到了侧殿门口。他心里怦怦乱跳。若非自己身手敏捷，定要被那家伙逮住。

靠在侧殿门口喘息，他看见远远近近站着的都是鼻梁上顶着青斑的男人，每一个都像极了那天被他撞倒的男人。他确信他们中必有一个真的是，那人就隐藏在人群里，心怀鬼胎，向他靠近。他踉踉跄跄闯入侧殿。他感觉自己的脑袋被什么撞了一下。他想抬头看看是什么东西，却见一张青色的四方脸向他扑来……

他想躲避，却没躲开。耳边厢听得一片人声，却无一句能听真切。过了好一会儿，他才听见林妮的声音："小李子，小李子……醒醒……醒醒……"

然后是其他人的声音。"晕过去了……""撞桌子上……""撞晕了……"声音重重叠叠、七歪八扭、争先恐后，灌进他的耳朵。他闭着眼听了一会儿，大致听明白了：刚才自己仓皇逃窜，脚底打滑，一头撞在了侧殿天王像前的供桌上。

他睁开眼睛，看见青面阔嘴、手提三尺青锋的天王，正瞪着他。他想起小时候跟母亲到庙里上香，一进门，两侧便是四大天王，每尊两三米高，威严地瞪着眼睛，俯视着进出的人群。那时他就感到心惊肉跳。母亲说，人要干了坏事，天王就会惩罚。那时他不信这套，但面对天王时，依然感觉害怕。

他见到青斑时那种心慌意乱，正如仰望天王塑像的心慌意乱。他想，这两者之间必然存在着某些联系。

他还没来得及多想，又听到了林妮的声音。

“小李子，快起来。姐姐手都被你躺麻了。”他这时才发现自己一直躺在林妮的怀里。原来，林妮在正殿中参拜完毕，回头不见了李琏，便四处寻找。刚到侧殿，便听得议论纷纷，探头一看，却是李琏昏倒在地。

李琏在林妮的搀扶下站了起来。他看到一张张鼻梁上有青斑的脸围着自己旋转。他不知道自己是怎么离开侧殿的，等他清醒了些，他发现自己已经坐在仁寿寺外竹林中的石凳上。林妮拿着面巾纸，帮他擦拭着脸上的汗水。

林妮说他到处乱跑冲撞了菩萨，才有此难，又问他感觉如何。他只觉得身上一阵阵寒冷，坠入冰窖一般。竹林茂密，有些昏暗，他坐在石凳上，茫然看着一个个鼻梁上顶着青斑的人在面前来来回回。

在他的感觉里，那些人的脸上都带着高深莫测的笑，他们不言不语，一点一点地靠近他。带着青斑的天王一般的脸，一张一张向他扑来。林妮在他耳边说着话，但他一句也听不清。他听见自己向林妮一声吼，让她快带自己离开这里。但林妮仿佛没听到，她拉着他，嘴里兀自喋喋不休，还眉飞色舞，一点也没有停下来的意思。

他想林妮一时半会是不会停了。他必须马上逃离这个地方。他听见自己大吼一声，看到自己把林妮扛在肩上，一记直拳，打退了最先压向自己的一张脸，然后侧身提膝，将另一人顶倒，又晃过第三个人，踉踉跄跄跑了几步，摔了两跤，跨上了自己的摩托车。他看到自己的身上到处都是脏兮兮的泥巴，不过，这不重要，重要的是他突围了。这时，他想起了林妮，要把林妮在车后放好，伸手一摸，却发现肩膀上空空如也。

"嗒嗒"，他头上被敲了两下，只听林妮在耳边说："发什么愣啊，姐姐跟你说话，听到没？"

他悲伤地发现自己和林妮仍坐在石凳上。林妮摸了摸他的额头，说："你不会撞傻了吧？"

他想问林妮那些人到哪里去了，话刚到嘴边就听林妮说："时候不早了，没事的话，我们下山去吧。"

他沉吟一下，说："好。"林妮拉着他出了竹林。他发动摩托车驶离。两人一路无话。到了一个街口，林妮说自己到了，要下车。

他想再送一程。林妮坚决地拒绝了他，又叮嘱他最好上医院查一下，要有问题，耽误了就不好了。他答应了，两人就此分别。

回到家，他自己检查了一下。脑袋上多了一个包，其余感觉良好。让他忧心的仍是那些人、那些青斑。

他的情况显然更严重了。一看到鼻梁上有青斑的人，他就冷汗直流。在理发店工作，每日迎来送往，显然躲不开。他想换个工作。他给林妮打了几次电话，语音提示总说"对方正在忙线中"。

林妮再出现已是半个月后了。一如既往，两人有一搭没一搭地聊天。末了，林妮忽然说："小李子，给姐姐把你那什么烫染套餐上了。临走前，姐姐帮你完成一个指标。”

“临走？去哪儿？”李琏有些吃惊。

“南京吧。男朋友在那边，一直催我回去结婚。”林妮说。

“那恭喜你啊。”过了好一阵子，他才说道。他不知道林妮是何时，又是怎么离开的。下了班，他走在街上。过街的时候，他差点被一辆飞驰而来的摩托车撞飞，对方骂了一句什么，他听得不甚清楚，好像是“找死”之类的。他看到一条条白亮亮的街道往前延伸着，每一条跟另一条都很相似。他想到那天撞了人的街口去，找到那个倒霉的家伙，仔细看看他的脸。他还打算向对方道歉，告诉对方，这些天他自己也不好受。

摩托骑士

真是一个奇怪的梦。

一整天，阿吉都在想早晨做的那个奇怪的梦。梦里，他看到一只画包在空中呼啦啦地飞，从画包里游出来很多支油画笔，有如一群色彩斑斓的鱼，整个天空都仿佛变成了海洋。

阿吉感到自己书包里的铅笔盒在不安分地跳动，像有什么东西要拼命钻出来一样。他拿出铅笔盒，刚想打开，那铅笔盒自己就开了，色彩斑斓的彩色铅笔游了出来，向着天空中那群油画笔游去。不一会儿，整个天空都游动着各色各样的笔。

彩色的油画笔、彩色的水彩笔、彩色的铅笔、彩色的粉笔……它们从四面八方游出来，在空中组成方阵，向前游去。

这时候，他站在马路的中央。一辆辆汽车在他身前身后鸣着笛。那些驾车人全然没发现天空中如此神奇美丽的一幕。他站在那里看着天空，全然忘了他出门时已经八点二十，离上课只差十分钟。

果然迟到了。他从后门溜进教室，猫着腰钻过狭长的通道，坐到自己的座位上。这时他看到前桌朝他笑了一下。他想，完了。果然，前桌方哲站起来，报告老师说有人迟到。

随之而来的是同学们的起哄，所有人都将他的迟到当成个乐子充分发挥着。教室里一时间乱哄哄，老师不得不停止讲课。老师问他为什么迟到，他想说自己做了个奇怪的梦，因而迟到了，但却无论如何说不出口，只好沉默着。他的沉默使起哄越发热烈，以方哲为首。那声音简直要将他轰出教室去。终于老师让他下课后到办公室交代清楚。教室里这才逐渐安静下去。

前桌是个黑黑瘦瘦的男孩，人堆里一点不显眼。但阿吉只要看到他一种恐惧，仿佛对天敌的恐惧。他想，他俩迟早要打上一架。

他又想起了那个奇怪的色彩斑斓的梦。彩笔们在天空中自由自在地翱翔，像彩色的鱼群。它们快乐极了。这时，他看到从远远的天边开来了一辆红色的摩托车。摩托车一开始“呜呜”地在街面上开，慢慢地就开始爬坡，随后倒立着行驶在天空上。车上的骑手抓着车把，倒挂着，与摩托车一起在彩笔们中间穿来穿去。他的动作潇洒极了。阿吉想起过年的时候姐姐带他去看摩托车表演，骑手们驾车在巨大的桶形装置的内壁上穿来穿去。阿吉觉得他们没有一个比得上天空中的那位。

阿吉快速地攀上了一座大楼的顶部，他想，离天空更近，就能更清楚地看那名骑手。他原以为骑士在空中穿行是走特定的轨道，但他认真地看了很久，确定那骑手的摩托车不走轨道，而全然是飞着的。

摩托车的速度越来越快了，与此同时，惊险万分地在画笔们组成的方阵中穿行。阿吉大张着嘴巴，紧张极了。好几次，摩托车都眼看要撞上画笔，骑手都巧妙地驾车避开了。

在空中穿行了很长时间后，骑手终于发现了楼顶上的阿吉。他驾着摩托车从油画笔方阵和水彩笔方阵中间穿过，到了阿吉的上方。他用两只脚钩着摩托车的油箱，身子倒垂，手臂笔直地伸向阿吉，像是要把阿吉拉上去。

阿吉努力地向上伸手，想要够到骑手的手。但骑手实在是太高了，阿吉怎么向上伸手，始终与他的手隔着很长的距离。阿吉听到摩托车在自己头顶响了两声，抬头看时，摩托车已开远了。

阿吉伤心极了。他蹲在高楼顶上，仰望着色彩斑斓的画笔们。它们在空中燃烧着，发出五颜六色的光芒，突然开始呼啸着坠落。阿吉感到一支蘸了青色颜料的油画笔向自己落下来。一滴湿漉漉的散发青李子般酸涩味道的颜料滴在了阿吉的鼻梁上。阿吉醒来了。

平常，阿吉的父母早晨五点出门。他六点醒来，洗脸刷牙，热一下母亲做的早餐，吃完后七点半准时出门上学。但这天他醒来时看了下墙上的挂钟，已经七点半了。他就迟到了。

方哲带着同学们起哄的时候，阿吉的目光落在教室侧面的黑板上。黑板上是“六一”专栏。老师说，这个“六一”每个班都要出一个节目，全校会演。阿吉他们班在班会上讨论出什么节目，最后决定演《白雪公主与七个小矮人》舞台剧。角色很多，王子、公主、王后、小矮人、巫婆、侍卫……同学们讨论了很久，几乎每个人都被分配了角色。老师准备让阿吉演王宫侍卫队队长，但方哲坚决不同意，并且说阿吉演他就不演，于是，王子、公主、王后、小矮人们纷纷也说他们不演。教室里乱极了，老师费了好大劲才让大家安静下来。阿吉就说自己不适合演剧。阿吉不演了，方哲他们才又开心地讨论起了角色。

老师把“六一”专栏派给了阿吉和另外两个没分配角色的同学。他们三个人，一个负责找内容和打杂，一个负责写，一个负责画。放学后，他们在黑板前忙活着，方哲背着手，在他们身后走来走去。负责写的同学问他为什么走来走去影响他们，方哲说自己乐意，又说教室自己也有份，乐意在哪儿走就在哪儿走。

负责写的同学强调方哲这么走来走去影响到他们出黑板报。方哲笑嘻嘻地对他们说，那是他们的事，与他无关。阿吉本来站在凳子上画画，这时跳了下来，站在方哲的面前，挡住了他。方哲让阿吉让开，阿吉说教室也是他的，他乐意站哪儿就站哪儿。方哲一时间有些讪讪的。阿吉预备着方哲动手。阿吉早想好了，要是这个黑小子敢先动手，自己就揍扁他。不过，方哲没有动手，笑嘻嘻地背着手走开了。

阿吉放松了下来，想方哲胆量也不过如此。他和另外两个同学一起干到晚上六点半左右，把黑板报完成了一半。今晚反正干不完，他们便停下了，各自回家。

次日早上，阿吉刚进教室，便看到黑板报被人擦掉了。那人用一块干抹布随意在黑板上擦着，擦出一道道灰白。阿吉看到一起出黑板报的两个同学脸色难看，而另一边，方哲嬉皮笑脸地跟他打招呼，像是昨天跟他没有过不愉快一般。

阿吉明白了。他大声质问方哲为什么擦掉黑板报，方哲却很严肃地对他说，说话要有证据，没证据随便说就是小狗。方哲大声问周围的同学有没有人看到是他干的。大家都说没有。方哲得意起来。

下午放了学，阿吉招呼那两名同学把黑板报重新出起来。那两名同学躲躲闪闪，都说家里有事，迟一日再出。他们走了。阿吉本想把他们叫回来，刚出教室门，就看到方哲跟他们勾肩搭背拐过走廊的拐角。阿吉站在门口，同学们像一条条鱼一样从他身边游过。

那块黑板空了好几天。最后，老师把任务派给了方哲。方哲得意极了，他像将军一样，在教室里走来走去，一会儿让这个画画，一会儿让那个写字。他指挥着别人，自己没费半点力气，就把黑板报完成了。

阿吉不得不佩服方哲。方哲仅仅划分了下阵营，就掌控了一切。原先与阿吉出黑板报的两名同学最后加入了舞台剧演出，出演王子身边的两名侍卫。这样，阿吉就孤单单一个人了。

阿吉仔细回想自己与方哲的接触，回想自己的言行，想找到他们之间龃龉的根源。他想了很久，才想起一切可能都源于那个下午。

他记得他们第一次接触是开学的那天下午。那天下午，班级要从书库把新课本搬到教室里，方哲、他，还有另外两名男生一道去。他们平分了课本，依次走出书库。他领头，另外两名男生跟着，方哲最后。四个人鱼贯穿过长长的阴暗的走廊，来到学校的操场边，沿着操场边的过道往教学楼走。

走到一半，他们把书放在地上，休息了一阵。这时候，方哲说让阿吉领头走快一点。阿吉觉得书有些沉，怕走太快摔倒，就说他们三个先走，自己在后面跟着。

他们搬书往前走的时候，方哲与那两名男生并没有走在阿吉前面。三个人仍是跟在阿吉后面，口中却不断催促他走快些。阿吉就在路边站定，给三个人让路。方哲停在阿吉身后，死活不愿先走，还阻止那两名男生先走。

这时候，阿吉才认真打量起这个黑黑瘦瘦的男生来。他看到对方眼中有一种危险的、让人难以亲近的东西。

阿吉现在想，或许他们的龃龉就在那一刻生根了。

方哲赖在他身后不走，足足十几分钟。另两名男生显然等不及，想要先搬书回教室了，但方哲用眼神制止了他们。阿吉明白方哲的眼神，他的眼神在说，如果他们先于阿吉把书搬回教室，就是他方哲的敌人。对，敌人！也就是说，他们将承受被孤立的后果。

于是，在那个下午，搬书的四人分化成了两个阵营：阿吉自己一个阵营，另一个阵营以方哲为首。

阵营的对垒显然没有随着搬书结束而结束。方哲像一条蛇一样，不依不饶地缠着阿吉，把阿吉身边的同学一个个拉拢到自己的身边。这个黑黑瘦瘦的男生，似乎热衷并且擅长这样的游戏。看起来，他会继续这个游戏，一点没有停手的意思。

这真是一个强劲、可怕的对手。

讲台上老师还在喋喋不休地讲着，阿吉什么都没听见。他想，如果早上那个奇怪的梦是真的，自己或许可以去找那个骑手。看得出来，骑手是乐意交他这个朋友的。

阿吉在楼顶的最高处找到了骑手，向他招手，大声地呼叫他。骑手听到阿吉的呼叫，就掉转摩托车车头，倒立着开到了阿吉的上方。他们相互问候。

阿吉告诉骑手他需要帮忙。骑手在空中倒挂着身子，仔细听他的计划，时不时点点头，或者对他的计划加以补充。最后，骑手笑着说，一切都包在他身上，他——伟大的摩托车骑手，非常乐意加入阿吉的计划。

骑手邀请阿吉坐到他的摩托车上。阿吉看着自己头顶上轰鸣的摩托车，感到茫然无措。他告诉骑手，这么高的空中他上不去。骑手则告诉他，在他的面前有一条宽阔的阶梯，只要踏着阶梯，就可以一步步走到空中来。骑手随手抓过一支油画笔，在阿吉的额头上点了一下，说借助这个青斑，他能看到空中的阶梯和马路，这样就不至于一脚踏空，从空中摔落下来。

阿吉一看，果真如此。现在，他能看到空中密布着阶梯和马路，在阶梯和马路之间，是一条条危险的缝隙。阿吉信了骑手的话。他沿着一级级阶梯，倒立着走到了天空中，坐在了摩托车后座上。

阿吉如今像骑手一样倒挂着。原先他以为倒挂着会很不舒服，但是当他坐在摩托车后座上时，他发现这样舒服极了。他清楚地看到色彩斑斓的画笔们在自己的脚下游动着，更深的地方，是湛蓝湛蓝的天空。高空中，清凉的微风吹过他的发梢，搞得他痒痒的。一开始，他有些紧张，担心会掉在地上，但很快他就放松下来了，他学着骑手，跟后者做一样的动作。最后，阿吉完全掌握了摩托车的骑法，甚至设计出了自己的动作。骑手表扬阿吉，说他是天生的骑手。

末了，骑手让阿吉回去，安心地等待“六一”到来。骑手向阿吉保证，在“六一”当天，他一定会出现，帮阿吉实现那个宏伟的计划。

“六一”那天，天气好极了，天空呈现迷人的湛蓝色。文艺表演在大操场举行，阿吉他们坐在操场的阴凉处观看演出。

等到阿吉他们班表演的时候，同学们都到操场正前方的舞台上去了，只有阿吉一个人坐在空荡荡的白线内，白线内是阿吉班级的场地。方哲他们演得很精彩，台下时不时有掌声响起。演出过半，阿吉紧紧攥起了拳头。摩托车骑手没有出现。阿吉一次次站起身来，踮脚向远处看。但天空中什么也没有，连一丝云也没有，干净极了。演出接近尾声，阿吉看到舞台上白雪公主已经醒来。

阿吉失望极了。他低着头坐在自己的位置上。就在这时，所有的声音都停止了。阿吉抬起头来，看到天空中布满了色彩斑斓的画笔，它们像鱼那样游动着。

所有的人都吃惊地看着天空，阿吉则站起身来。远处，一辆红色的摩托车倒挂着缓缓开过来。摩托车骑手在最后的时刻来了。阿吉极力克制住激动。骑手把摩托车停在前方不远处，大声邀请阿吉，接着，他一步步踏着别人看不见的阶梯，从空中走下来，站到了阿吉身边。

骑手大声告诉大家，接下来，是摩托车骑手阿吉的表演时间。阿吉往周围看了一眼，他看到舞台上的表演停下了，所有人的目光都聚焦在他身上。摩托车骑手推了阿吉一下，告诉他，他的时间到了。

阿吉点了点头。骑手用一支散发着青涩的李子味的油画笔在阿吉的额头上点上了青斑，阿吉的眼前浮现出一级级透明的阶梯。阿吉踏着阶梯上升，慢慢倾斜，最后头朝下坐在了那辆摩托车上。

一位新的摩托车骑手诞生了。阿吉驾驶着那辆鲜红的摩托车，在画笔组成的方阵中间穿行。他像一条大鱼一样，在色彩斑斓的游动的画笔间穿行。他的动作惊险，引得地上的人发出一阵阵惊呼。毫无疑问，这是一场出色的演出。他听到地面上的人爆发出欢呼。

为回应欢呼，他在空中连续翻了六个跟头，稳稳地落在摩托车上。阿吉又驾着摩托车向地面开来，贴着人们的头顶划过。阿吉看到，舞台上自己班级的同学已经汇入人群中了，他们和其他人一起为他欢呼着。他们向他招手，他也向他们招手。

方哲一个人孤零零地站在舞台上，他大声叫着，想将其他人叫回来，让表演继续下去。但没有一个人理他，其他所有人都沉浸在阿吉带来的惊喜之中。大家的目光聚焦在阿吉身上，盯着他的一举一动。这时，他们看到阿吉把车停在方哲的前方，微微扬着头，向方哲挥手和微笑。

夜奔

人生有代谢，
生命不止息，
人群奔涌如流，
好似野草见春风。

一

说点什么好呢？这头可真难开。王瓯江一遍遍转着手里的茶盏，对面坐着一个小妖女，是来讨债的。小妖女约的他，不吃甜品，不喝咖啡，独独跑到这茶馆，要一个角落里的包厢。两个人，喝水果茶，梨、橙子、柠檬、苹果、百香果，五颜六色，在玻璃壶里浮动，壶底下，点着一支心形小红烛。

今天是林教头误入白虎堂，昏了头了。人家碰到债主，躲都来不及呢，他倒好，债主一招呼，就乖乖贴上去。只能说，债主小妖女，是有妖法的。小妖女给他倒了水果茶，看王瓯江还没有说话的意思，就先开了口，说：“我要回去了。”

王瓯江心沉了一下。小妖女又说：“也没啥，和你说一声。”

“哦。”王瓯江说。

王瓯江给自己添了水果茶。壶里已经没有多少水了，他往壶里加了水。

小妖女看向窗外，王瓯江也跟着看窗外。窗外树影摇动。这时，小妖女的眼圈红了。王瓯江抽了两张纸巾递给她。小妖女擦了擦眼睛，把纸巾攥在手里，喝了一口水果茶，这才说：“我还真有点怀念从前的我们了。你，我，还有老张，只是单纯地喜欢跑步。”

王瓯江不答。老张叫张海生，过去和王瓯江是同事，后来又一起跑步。他们三个是跑步三人组。现在老张生了病，情况不太好，恐怕撑不了多久了。他知道小妖女清楚这一点，老张过去对她不错，她在走之前，应该要去看看老张的。

果然，只听小妖女说："改天我们一起去看看老张。对了，你儿子，还在外面逛吧？挺滋润啊。"

小妖女笑了笑，把手机递给王瓯江。儿子王小溪的朋友圈全是游山玩水、吃吃喝喝的照片，这他是知道的。但他没想到小妖女也加了王小溪的微信。

他也知道小妖女这时候提起王小溪是什么意思。

"他还是个小孩子，没必要这样吧。"王瓯江说。

"那就看你的了。"小妖女笑笑。刚才红眼圈的可怜样子完全不见了，现在她露出了本来面目。她是债主呀，她是讨债来的，不然在这里干吗？只是喝茶吗？

王瓯江真后悔了，不该头脑发昏，跑来见她的。小妖女把杯子里最后一点水果茶喝了，说："那我们走吗？"

王瓯江如释重负，跟着站起来。小妖女先推门走出去。两个人一前一后，沿着长长的、昏暗的通道往前走，走到前台。小妖女付了钱，一共六十三块，抹了零头。

两个人出了店门。小妖女并不急着走，在风里站着。王瓯江知道她在等话，又昏了头，说："再给我一点时间，我保证，五天之内，还你的钱。"

二

王瓯江心里空落落的，又好似坠着铅块，在街上东走西走。现在他一个人，清醒了。这种时候，他到哪里去弄钱还给小妖女呢？本来七八万块钱在他不是难事，可眼下情况不一样了。

起风了，变天色了。算算时间，王小溪出去逛世界，已经半个月了吧。王小溪今年十八岁，高考卷一递，从王瓯江那里卷了一笔钱，像蜻蜓甩了尾巴，满世界疯跑。

王瓯江跟着王小溪的朋友圈，从东到西，一会儿武汉，一会儿桂林，把大半个中国的景点逛了个遍。王小溪眼下在哪儿？

王瓯江给王小溪打电话。

“老爸，我在忙呢，什么事啊？”王小溪很快接起电话。

瞧瞧这傻儿子，没事就不能打电话吗？他本来想先给王小溪打个预防针，告诉他家里出了点事情，话到嘴边又忍住了，说：“没事，没事，我走路呢，顺便给你打个电话。”

王小溪说：“哦。没事我先挂了。迟点再回你。拜拜。”

那头挂了。隔了很久，王瓯江才把手机从耳边移开。儿子啊儿子。

事情是前两天出的。但消息传得很快，现在满城风雨，大家都知道本城首富洪如海跑路了。王瓯江没想到自己这位表哥兵败如山倒，竟然会在两天之内从本城首富变成本城第一王八蛋。而他，王瓯江，全部家当都交给洪如海了，现在洪如海跑路，他一下就从千万富翁变成了千万负翁。

“吓得俺魄散魂销，魄散魂销，红尘中误了俺武陵年少。”王瓯江唱一句。这是昆曲《夜奔》的唱词，这段是他的拿手绝活。此情此景，不唱不行：现在，他是一个落魄的林教头了。

王小溪当然还不知道这些。他从王瓯江那里卷的钱，足够在外面逍遥两三个月。王小溪出去那会儿，王瓯江还说：“读万卷书，行万里路，老爸支持你，去吧。等你回来，老爸再带你去买一辆车。”

哪承想，现在连七八万块钱都掏不出来了。王瓯江答应五天内还钱给小妖女，也有一点赌气的意思，他不信自己已经败落到七八万块钱都弄不到。他想起来自己有一张信用卡放在学校办公室里，这是以前银行的人找上门来给他办的。

那时的他根本看不上这么点额度，拿到卡后，随手便丢在了办公室抽屉里。现在他想起来了，可以先用信用卡借，还了小妖女的钱。他不想小妖女真找王小溪要钱，那样，他这个老爸的脸可真没地方放了。王瓯江自认为还是一个要脸面的人。

小妖女没有明着说要找王小溪，但王瓯江知道的，惹急了她，她真做得出来。有几次王瓯江惹她生气了，她就穿得漂漂亮亮的，在他家楼下走来走去。她不喊不叫，只是款款地或站或走，引得大家看来看去。王瓯江就赶紧跟她服了软，她才收了神通，走了。

王瓯江简直怕了她了，越怕越喜欢，越喜欢就越怕。喜欢和怕纠缠在一起，就有了一种别扭的和谐，让两个人越来越不对劲。若不是张海生平地惊雷一语喝破，恐怕现在更难以收拾了。为此，王瓯江心里还是感谢张海生的。到底是老兄长，关键时刻扭转乾坤。

王瓯江抹了一把冷汗，道一声侥幸。得亏张海生破了小妖女的妖法，不然自己恐怕真被她吃了。

眼下正是暑假，学校里没人，但王瓯江还是决定从后门溜到办公室。二十多年前，王瓯江刚参加工作时，是张海生带的他，那会儿他管张海生叫“师父”。叫了没几年，张海生到县文化馆工作去了，两人交情却没有变淡。张海生大王瓯江一轮，现在正好五十四，眼见退休不远，不想突发恶疾，活着退休恐成奢望。

王瓯江开了办公室的门，顺手开了空调，烧了水，点了烟，到桌子前坐下，眼睛落在了张海生曾经坐过的那张办公桌上。

二十多年来，这张办公桌主人换了好几个，边上的王瓯江则岿然不动。过去张海生在的时候，桌上没有多少东西，左边一摞作业本，作业本边上一只立式相框，相框里一张照片，照片上张海生和妻子并肩站着，身前是个五六岁的小姑娘。

那会儿，小姑娘天天一放学就到办公室里来，叔叔长叔叔短地叫着，让他很有些不好意思。张海生提起小姑娘，总是说“我家璋璋，我家璋璋”。

璋璋有多久没回国了？王瓯江想了半天，只记起璋璋大概跟小妖女差不多年纪，也该到结婚的时候了。他没想起来最后一次在办公室里看见璋璋是什么时候。

目光收回来，落到自己桌上。王瓯江信手翻开了语文课本，一翻就翻到《林教头风雪山神庙》。这一课是他的拿手好戏，好几次公开课，都是凭借这一课博得满堂彩。因为翻得多，一翻就到了这课。王瓯江心里一惊：今天真个是林教头了。果然红颜祸水沾不得。

小妖女是张海生介绍他认识的。那会儿，张海生先迷上夜跑，跑了几天，跟王瓯江说，跑步赛神仙，长寿又健康。见王瓯江毫不动心，又半开玩笑半认真地说，跑步还能认识美女，不多认识点美女，白白在世上走一遭。王瓯江知道，老张纯粹就是想拉他下水，跑步有个伴儿。

好吧，下水吧。王瓯江买了全套跑步装备，跟着张海生绕广场。绕了一阵子，张海生真带来一个小姑娘，年约二十七八，长腿细腰。张海生说，这是我小妹妹，杨晨晨，在一中代语文课，你们是同行。又对杨晨晨说，王瓯江，王安石后代，本县第一才子。

王瓯江说："不敢不敢，全县第二。杨晨晨，好名字。"

两人就加了微信。杨晨晨的头像是个海妖，点开头像，她朋友圈背景是湛蓝的海水，水中一个潜水女孩，有点妖。王瓯江私底下给她取了别号，就叫"小妖女"，又顺手给她点了赞。小妖女是晚上十点多给他回赞的。

那会儿，小妖女穿一套蓝色运动衣，头发简单扎成个歪马尾，有点小俏皮。张海生不让他们多聊说，说准备一下，跑步了。三个人站成一排，张海生居中，小妖女在左。小妖女活动一会儿腰，再压左腿，又换右腿压一压，然后是手腕和脚腕。她很认真地做着准备动作，好像跑步不是日常的锻炼，而是一件应该慎重对待的人生大事。

"仪式感"。后来王瓯江从她那里学到了这个词。

张海生做好准备了。张海生往前跑，小妖女转个身，也往前跑。两人跑的不是一个方向。王瓯江站了两秒，跟上了张海生。在夜跑的人群中，大多数人和张海生一样，是顺时针跑。少数顽固派和小妖女一样，是逆时针跑。王瓯江和小妖女每跑一圈，就碰一次面。

每碰一次面，两人就点一点头，第五次碰面，王瓯江就昏了头，跟着小妖女跑了。跑到第六圈，跑不动了，两个人坐在广场一角，看张海生一圈圈地跑。

"老张还真能跑，他是属袋鼠的。"小妖女说。

王瓯江笑了。老张跑步和别人不太一样，他跑起来，有种跳跃感，经小妖女这么一说，王瓯江也觉得老张是属袋鼠的。

笑过之后，王瓯江对小妖女说，老张啊，何止能跑，想当年，他差点进省运动队呢。

“我也是听人说的，具体情况不太清楚。”王瓯江说，“据说他进省队前夜，从楼梯上摔下来，伤了筋骨，虽然不影响日常生活，但省队是泡汤了。”

“好可惜。”小妖女说。

“后来只能去教书。好在课上得好，年年拿优秀，也就没那么可惜了。”王瓯江说。

小妖女点了点头，话头忽然就转到王瓯江身上：“听说王老师也是教学高手，有什么秘诀，透露点？”

王瓯江说:“无他,唯手熟尔。”隔两秒,他忍不住加个注解:“选堂课，把它研究透了，一招鲜，吃遍天。”

对这秘诀，王瓯江颇有些自得。他就拿《林教头风雪山神庙》举起了例子，说自己把课文研究透了，顺带着把小说这一节的前后也都研究了。上课先不讲课文，先带着学生看昆曲名段《夜奔》。后来还学着唱，且歌且舞，把课堂搞得热热闹闹的。学生们来了兴趣，他再由《夜奔》引出《宝剑记》，由《宝剑记》再引回《林教头风雪山神庙》,水到渠成再讲《水浒传》，枝枝蔓蔓一路牵扯下去，学生乐意听。

“哇，真是听君一席话，胜读十年书。怪不得张老师说你是本城第一才子呢。”小妖女叹服不已。

“他过来了。”王瓯江说。

张海生由远而近，跑到了他们边上。他汗水吧嗒吧嗒往下流淌，一股难闻的汗臭味让王瓯江想远离。

“聊什么呢？这么开心。”张海生说。

“秘密。”小妖女笑嘻嘻，转了话题，“张老师跑步好厉害！王老师，你要学着点。”

她不经意地走出两步，改站到上风。王瓯江顺势也跟了过去。为着一个共享的秘密，两人站在了一起。

此后，张海生、小妖女、王瓯江常在一处夜跑，直到张海生看他俩越来越不对劲，当面棒打鸳鸯。

三

王瓯江把空调开到最冷。他满脑子都是与张海生、小妖女一起夜跑的日子。现在想来，最不应该招惹的就是这个小妖女。可谁叫自己真欠了小妖女的呢？

王瓯江在抽屉里翻来翻去，死活没找到信用卡，只翻出了五枚硬币。他把五枚硬币在桌面上一字排开。他确信，信用卡丢了。

他给洪如海拨了电话，不出所料，对方还是关机。王瓯江又给表妹，也就是洪如海的妹妹打了电话，表妹一接电话，就把她哥骂了一通。王瓯江这才知道，洪如海走前，还从家里卷走了两万块钱。

“表哥，你说，他还是个人吗？连爸妈的养老钱都骗走。现在我这里天天有人打电话来，他跑了，我给他擦屁股。表哥，我命苦啊。我也要跑路了。”表妹说。

王瓯江只好反过来安慰表妹，让她注意身体，照顾好两位老人。挂了电话，王瓯江整个人变得昏昏沉沉的。他本来就有点高血压，现在血压铁定高了。

王瓯江本打算向表妹借点钱应急，先把小妖女应付过去再说。但表妹一番话，他连借钱的话头也不敢提了。早些年表妹跟着洪如海做生意，也是一个女强人，那时表妹就不太看得上他。后来，表妹的儿子刚好分在王瓯江班上，她才不得不客气一点。但王瓯江知道，表妹骨子里是势利的，瞧不上自己用不着的人。

说到这一点，洪如海好多了。洪如海对人永远都是和和气气的，过去发达的时候，也没什么大老板的架子，一有空就喊他去烧烤摊喝啤酒、吃烤肉。喝了酒，洪如海脸红红的，声音也高了："表弟，我们是一家人，有哥哥的肉，就有你的酒。走一个。"

走着走着，王瓯江的钱就全跑他那里去了。洪如海也不是铁公鸡，给的利息高，隔三岔五又给分红，王瓯江和周芝艺算了算，干脆把房子也抵押了，贷了款，把钱都交给了洪如海。毕竟表兄弟，洪如海又家大业大，他们还是信得过的。

现在想来，万不该把小妖女的钱也交给洪如海。那阵子，王瓯江被滚滚利息冲昏头了，信了洪如海的鬼话，劝小妖女也投钱给洪如海。见小妖女犹豫，他还替洪如海担保，说什么"我表哥要是不还，我来还"。现在好了，表哥如洪入海，没了踪影，小妖女追着他讨债来了。

四

王瓯江坐在广场上水泥阶梯的最高处。夜色一点点从天边笼盖过来。更晚一些，张海生瘦瘦小小的身子佝偻着，沿着阶梯一级级往上爬，爬到了，在他身边坐下来。两人并不说话，只看着阶梯下人来人往。

征地公告已经出了，红线划定，再过一段时间，等广场周边征地完成，这儿就会变成一个巨大的工地。再过一两年，这个地方就会长出一幢幢高楼。

王瓯江且悲且喜，有点恍惚。今天出门急，忘吃降压药了。

“你到底欠了小杨多少钱？”张海生说。

“不多。”王瓯江说。

“到底多少？”

“七万多吧。”

“是不多。”张海生仿佛松了一口气，又说，“听说老洪出事了。”

王瓯江没有说话。这还用听说吗？现在满城传得沸沸扬扬。表妹的产业都被封了好几处，更别说洪如海的，动静太大了。

“你在他那里有多少？”张海生问。

王瓯江不答问题，只说：“讲真，现在我真服了你了。人家都是把钱从兜里拿给洪如海，你是把洪如海的钱拿到自己兜里。”

“咳，老实跟你讲吧，我那是穷。”张海生说，“看着你们日进斗金，我也眼红啊，可是我的钱全在房子上，手里一分钱没有，还从老洪那里借了不少。这你知道的。”

“那你现在可发了。”王瓯江说。张海生与王瓯江住得不远。张海生眼光毒辣，将自己小区里的房子一套一套吃进来，光拆迁范围内便有六套。

他有六套房子，却离洪如海远远的。吃饭喝酒吹牛他去，投钱的事一声不吭。那时候王瓯江还笑他铁公鸡一毛不拔，现在王瓯江知道了，师父毕竟是师父，高！

“我这位老同学，摊子铺得太大了。也难为他了。”张海生说起洪如海，“当初你工作的时候，你表哥天天叫我照顾你。

我说，老洪，就咱们这交情，还用你交代吗？你表哥说，我和表弟呀，就差不是一个妈生的了。”

听到这话，王瓯江心暖了一下。这么多年，他还是第一次知道洪如海这么说他俩的关系。当着他的面，洪如海可没这么说过。他顶多就说：“表弟，我们是一家人，有哥哥的肉，就有你的酒。走一个！”

平心而论，过去那些年，洪如海真做到了他说的。要不是洪如海带着他，他一个农村人也不会这么快就在县城安顿下来，还买了房子，娶了城里人周芝艺。但现在嘛，也是这个洪如海，让他陷入到了前所未有的困难之中。小妖女的七万多块钱还好说，关键是自己把房子抵押给了银行，本来一拆迁，他拿了钱，清清爽爽，现在洪如海跑路了，他得拿拆迁款填银行的窟窿，等于白白丢了房子，帮洪如海还债，什么也没捞着。上千万的钱，打了水漂，憋屈，窝火。只要一想，他血压就往上蹿。

“很久没看到小杨了。听说她要回去了？”张海生忽然另起一笔，问起小妖女。

王瓯江点了点头。

“作孽。”张海生说，“你准备怎么还她的钱？”

王瓯江摇了摇头。

“想想办法还了吧，她难着呢。”张海生说。

这下王瓯江明白了，张海生哪里是什么听说，他分明什么都知道。他是有备而来，来当催债人。

小妖女难什么呢？王瓯江还没问，张海生就先说了：“她家里那个弟弟，跟人学赌球，借了一屁股高利贷。听她说，弟弟已经快被逼疯了，天天躲在家里，疑心有人要杀他。她急着筹钱替弟弟还赌债呢。”

“啊？！”王瓯江惊了。他可没听小妖女说过这事。那天小妖女约他喝茶，对家里这事一个字也没提。

“看来，杨妹妹还是很认张哥哥的嘛。”王瓯江说一句。

“都什么时候了……”张海生冷哼一声。

王瓯江有点惭愧。还待说点什么，张海生已站起来，说：“跑几圈吗？”

“不了吧，我高血压呢。”王瓯江说。

跑步又有什么意义呢？一圈圈跑着，跑到最后，一头扎到命运设置的魔咒里去。好端端一个壮实的汉子，落得如此下场。想想张海生拉他一起跑步时说的“跑步赛神仙，长寿又健康”，王瓯江就觉得是莫大的讽刺。

“跑一圈赚一圈。起来吧，高血压而已，慢慢跑，跑不死你。”张海生伸出冰凉而干枯的手。王瓯江只好站起来。

两人高一脚低一脚下了台阶，站在广场上。

“压腿。”张海生说。

两人并排做准备动作。王瓯江并不认真，现在，张海生已经跑不动了，他只能做出跑步的姿态，把自己的身体一点点往前移动。王瓯江不需要做什么准备动作，也能确保自己跟上张海生。

但张海生不管这些，他压压左腿，又压压右腿，扭一扭左脚，又扭一扭右脚。准备动作大概做了五分钟，随后张海生带头，两人迈开步子，汇入夜跑的人群。

张海生跑得慢，王瓯江跟得也慢，两人像人海里两只鸭子，慢悠悠漂浮着。

“我说，跑步有什么意思呢？”王瓯江说，“我准备跟人钓鱼去了。”

张海生没有接茬。他喘着粗气，在前进。

“要不你也别跑了，跟我去钓鱼得了。”王瓯江说，“支一把遮阳伞，摆一张小凳子，一坐一整天，不比跑来跑去悠闲？”

张海生依旧没有接茬。王瓯江知道的，这家伙跑步时不会说话。人家那是半专业运动员，讲究步伐、气息、节奏，不像自己随便跑跑，爱说啥说啥。可这种强度的跑步，不说话，干啥呢？

王瓯江就又说了：“我跟你讲，我认识一个朋友，钓鱼技术特别牛，嗯，大概跟你跑步这么牛吧，这哥们儿一直怂恿我跟他钓鱼。我以前不会答应，那玩意儿有什么意思呢，一天到晚在那儿坐着，跟尊佛似的。再者说了，一天到晚这么坐着，就是佛也受不了啊，前列腺都受不了。”

张海生一直跑，王瓯江一直说。他和张海生之间隔着一些难以言说的东西，这难以言说的东西迫使王瓯江不断在张海生耳边耍嘴皮子。

“但现在我可不这么想了。钓鱼好啊，修身养性，利于健康。”提到健康，王瓯江又说不下去了。他一时间感到头一阵阵疼，于是他慢了下来，服了软，一屁股坐在广场上。他看着张海生，心想，没见过一个病人还这么能跑的。

“你呀，不行，身体太虚。”张海生说。他围着王瓯江又小跑了几圈，才站住。两个人，一个站，一个坐。过了好几分钟，站的那个说：“你打算把她怎么办？”

“还能怎么办？”王瓯江说。

“作孽。”张海生说了一句，也不知道是说谁。张海生掉转头，没有和王瓯江打招呼，走了。

目送张海生走出广场，王瓯江又坐了一会儿，才起身重新爬到广场边高高的水泥阶梯上坐下。坐在这儿，隔着广场，可以看到对面一排排六层洋房，还能看到亮着灯的自己家。周芝艺在干什么呢？

王瓯江抓着手机，在台阶上坐着。他身上汗津津的，夜风一吹，凉飕飕的。时下正是处暑，气温整日在三十七八度上下徘徊，但毕竟到了夏末，有点不一样了，身上有了汗，就又凉又黏糊，像裹了一层水，一点不通透。

这会儿要能喝上一杯冰冰凉凉的冷饮，可就太好了。广场过去是摊贩的天堂，卖臭豆腐的、卖烧烤的、卖奶茶的、卖衣服的、卖鞋子的、卖皮带的、卖皮包的、卖图书的，占据着好位置，角落里则是算命的、套圈的、象棋残局那些，最热闹的时候，是正中央放免费电影。在王瓯江印象里，广场总是灯火通明的，一入夜，摆摊的和逛摊的就从四面八方涌来，汇聚到这里，夜深了，人们又如潮水一般退去，留下平静的沙滩。

冷饮摊是什么时候没了的呢？王瓯江想啊想，没想出那个时间点。但大致来说，摊贩从广场上消失，正是从这里渐渐成为运动场开始。

他站起来，下一个台阶，再下一个台阶，一共下了七个，就到了广场上。

“呀！吓得俺汗津津身上似汤浇，急煎煎心内似火烧……叹英雄气怎消？叹英雄气怎消？”王瓯江唱一句，走一步，唱一句，走一步，出了广场大门。

五

广场大门外一片喧哗，广场里不让摆摊，摊贩们就把摊摆在广场门口街两侧，把原本就不宽的小街，挤得仅容一辆小车通过。因了这些五花八门的摊子，小街人气很旺。往日，王瓯江喜欢这样的热闹，不过这会儿，他觉得热闹得过了头。到处吵吵嚷嚷的，让他头昏脑胀。

王瓯江走了一会儿，抬头看见小妖女，她俏生生站在不远处冲自己笑着。这小妖女真是阴魂不散。不用说，早知道自己在广场，算好了，提前埋伏在这儿的。

片刻之后，王瓯江懂了：哪是算好，分明是有高人指点。

“看来老张哥哥对你还真是关心。”王瓯江说。

“还好吧。不像有些人，狼心狗肺。”小妖女说。她一点不否认张海生向她透了消息。

“可我眼下真没钱。”王瓯江说。

“这我不管。”小妖女说，“你说过，五天之内还我钱的，现在是第三天了。再不给我，你知道我的。”

“你不能耍无赖。”王瓯江说。

“你是老赖，我是无赖，天生一对。”小妖女说。

“还要不要脸了？”王瓯江说。

“不要。”小妖女说。

王瓯江鼻孔生出烟来，转身就走。后面那条麻烦的漂亮尾巴跟着。跟了百米开外，漂亮尾巴开口了：“王瓯江，我没跟你开玩笑，我真要回去了。”

王瓯江站定，等她再开口。她该告诉他，她很难，她家里有个因赌球背上高利贷的弟弟，弟弟快疯了，她需要钱替弟弟还债。这些，她该告诉他的。

他在等她开口。但小妖女没有再开口，她站在那里，上牙咬着下嘴唇，眼泪一双双挂下来。王瓯江在口袋里摸了一下，没有摸到面巾纸。他走过去，用手替她抹了眼泪，口气软了下来，说："我正在想办法。我还有一点钱在外面。李青宗你知道吧？上次我们一起吃过饭的那个，他还欠我钱，我正准备去讨回来，这两天就还你。"

小妖女的眼睛亮亮的。王瓯江顺势拍了拍她的肩膀，及时抽身，三步两步拐进一条小巷，跑了。

李青宗是他们一起吃吃喝喝的时候认识的。有一阵子，李青宗在外面惹了一屁股债，到处借钱，借到王瓯江头上。王瓯江看他可怜，给了他三万块钱。那时候王瓯江没说借，打发人家的意思。李青宗接了钱，千恩万谢，就差跪下来磕头了，说等资金周转过来就还。资金周转过来了，李青宗飘了，俨然一个能人，要不是洪如海镇着，尾巴能翘到天上去。王瓯江后来也没找他要。

王瓯江直接杀到李青宗的店里。

"老王啊，我们都被人骗了！天杀的，洪如海这个天杀的，不是人啊！"刚落座，李青宗就是一顿诉苦。

诉完苦，李青宗大概反应过来，觉得当着王瓯江面骂洪如海不太好，就把语气放缓，说："王老师啊，你表哥这个人，他怎么能这样呢？我们是多少年兄弟了，他跟我来这套。我现在被他害死了啊。"

"真不是人啊，他们都是一伙的，张海生和洪如海，他们瞒天过海。王老师，我们都被骗了。"李青宗又说。

"你什么意思？"王瓯江听他扯到张海生，赶紧问道。

“老王啊，你是真不知道还是假不知道？他可是你亲表哥，连你也瞒着，不会吧？”李青宗一副难以置信的样子。

“什么真真假假，我是真不知道。”王瓯江一头雾水。

“你知道洪如海的儿媳妇是谁吗？就是张海生的女儿啊。”李青宗看着王瓯江，说，“你也不知道？他们瞒得好啊。要不是出了事，我们都还被蒙在鼓里呢。”

“不可能吧？”王瓯江脑袋里“嗡”了一声。据他所知，璋璋在国外一直没有回来；洪如海的儿子，也就是表侄洪迪，前两年也常常出去，国内国外来来往往的，听说是在外面有企业。但这两人已经结婚的事，他是真没听说过，也想都没想过。

不会吧？结婚总得通知一声吧？

“他们早在外面结婚了。洪如海厉害了，几年前就知道自己处境不妙，就开始做局，把钱都转移走了，就是法院也拿他没办法的。”李青宗说。

王瓯江蒙了。他脑袋“嗡嗡”作响，眼前晃来晃去全是洪如海酒后红着脸的样子。那个红着脸的人一下子变成奸商，一下子又变成表哥，说着“表弟，我们是一家人，有哥哥的肉，就有你的酒。走一个”。

“他们真不是人啊，洪如海和张海生。他们联手坑我们的钱，真不是人啊。我还有三百来万在他手里呢，我现在怎么周转？我完了啊。”王瓯江听到李青宗说。

李青宗又说：“你要不信，你去问张海生，你也可以去问你表哥，不对，你表哥跑路了你也联系不上……我敢保证我说的是真的，有半句假话，我把头砍下来给你当凳子坐。我李青宗敢说这样的话。”

王瓯江叫李青宗还钱的话说不出口了。现在，他们都是受害者。现在，他反而有点高兴，大家一起倒霉，总比自己一个人倒霉好一点。他怂恿李青宗去找张海生要钱。

“我不敢找他。他救过我的命。”李青宗说，“张海生真不是人啊，利用我信任他，和洪如海做局坑我。”

李青宗这么一说，王瓯江想起那段往事。过去城里的公厕底下是连通的大坑，有一年冬天，李青宗喝了酒去公厕，掉到了坑里，在里面挣扎来挣扎去，刚好张海生路过，听到里面有人喊，把他捞了上来。张海生救李青宗的事还上过本地报纸。后来李青宗做生意赚了点钱，有派头了，张海生就很不屑，呸说，要不是我下去捞他，他能有今天？

于是王瓯江就知道，李青宗骂归骂，是万不敢去找张海生的。他要是去找张海生，说不定真会被呸一脸。

“王老师，你和张海生是兄弟，你去找他说说，看能不能弄点钱回来。”李青宗说。

王瓯江“哦哦”答应着。去找张海生，怎么可能，他那个样子。

六

王瓯江回到家，开了门，正见着周芝艺哇哇吐。王瓯江扶她吐好，给她倒水漱口。夫妻俩坐在米色沙发上，小小孩儿在这节骨眼上偏偏要降生。王瓯江该说什么好呢？

“王瓯江，我们的房子没了。”周芝艺说。

“我们的房子没了，钱也没了，以后怎么办呀？”周芝艺又说。

“会有办法的，会有办法的。”王瓯江说。

“我们该怎么跟王小溪说呢？”周芝艺说。王小溪出家门的时候还是独生子，有房子一幢，还有哗啦哗啦的流水钞票，等他在外面转了一圈，再进家门，他就面对怀孕的母亲，一个濒临破产的家。这一切，该怎么向孩子解释呢？

早在政策还没放开之前，王瓯江夫妇便试探过儿子。儿子撂下一句，生不生随你们，反正我是不赞成。隔了半晌，又说，凭什么以后我就得帮你们养孩子啊。

后来在酒桌上，王瓯江把这事当笑话讲给洪如海听。洪如海红着脸，说：“表弟啊，有人才有世界。你们生啊，怕什么？大不了罚点钱嘛，多大点事！哎，那个，咱们兄弟还怕交不起这几个钱？”

洪如海财大气粗，把一张银行卡拍在桌子上，喊：“生！走一个！”

洪如海劝别人生，自己倒坚决贯彻只生一个，把独子洪迪宠得宝一样。等洪迪上完高中，他让老婆带着洪迪到国外念书，自己一个人在县城里拼。

“唉，你表哥真的没救了？他这么多酒店、宾馆、水电站……”周芝艺说。周芝艺比王瓯江还要崇拜洪如海，她过去总说洪如海那么多产业，就是铁桶一样的江山，赚的钱十八辈儿孙都用不完。哪料到洪如海竟跑路了，妻儿也赖在国外不回来了。

“难说。”王瓯江说。洪如海跑路毫无预兆，上个月他们还在一起喝酒呢。洪如海脸喝得红扑扑的，在那里放豪言：“表弟啊，等开学，你再帮我找三个学生，要品行好学习也好那种，每人给三万。老规矩，分三年给。考上本科，再给两万。”

王瓯江帮他算算，这些年，他已陆陆续续资助过十六个学生。现在手头有三个，再加三个，就是六个，一年出去六万块钱。这些学生都是王瓯江找的，洪如海也很干脆，连核查都不核查，只见学生一次，见了就给钱。钱用信封装着，塞给学生，就说一句话："好好读书，报效国家。"

这话从洪如海嘴里说出来，王瓯江觉得挺滑稽，他叫洪如海讲点实在的。洪如海说，下次我好好想想。等到下次，说出来又是这句。王瓯江也就随他去了。王瓯江还曾让学生给洪如海写过感谢信。洪如海收到信，把王瓯江骂了一顿，骂完了，说："表弟啊，别叫年轻人整这些没用的东西。"

王瓯江后来就不让学生写了。洪如海真不在乎这个，就爱吃烧烤、喝啤酒，大声吹牛，吹完牛还真敢去干。王瓯江在心里把他当成榜样。现在榜样倒了，王瓯江心里空落落的。

"人啊，今天料不到明天的事。"周芝艺说。

隔了一会儿，周芝艺又说："张海生老婆，动作倒快，现在就开始找下家了，张海生真是可怜。"

王瓯江愣了一下才反应过来。

七

王瓯江进了张海生的病房。六人间的病房，只睡了一个他。房间里没有开灯，张海生佝偻着身子，面朝里躺着。

听到有人进来，张海生转身看了一眼，见是王瓯江，又把眼睛闭上了。

"想吃点什么？"王瓯江问。

"死不了。"张海生说，"我自己知道的，躺两天就可以起来了。时间没到。”

张海生正待再说，房门开了，他老婆孙群拎着一袋香蕉走进来。看到王瓯江在床边坐着，孙群愣了一下，说：“瓯江也在啊，我去买了点香蕉。”

孙群搬过来一张凳子，摆在床边，叫王瓯江坐。王瓯江没挪窝，仍坐在张海生床边。

“吃点香蕉好。”王瓯江说，“国内外有不少研究，都说香蕉对你这个病有帮助。”

“他还不吃呢。”孙群说，“你看看他，一天到晚，就问璋璋回来没。”

张海生剧烈地咳嗽着，孙群替他拍拍背，眼睛红了，说：“我真是命苦啊，一个人跑前跑后，什么都做了，心肝都掏出来给他吃了，他还不满足，整夜整夜骂我。”

“病人的话，别往心里去。”王瓯江说，“对了，璋璋没说什么时候能回来？”

“那个没良心的东西……我跟她说了，我说，璋璋，你爸病得很重，你回来看看他吧。你猜她怎么说？”孙群抹了抹眼睛，“她说，我回去也没办法的，我回去干什么？”

孙群接着说：“讲到底，是我们老张过去做得太绝，伤璋璋心了。死人骨头的，生了女儿和没生一样。”孙群眼泪流下来。冷清的病房显得更冷清了。

怎么伤的心呢？王瓯江想听孙群说，但孙群不再往下说了。王瓯江只好说：“会回来的。璋璋是个好孩子，从小就懂事。她嘴上这么说，说不定明天就买了机票，带着洪迪飞回来了。”

王瓯江故意提了洪迪。他看一眼张海生，张海生的表情是淡漠的。

“随她去吧。”孙群说，“脚长在她自己身上，又远在天边的，谁能拿她怎么样呢？自己生的，还不如半路认识的呢。就那小杨老师，前阵子还来过，阿姨阿姨地叫，硬塞给我们五百块钱。”

“小杨老师也真是可怜，一个人孤零零在这边。我说，小杨，你也早点找个男朋友，叔叔阿姨还想喝你喜酒呢。小杨眼泪就一颗颗下来，说，阿姨，我会的，我会的。”孙群又说。

张海生更加剧烈地咳嗽起来。这次孙群没有理他，自顾自说：“也不知道小杨遇到什么委屈了，唉，真让人心疼。”

“少啰唆几句，去弄点粥给我吃。”张海生忽然说，“要蛋粥，加点虾皮，少放一点盐。”

“要求还真多。”孙群说。孙群转头对王瓯江说：“这里你给帮忙看下，我去弄粥。”

孙群出了门。张海生努力抬了抬手，王瓯江会意，凑近他。

“那男的怎么样？”张海生说。

“什么？”王瓯江一惊。真是什么都瞒不过张海生。

“孙群那男的。别瞒我了，我听说了，孙群找了个伴儿。”张海生说，“现在，只有你能跟我说句实话了。”

“看开些吧，养好身体要紧。”王瓯江说。

“嘿嘿。”张海生说，“你呀，还是不懂我。”

张海生闭着眼睛：“我眼下虽然死不了，但早晚是个死。璋璋和洪迪大概是回不来了，我死了，孙群有个老伴，也是好的。你老实说，那人怎么样，人好吗？”

他承认了璋璋和洪迪。王瓯江想。王瓯江说：“是个单身老头，有一个儿子在市里工作。本人没什么职业，人嘛，没什么坏的，也说不上好，普普通通的。”

“哦。”张海生说。

“你就别操心了。”王瓯江说，“随她去吧。”

张海生很长时间没有再说话。房间里安静极了。王瓯江站起身来，走到窗边往外看。重重夜幕边缘，有几道光芒来回移动着。是哪个工地上的灯呢？王瓯江想了一会儿，没有找到确切的答案。

“你呀……”王瓯江喉头一哽，说不下去了。这么多年的朋友，儿女亲事也不说吗？

张海生说：“小杨回老家去了，你知道吗？”

“走了？”王瓯江一呆，“她没有跟我说。”

王瓯江还纳闷呢，他答应了小妖女还钱，几天里东拼西凑，好不容易把钱凑齐了，小妖女竟失联了。他心里还忐忑不安，担心小妖女出点什么事，今天他来，也有找张海生商量的意思，没想到小妖女已经走了。

王瓯江木木的。小妖女的样子在他眼前晃来晃去：笑嘻嘻的样子，很无赖的样子，眼泪挂下来的样子……往日的点滴，一时全浮动起来了。她站在充斥小贩叫卖声的街头，她有一个欠了很多钱的弟弟，她还有一个欠了她钱的、靠不住的情人……小妖女……“杨晨晨，好名字呀。”

“其实小杨不坏。我呀，一直把她当女儿看待。我给了她八万，她已经考上老家的老师，你们的事，了结了。”张海生说。

王瓯江嘴巴张着，看着张海生。他明白了，老张用八万块钱让他欠下一个天大的人情，往后，不可再提璋璋和洪迪了。这个老兄长、老狐狸、老不死的老王八蛋，用八万块钱羞辱他！

“你们亲家一条心，我们这些人算什么？！”王瓯江猛地一脚把床边的凳子踹了出去。

“讨债鬼，你们这些讨债鬼！”张海生剧烈咳嗽起来。咳嗽完，他忽然号啕大哭。王瓯江在张海生的哭声里站着，感到周身上下一点点痒起来。

这时候门口传来了脚步声。脚步声在门外消失了。隔了好一会儿，门开了，孙群拎着袋子走进来，顺手开了灯。刺眼的光在房间里横冲直撞。孙群眼睛红红的，把凳子扶起来，挨着另一张病床放好。

“瓯江，现在的东西真贵死了，就这么点，二十五块钱。”孙群说。她把盒子从袋子里拿出来，打开盖子，用勺子在里面搅了一搅，准备喂给张海生吃。这时候她才想起来，该把张海生的床铺摇起来。

孙群把粥盒放在床头柜上，走到张海生床尾，摸索半天，那床却不见一点动静。王瓯江帮着摇动把手，摇了几圈，床背缓缓抬起来。张海生现在半靠半坐了，他眯着眼睛看孙群。孙群吹了吹粥，喂给张海生。

“嫂子是真细心。”王瓯江说，“老张，你要知足了。”

“瓯江，你是不知道，”孙群说，“老张现在这情况，苦的是我啊。这边要照顾他，他老爸那边，要装笑脸，半点不敢透露。八十多的老人了，哪敢把老张的情况告诉他知道啊。”

“你自己要保重。”王瓯江说，“现在都靠你撑着了。我看老张气色不错，会好起来的。”

“瓯江，天地良心，我是真掏心肝了，有人还说我在外面怎么怎么，我就是有这个思想，也没这个心情啊。”孙群说着，眼泪又掉下来。她把粥盒往床头柜上一放，干脆呜呜咽咽起来，搞得王瓯江很有些不好意思。

张海生嘴边挂着一丝粥汁，歪着个脑袋，依旧眯着眼睛，一副半死不活的样子。王瓯江看了，又好气又好笑。这狗东西，都半截埋地里了，还装模作样，刚刚孙群不在的时候明明精神得很，这会儿倒好，干脆连话都说不出的样子。

孙群呜咽了一会儿，自己擦了眼泪，又擤了鼻涕，把手擦干净，端起粥盒，继续喂张海生。张海生摇了摇头，紧闭着眼睛，不肯再吃了。

孙群在王瓯江的帮助下，把张海生的床放平。她说："瓯江，你是不知道，他现在是啰唆得很，一会儿要吃这个，一会儿要吃那个。我呢，想着他可怜，就都去买，买回来他又不吃了。"

"瓯江，你评评理，我哪点对他不起了？！"孙群又说。

"我们啊，问心无愧就好。"王瓯江说。

"是啊，问心无愧就好。"孙群说，"我一个女人家家的，要撑起这个家，真是太难了。我那璋璋，老张是死活不同意她嫁给洪迪的，她自己非要嫁。现在，老洪又出了这档子事……"

张海生用手砸床板。孙群只好不提璋璋，说："依我看，洪如海多少会还你一点，他毕竟是你表哥啊。他也难，这么多公司，底下都是吃饭的嘴。"

八

洪如海到底没把钱还给王瓯江。过了一阵子，拆迁的事尘埃落定，拆迁款归给了银行，王瓯江还剩五六万，就去城边租了个单间，一家人搬了过去。

搬完家没几天，洪如海来电话了。手机上显示陕西的号码，看来，洪如海躲到陕西去了。

"表弟啊，我是表哥。"手机接通，洪如海说。

洪如海，你这个王八蛋，你还是人吗？你连我们都骗，你良心被狗吃了……你连你妈的养老钱都骗……你这个骗子，你还知道我是你表弟啊……王瓯江对着手机，把洪如海一通臭骂。洪如海一直没接话，等王瓯江骂完了，才说："表弟啊，我是表哥……"

他委委屈屈，好像王瓯江不该骂他。王瓯江于是又把刚刚骂他的话重骂一遍。骂完了，洪如海又说话了："表弟啊，今年没钱给你的学生了，你帮哥哥解释一下，过两年，过两年一定补上。你帮忙解释一下……唉，那个，叫年轻人好好读书。"

哎哟，还真以为是慈善家了。王瓯江气又上头，只得又骂了他一通。洪如海一直听着，等王瓯江骂完了，说："表弟啊，家里你多顾着点。等哥哥喘过气来了……唉，那个，表弟啊，我们是一家人，有哥哥的肉，就有你的酒。唉，那个，挂了。"

洪如海挂了手机。后来王瓯江回拨，对方就关机了。为此，王瓯江被周芝艺骂了一通，骂他是个死脑筋，好不容易联系上洪如海了，不赶紧找他要钱，还在那里废话。

王瓯江不辩解。死脑筋就死脑筋吧。话说回来，洪如海远在天边，怎么可能还钱给他吗。说这些没用的，还不如多拜拜马天仙，让她老人家多庇佑着点，好让洪如海早点喘过气来呢。听听人家说的，有哥哥的肉，就有弟弟的酒，多中听。不容易啊不容易。王瓯江甚至觉得表哥也是林教头，冤得很，整日里急走忙逃，顾不得忠和孝。

九

广场最后一天。王瓯江挽着周芝艺散步。他们怕被人撞到，就挨着广场的边缘走。周芝艺肚子圆鼓鼓的，走了一会儿就走不动了，站在那里喘气，说："毕竟是高龄孕妇了，比怀小溪的时候累多了，年纪真不饶人呢。"

"王小溪说，北上广才是他的舞台。"王瓯江对周芝艺说。

临开学，王小溪偷偷问他，妈妈怀的是弟弟还是妹妹。"作为兄长，王小溪第一次关心他的同胞了。"王瓯江说。周芝艺笑了。

人生有代谢，生命不止息，人群奔涌如流，好似野草见春风。

王瓯江和周芝艺跟着人群一点点往前走着。王瓯江左看右看，没多久，果然看到了张海生。他像一只蔫了的茄子，在广场边上坐着。

"真不是人哟。他还没死！"王瓯江低声骂一句。他朝张海生挥挥手。张海生朝他点点头，算是回应。

这是他们的广场呀。他们曾在这里跑来跑去，把汗水吧嗒吧嗒落在这里。王瓯江头晕晕的，大概血压又高了。他扶着周芝艺向前走。这么些嘈杂的声音、往来挨挤的人群，还有漂亮而麻烦的小妖女，将不复在这里出现了，这是广场的最后一夜。王瓯江忽地站住，唱一句："一宵儿奔走荒郊，残性命挣出一条。"

王瓯江抬头看天，天黑漆漆的不见底，一颗星星也没有。忽然间，大风呼啦啦刮了起来，卷着草叶、尘沙扑来。王瓯江觉得一种想要狂奔的冲动攫住了自己。他好想跑起来，好想把所有人都推到两侧。跑起来。他感到自己越跑越快，脚下生了风，风长了翅膀，他跑过了万家灯火，他看到每一个人：洪如海、张海生、小妖女、孙群、璋璋、洪迪……在这个世道上，每一个人都在急煎煎地跑着，跑得鬓发焦灼，跑得行李萧条，跑得魂飞胆销，跑得似那龙驹奔逃……王瓯江看着他们跑过去跑过来。他站定了，手指着无尽苍穹，吼一句："到梁山借得兵来，高俅啊！贼子！定把你奸臣扫！"神经病啊！周芝艺拍了他一掌，说，抽什么风！

信鸽

有时候，
空和满是一回事，
满是空空荡荡的满，
空是满满当当的空。

大嫂的喜讯报来后，柳蓓变得沮丧起来。快活一点啊、快活一点啊、快活一点啊……时钟走的每一秒都变得漫长，却又催促着这房子里的每一个人，都必须让自己看上去是快活的。不管怎么说，这是盼了多年的喜讯呀。

尤其是婆婆，也就是姚港他老妈，虽然心里想着，脸上却努力不显出一点痕迹。她抱着嘟嘟，在那里走来走去，嘴里低声“哦哦”着。她的心大概早就飞到大嫂那边去了。

姚港瘫坐在沙发上。哥哥可真够仗义的，在这节骨眼上，弄出这么一个喜讯，就像是小时候放的烟花，哥哥管它叫喜庆，弟弟说那叫吓人。现在，怎么分配老妈呢？

那会儿，姚港和柳蓓正准备结婚，他们东拼西凑买了房，刚装修好，还没入住呢，姚海和他老婆两个人，一个拎着饮料，一个抱着两盆兰花来了。进了门，姚海也不管姚港他们需不需要，自己把花摆好，在那儿左看右看，说，左一盆招财，右一盆添福，两边对称，招财又添福，风水好。

姚海摆好花，自己在沙发上坐下来，跟柳蓓说，等你们生了小孩，妈妈就过来帮忙，你嫂子空的时候也过来，沾沾孕气。

“沾沾孕气”这话不是随口说的。大嫂嫁给姚海五六年，肚子一直没有动静，两个人东南西北跑了不少地方，把中药西药土方验方尝了一遍，没了法子，只好准备让行，叫柳蓓他们先生了，好让老妈能早点抱上孙子。

柳蓓信了他的鬼话，怀了、生了。嘟嘟长到八个月，大嫂的喜讯来了。

姚海给姚港打的电话。姚港接了，在那里“啊啊”应着，又说，恭喜恭喜，太好了太好了。末了，挂了电话，在那儿杵了半天，说：“大嫂怀孕了。七个月了。”

“啊？！”

“大嫂怀孕七个月了。”

柳蓓一下就炸了。干吗？这是直接通知来了？他们什么意思，请我们去吃满月酒吗？

姚海夫妇把怀孕的事瞒得好好的，连老爸老妈也没告诉一声，等过了七个月，差不多要瞒不过去了，就打来了电话，和姚港商量老妈的安排了。

等大嫂快生了，老妈就得过去帮忙。这也是姚海这通电话的目的。

柳蓓先红了眼睛，说：“我先声明啊，我是不同意的。他们当着老妈的面说过的，这三年老妈都帮我们带小孩的。嘟嘟这么小，离不开你妈帮忙，他们也是知道的。”

是的，他们都知道的。但他们还是怀了。七个月了，然后通知说，等快生了，老妈要去照顾更小的。这个喜讯真不怎么样。柳蓓越想越委屈。柳蓓的妈妈身体不好，带不了小孩，现在全家就指着姚港老妈帮忙。这时候如果姚港老妈去了姚海家，那么小的嘟嘟，怎么办呢？

“我再和他商量商量吧。”姚港说。

还没等商量出结果来，姚港老妈先打了预防针。一天晚饭后，姚港老妈在那里洗碗，洗了一会儿，说：“你哥叫我回去，我说我不去，我带嘟嘟呢。你哥说，那我们怎么办？我说，我和你爸给你们一点钱，叫姚港也出一点，你们叫一个保姆，你看行不行？姚海不答应。”

姚港问老妈：“那你自己怎么想？”

老妈说：“嘟嘟是要带的，她还那么小。但你哥那边也困难，他们这几年吃了那么多药，不容易。我和你爸出上一点钱，叫他们也出一点钱，你这边请个人带，你看行不行？”

老妈用商量的口气讲着，但其实已经拿定了主意，要去姚海那边了。

姚港不耐烦起来，就说，你去他家好了，我们自己带。

那只信鸽是老妈去姚海家后才来的。它脚上受了伤，又迷了路，落在阳台上，发出低沉的“咕咕”声，扑棱着翅膀，一点也不怕人。姚港拿碘酒替它消毒，又喂了一点米饭。它就把家安了下来。

它神色倨傲，整天在阳台上走来走去，嘴里咕咕哝哝，说着玄之又玄的鸟语。隔一阵子，它就拉一坨屎，把好端端的阳台弄得难以收拾。用柳蓓的话说，家里来了个大爷。

姚港伺候它。喂饭、清屎、喂水，再摸一摸它雪白光滑的羽毛，感受它的体温。姚港把手放在它背上的时候，能隐约感觉到它轻微的颤动，那颗小小的鸟心脏的颤动。姚港是这样认为的。

信鸽有时也把屎拉在外面。它头朝里，尾巴朝外，“吧嗒”一声，鸽粪就落在了楼下人家搭建的透明雨棚上。“吧嗒”一声，又是一坨。鸽大爷没完没了的拉屎恶作剧，让柳蓓忧心。

“不把它弄走，楼下早晚会上来找你算账的。”柳蓓说。

姚港往下面看看，确实积了厚厚一层鸽粪。他也有点难为情，几次想把这大爷赶走，但看着它走来走去，听着它发出温顺的“咕咕”声，就下不去手了。

小区里有各种鸟飞来飞去，从这个枝头蹿到那个枝头，说着各式鸟语。信鸽站在阳台上往外张望，在那里“咕咕”叫着，接不上外边鸟们的话。

“楼下那个大伯见到我的时候，脸色不太好。”柳蓓说。

她亲自动手赶过几次，但信鸽根本不怕她，不仅没走，还怒气冲冲地拉了更多屎。

“管他。”姚港说。他被老妈去姚海家的事弄得心情很差。

姚海后面跟他说的话更让他感到寒心。姚海说：“叫月嫂叫月嫂，你怎么不叫呢？我们也可以出钱给你啊。我们的小孩才出生，叫什么月嫂能放心？万一有事，你负责吗？”姚港被这浑话气得发抖。

“姚港啊，你也知道，我们年纪大了，等不了了，现在不生，你嫂子还能生吗？你们也替我们考虑考虑。你们还年轻，以后还有机会，老妈还能帮你们带二胎、三胎，我们年纪大了，就只有这个小孩了……”姚海在那头叨叨叨说个不停，快说得姚港也觉得自己不通情达理了。

老妈早就归姚海了，说这话还有什么意思呢？

去姚海家前一天晚上，老妈在姚港家里走来走去，东摸西摸，丢了魂一样。她把偌大的房子整个儿清理了一遍，然后一个人在阳台上坐着，给朋友们打电话。家里又要添一个人了，她高兴，又尽量让自己不那么高兴。在高兴和不那么高兴之间，她挨个儿给朋友们打电话，说自己的近况，问朋友们的近况。直到很晚，姚港才听到她洗漱、上床。

没两天，嫂子生了。老妈打来电话，先问嘟嘟吃饭、睡觉的情况，又和嘟嘟讲几句，才跟姚港说，“你嫂子生了，是个男孩。”

姚港说，“好，那很忙了。”

老妈说，“六斤八两呢，比嘟嘟重了三两”。又说，“太胖了。”

姚港说，“好，不胖。我们过两天过去。”

就那么说说，姚港和柳蓓后来都没去。姚港给姚海发了个微信红包，姚海没有收。姚海也没有给姚港找人带嘟嘟的钱，大概姚海觉得他们是有钱人吧。

“你们比我们有钱多了，房子都到手了。”姚海带着兰花来的那天，就这么对姚港说的。姚港想想，自己确实不算穷，房子的价值在那儿摆着呢，也有近百万吧，可日子怎么就过得那么紧巴呢？

“穷人的富有，就是穷酸酸的富。”姚港对自己说。

那天姚港挂了老妈的电话，抱着嘟嘟在阳台上看信鸽。信鸽“咕咕”叫着，嘟嘟想去抓，但又犹犹豫豫的。姚港推推嘟嘟，说，“嘟嘟嘟嘟，抓抓抓。”

嘟嘟推姚港，说，“爸爸，爸爸。”

他们互相推了一会儿，信鸽拉了一泡屎。臭味弥漫里，嘟嘟也跟着拉了一坨。

陈一宝左手拎水果、右手提水桶来敲门，姚港一见之下，有点恍惚。

“打扰打扰，我来呢，是想清理下雨棚。”陈一宝把水果放在客厅茶几上。嘟嘟在柳蓓怀里警惕地看着他。

哦。姚港明白了。果然，楼下上门来了。

“对不起对不起，我来，现在就去清理。”姚港说。他尽量让自己显得态度温和、语气真诚。毕竟信鸽吃他的饭，算是他的鸟。现在，他该负责了。

“我来，我来。”陈一宝举了举水桶，意思是自己工具都带来了。

“刚好我种花，需要花肥，鸟粪最合适了。我清理了带走。”陈一宝补充道。

陈一宝的水桶里有黑色的塑料袋，塑料袋里是折叠铲子，他准备用这些工具，从雨棚上清走鸟粪。

大概这就是城里人的体面吧。人家看你把他雨棚弄脏了，来提醒你，还找个体面的理由。姚港和柳蓓都感叹，城里人就是委婉。来自小县城的他们，在十九次搬家后，终于挤进了这个小区，现在正在每月一次的房贷里，努力学做城里人。

陈一宝来到阳台上。信鸽发出很大的声响，一副受惊的样子。它情急之下，又奉送给雨棚一泡屎。陈一宝说，这信鸽肠胃不太好，可以弄点午时茶拌饭喂它。姚港想，也对，不然，它怎么这么能拉呢？

陈一宝清理完鸽粪，还帮姚港收拾阳台。花盆应该这样摆，杂物可以那样放，脸盆弄个架子更好，瓶瓶罐罐最好用盒子收纳……陈一宝在阳台上给姚港上课。

姚港摆弄着花盆，有点窘迫。花盆里其实都不是花，是葱头、大蒜、紫苏、薄荷，都是些烧菜的作料植物，稀稀拉拉、黄不拉唧的。这些老妈在带嘟嘟的空隙里按下的植物，现在仿佛无主一般，也在那里很窘迫。

柳蓓抱着嘟嘟，靠在阳台门上，听两个人有一搭没一搭闲聊。陈一宝说自己和老婆国企退休，两个孩子都大了，都在外面工作，自己平时也没什么事，就是种花、钓鱼、打太极。

姚港说，“这鸟吃得多拉得多，赶也赶不走，明天还是弄个笼子养起来。”

陈一宝说，大可不必。他还说，如果姚港不介意，他可以过段时间就来清理一次。

姚港连忙说不能。“哪能呢？让一个国企退休老同志来清理鸽粪，不敢当不敢当。”

陈一宝说，他就一退休老头子，闲得慌。

柳蓓想问问他，他都不用带孙子孙女吗？但她又不了解人家子女的情况，话到嘴边又咽下去了。印象中，楼下就老夫妻两个，平时也没见什么人上门。

“很久没看到你妈了。以前老看她抱着小孩出去玩。”陈一宝在水池前洗手。

“哦，我妈啊，我嫂子最近生了小孩，她过去帮忙带了。”姚港说。

“难怪。”陈一宝说，“你们夫妻两人带小孩，也不容易，怎么不叫个人过来帮忙呢？”

“不放心啊。现在各种新闻，一天天的。自己能带就自己带着吧。”姚港说。其实他没说的，还有一个穷。谁像你们似的，国企退休，有房有闲。

他没有说，陈一宝却猜出了一二，说：“年轻人不容易。楼上楼下的，以后有什么需要帮忙的，就跟我们说，别客气。”

陈一宝还跟嘟嘟玩了一会儿。他临走时说：“以后送幼儿园，你们赶不及，我去帮你们接。”

“哈哈，太好了，谢谢啊。”柳蓓笑着说。她尽量装出很高兴的样子，仿佛他们不是在说着客套话，而是在谈愉快的合作。

送走了陈一宝，关好门，柳蓓把脸拉下来。现在柳蓓的脸基本上都拉着，不太愿意浪费表情。姚港见怪不怪，说，看来真得买鸟笼了。

这是谁家的信鸽呢？养好了伤也不回家，好端端的自由不要，非得一天到晚在阳台上拉屎，把自己搞进鸟笼里。这倒霉信鸽！姚港想。他很快弄来了鸟笼，挂在阳台上。他把信鸽抓起来，关了进去。

信鸽并不十分反对，在笼子里发出“咕咕”声，屎依旧一泡接着一泡。

老妈打电话来，先说了姚海那边的情况，说姚海的儿子现在十四个月了。姚港算了下：嘟嘟比姚海的儿子大十一个月。现在，嘟嘟是二十五个月的小姐姐。

“嘟嘟还没见过小弟弟呢。”姚港说。

嘟嘟才不管什么小弟弟呢。她现在的好朋友是信鸽，他们处了快一年半，信鸽越来越胖，嘟嘟越来越高。该送嘟嘟去早托班了，老妈一去不回，这事很迫切了。

是时候把嘟嘟托出去了。这样他们好腾出时间，把自己一次次塞进地铁，去赚更多钱，好快点还房贷，以及攒钱给嘟嘟未来的培训班。

嘟嘟就要成为一只待在鸟笼里的傻鸟了。想到这里，姚港又高兴又悲伤。他甚至还掉了几滴眼泪。

老妈还在说姚海那边的情况。说完姚海家，老妈才想起来嘟嘟。姚港把手机交给嘟嘟，嘟嘟叫了“奶奶”，奶奶叫了“嘟嘟”，两人说信鸽和动画片。

手机回到姚港手里，姚港说要送嘟嘟去早托班，老妈说：“现在就送也太早了，嘟嘟还这么小。”姚港有点憋气，说：“那能怎么办呢？我们这么久都没工作，钱都花完了。我们又不是楼下的国企退休干部，人家天天闲着也有钱。”

老妈在那头不说话了。隔了半晌，老妈才说，“那我挂了。”

挂了电话。姚港又想陈一宝。他和陈一宝是因信鸽熟络起来的，不过熟络的程度仅限于碰面打招呼。一个说，出门啊。一个说，回来了。

这些年的城市生活，让姚港学会了点头礼仪。这种礼仪的核心就是客客气气，但绝不介入对方的生活。

“脚步止于对方的门框前。”姚港自己这么总结。

如果非进门不可，得有正当且充分的理由。就像楼下陈一宝，提一篮水果上楼，说来清理下鸽粪，就是典范。姚港和柳蓓提起这事，总说陈一宝是个讲究人。

这也让姚港和柳蓓愿意嘟嘟跟陈一宝夫妻玩。通常晚饭后，姚港和柳蓓会带嘟嘟下楼。楼下是个小花园，人呢，除了遛娃的，就是散步的。天气好的时候，姚港和柳蓓带嘟嘟到小花园一角，找一张凳子坐着。那里从楼和楼的空隙能望见天边，看到很漂亮的晚霞。

晚霞让小花园的光线也跟着柔和起来。陈一宝的老婆夏红爱散步。夏红一张偏红的圆脸，柔和的晚霞跟她的脸色很搭。她在晚霞里散步时，脸上总带着笑。她一笑，嘟嘟就跑到她怀里去了，奶奶奶奶叫个不停。

夏红就说，“嘟嘟，嘟嘟啊，跟奶奶回家好不好？”

夏红从口袋里掏出糖啊饼干啊，塞给嘟嘟。

刚开始，柳蓓回家就数落嘟嘟，叫她不要拿人家东西。嘟嘟就不高兴。嘟嘟每次非得去接。说来也怪，夏红的口袋仿佛变成了嘟嘟的零食口袋，只要碰到嘟嘟，总能凑巧变出零食来。姚港和柳蓓后来明白了：这哪是什么凑巧啊，分明就是为嘟嘟准备的。

怎么办呢？柳蓓其实有点担心。

柳蓓跟姚港说她的担心。虽是楼上楼下，但说到底，大家非亲非故，也不知根知底。谁知道他们的客气里藏着什么东西呢？

“现在外面拐带小孩的这么多，嘟嘟养成这种习惯真不好。”

“我们得想想办法，叫嘟嘟不要乱拿东西才好。”

柳蓓说着这样的话，姚港“哦哦”答应着。他也觉得这样不太礼貌。

可每回下楼，看着陈一宝和夏红那热情的样子，他们就又不好意思极力制止嘟嘟了。

姚港和柳蓓一流露出歉意，夏红就说，不要紧的，小孩子嘛。我们也不差一颗糖。夏红就转向嘟嘟，说，嘟嘟，你说是吧？

夏红这样问，分明是把嘟嘟也当成一个大人了。还征求嘟嘟的意见，这不是问黄鼠狼爱不爱吃鸡吗？小孩子哪有不爱零食的？嘟嘟拿了花花绿绿的小零食，不说话，在那里玩来玩去。

“嘟嘟该上幼儿园了吧？”陈一宝碰到姚港时总这样问。

“不到呢。幼儿园前要上早教班。”姚港每次都这样解释。但陈一宝下次还那样问。他分不太清楚幼儿园和早教班的区别，总觉得小孩子大一点就要去幼儿园。

嘟嘟送早教班前的某天，姚港跟陈一宝说了确切的时间。陈一宝“哦”了一声，说：“真快啊，你妈在这里带嘟嘟的时候，她连路还不会走呢。你妈抱着她，夏红去抱，她就哭，怎么也不肯给夏红抱。”

还有这事？姚港不清楚。老妈帮忙带的时候，是常常抱嘟嘟出门，但她回家来说起外面的事，从来没提过陈一宝说的这件。大概老妈觉得这样的事太平常，不值得一说。现在老妈在姚海家，抱着姚海的儿子楼上楼下走，也会遇到夏红这样的邻居，说要抱一抱小孩吗？

“如果你们忙不过来，我们可以帮忙的，反正我们闲着。”陈一宝说。

送嘟嘟上早教班前夜，姚港和柳蓓都失眠了。他们现在确实遇到了接送的难题。姚港刚找了一家小广告公司，面试成功了，但考勤很严：提前一个小时走，扣五十块钱。柳蓓要好一点，在学校里当代课老师，考勤没这么严格，但二四六有课出不来，一三五也有别的事牵绊，要准时接嘟嘟，也不容易。

“要不，你问问楼下？听他们的意思，好像真有点想帮忙带。”柳蓓在黑暗里咕哝道。

“说是说过几次，不会真这么想吧？”姚港说。国企退休干部啊，不至于想赚这点钱吧？

两人在漆黑的房间里，把陈一宝夫妇的话想来想去，越琢磨越觉得他们有那么一点意思。当然了，姚港和柳蓓都明白的，帮忙只是说说，真要请人家，多少总要给点钱的。非亲非故的，又不是老妈，谁给你免费带小孩呢？

“就是有点不放心。”柳蓓说，“又不是你妈，非亲非故的。”

姚港不说话了。是啊，又不是老妈，非亲非故的，谁敢打包票呢？但总不按时接嘟嘟，终归不是办法。一天两天还好说，时间长了，老师可受不了。

“试试吧，我看他们还挺喜欢小孩的。”柳蓓先下定了决心。

试试就试试。姚港拎了牛奶、水果，第一次敲开楼下的门。他把牛奶放在茶几边的地上，水果放在茶几上。

陈一宝和夏红就明白了。三个相互都明白的人，心照不宣，偏不说嘟嘟的事。

姚港说信鸽。姚港说信鸽把雨棚弄脏了，实在很不好意思，好在他已经用笼子把信鸽关起来了，从这一年多的情况来看，关笼子是最好的选择，以后还要继续关笼子，这样它肯定不会到处拉屎了。

陈一宝说空闲。他说他的花，说他钓鱼，没一句说有空，但句句都在说有空。为国企服务了大半辈子后，他这个老技术员从满满当当的日程中抽身了，退到一隅，空闲扑面而来，钻进他身体的每一个角落，把他塞满了。于是，在他那里，有时候，空和满是一回事，满是空空荡荡的满，空是满满当当的空。

他们的两个孩子呢？他们孩子的孩子呢？姚港环顾四周，想找到点他们孩子的痕迹。但他什么也没找到。他只知道他们有两个孩子，都在外地，那两个孩子现在从事什么工作、在哪里上班，一概不知。

“你听他说。他呀，就是闲不住。没退时，我们企业效益很好，他经常出差、加班，我呢，也忙得不着家。忙的时候想空，空的时候呢，又想忙了。”夏红说。

“种花钓鱼，挺好的。”姚港说。他告诉他们，现在信鸽关在笼子里，便于定期收集鸽粪，如果他们有需要，他就送下来。

陈一宝说："那太好了。"夏红忍不住插嘴，说："家里有只鸟，嘟嘟有伴儿了。"

来了。进入正题了。姚港赶紧说："也陪不了多长时间了，下周就送嘟嘟去早教班了。"

陈一宝说："那接送都安排好了？"

姚港说："还没有。"

姚港大致说了自己和柳蓓的情况，陈一宝边听边点头。姚港就说："所以，叔叔阿姨，我想，是不是可以请你们帮忙接一下。不用去很早，就到点儿了再去，毕竟我们花了钱，太早接回来太亏。我们呢，现在也没有什么钱，只能每个月给你们一千块钱，算是公交车费。"

他一口气把话说完了，看着茶几，等他们答复，也等他们讨价还价。

一千块钱啊，少是有点少，可对我们来说不少。要是拒绝就拒绝吧。要是讨价还价，就开口吧。一千五也行，实在还嫌少，咬咬牙，两千也行！成交吗？再高可不成了，那就没办法了。反正交给他们去接，自己还真有点不放心呢。但是他们要是答应了，那就大功告成了，没有白费牛奶和水果。那他回到楼上，就可以告诉柳蓓，问题解决了。

他看着茶几，等他们答复。

"没问题啊。我们早就说过了，可以帮你们接小孩的。我反正也是闲着，天天钓鱼，钓来也不吃。哎，对了，夏红，把冰箱里的鱼拿出来，让小姚带回家煮汤。"陈一宝说。

"老陈去接嘟嘟，我可以在家里烧饭，把嘟嘟喂饱了，你们回来直接带回家。"夏红说。

两个人把细节都安排好了，他们是早就商量过？

姚港好奇的是一千块他们到底听没听清楚。他打量着客厅。装修不算高档，但也不廉价，至少比自己家的简装高一个档次。看起来，他们不像是为了一千块钱就愿意替人接小孩的人。但不为钱，又为了什么呢？做好事？姚港没想明白。他想回去后跟柳蓓探讨一下这个问题。

夏红真拿来了一袋冻鱼，都是宽约二指的。她把鱼放在茶几上，说："不要紧的，楼上楼下的，帮点忙也应该。你们年轻人工作忙。我们也是这么过来的。"

"谢谢阿姨了。真的，太感谢了。就是我们现在手头紧，实在是……"姚港说。

"不要紧的，不要紧的，楼上楼下的什么钱不钱的。"陈一宝说。

现在姚港知道他们是听清楚了的。

回到家里，柳蓓已经熄灯了。

嘟嘟在床上打着细碎的呼噜。姚港想帮她摆正睡姿，好让她睡得更踏实，柳蓓阻止了他。

"怎么样，答应了吗？"

"成了。"姚港说。

姚港凑近嘟嘟的脸蛋，低声说："我的嘟嘟长大了，也要学着做一个城里人了。"

她得在这里安家，得学着热爱这座城市。她跟着陈一宝和夏红，会学到一口像样的本地话吗？姚港想。

"他们怎么说？一千块钱，他们没意见？"柳蓓有点意外。

姚港和柳蓓商量过，开价一千，对方要是讨价还价，开价两千，也得咬咬牙接受。

“没意见。”姚港说，“看起来，他们像是早就等着这一天了。”

这是为什么呢？姚港和柳蓓讨论了半天，也没有个结论。

“你说，楼下的孩子们是怎么回事？”柳蓓说。

“什么怎么回事？”姚港问。

“他们说有两个孩子，都在外地。但是你发现没？我们搬进来三年多了吧，过年也在这里，就没见他们的孩子回来过。”柳蓓说。

姚港仔细回想了一下。确实，楼下好像一直就只是夫妻俩。他想告诉柳蓓，刚刚在楼下，他也没有发现陈一宝夫妇子女的痕迹。他想和柳蓓再讨论一下这是咋回事，可柳蓓明显不想再讨论了。姚港只好自己咀嚼着这件怪事。咀嚼着咀嚼着，他就迷糊了，双眼睁不开了。陈一宝家的两个孩子，在楼下进进出出，闹得姚港整夜没睡踏实。

把嘟嘟交给陈一宝接的第一天，姚港再次交代不用去得太早。

陈一宝“哦哦”答应着，说：“没关系没关系，我反正闲着。”

姚港在办公室里坐着，看差不多到陈一宝接嘟嘟的时间了，心里突然慌慌的，不知道会发生什么事。他想起那些令人心惊肉跳的新闻。于是他赶去早教班门口，远远地蹲着。

陈一宝来了。他在门口东张西望。看得出，对于接嘟嘟，他比姚港还要热切些。他来回走着，时不时看看时间，又往里探头探脑。陈一宝很紧张，这还是他人生中第一次接小孩呢。他曾在脑海里设想了无数次接孙子孙女的场景，现在终于派上用场了。但脑海里的场景跟现实毕竟是两码事呀。现实会怎么样？他不知道。他的两个孩子呀，他们是那么优秀。他和夏红一辈子为之骄傲和自豪的两个孩子。

这时候，嘟嘟出来了。她背着姚港给她买的有粉红色小猪图案的书包，手里拿着一张花花绿绿的纸。她走着，还没有看到陈一宝。

陈一宝先看到嘟嘟，他向着她小跑过去了。他把嘟嘟抱起来，让她骑在自己的肩膀上。他将这样扛着她回到家里。夏红正在做晚饭，这位前国企大厨，会把嘟嘟的晚饭也做了。他们将让嘟嘟坐在桌子前，大口大口吃晚饭。

陈一宝扛着嘟嘟走着，姚港一路跟着，心里沉甸甸的。他努力克制着，好让自己不至于跳出来。他知道，如果这时候自己跳出来，在他们身后大喊一声“嘟嘟”，毫无疑问，嘟嘟将从陈一宝的肩膀上下来，她将叫着、笑着，甩开陈一宝，飞回到他的怀里，就像一只小小的白鸽。

祖母的诞生

如果我们对技术的使用边界不予限定，
对技术的伦理漠不关心，
那么，
自莎士比亚以来人类所建立的，
关于人的尊严，
就有可能得而复失。

祖母病倒后，销毁祖母的祖母就提上了日程。现在，随着祖母病势沉重，祖母的祖母，这个被称为张雨潇的人，已经成了家里的负担。但张雨潇毫无察觉，还在家里走来走去，说着上上个世纪的陈年往事。

那几年人人戴口罩，过年就抢五福，吃饭就叫外卖，等等等等，奇奇怪怪的事，细细碎碎的话。祖母是她唯一的听众。这个听众又兼翻译，把张雨潇那难懂的话翻译给她的儿孙们听。大多数时候，家里人都不爱听那些陈年往事。因此，老祖母的翻译，也往往就是自己在那里嘀嘀咕咕。

祖母与张雨潇嘀嘀咕咕，相依为命，度过了她多病的晚年。现在，祖母既已缠绵病榻，张雨潇就失去了唯一的听众，也就失去了存在的理由。

事实上，随着八十七岁高龄的祖母无可避免地走向终点，家里已在做准备了。再生公司派来的工程师到了，很礼貌地把鞋子脱在外面，换上了一次性拖鞋。这情景让人想起张雨潇说过的。上上个世纪，她最初走进机房就是这样。张雨潇说，那时，电脑是笨重的台式机器，被整整齐齐地摆放在大机房里。每个人走进机房，都会脱了鞋子，小心翼翼地。

张雨潇曾经表演过进机房的样子，家里人都笑疼了肚子。哥哥由此推断，张雨潇年轻时必定是个很能搞笑的人。但现在张雨潇一点也不搞笑，总是绷着一张脸，整日在厨房、洗衣房、卧室之间走来走去，把家里收拾得干干净净。她是不知道疲倦的，也从来不会说一个“累”字。身为复刻人，只要体内动力还在，她就会日复一日地为这个家干着永无尽头的家务。对此，家里的每个人都十分感激祖母复刻出了张雨潇。

工程师三十出头，白白净净的，像一个白馒头。换上一次性拖鞋后，他把背着的包放在地上，从里面搬出工作设备，又把那只灰扑扑的包拉好拉链，放在一个角落里。

这时他似乎才想起来，该跟主人们打个招呼。他细声细气地说：“我叫贝多芬，是再生公司派驻你们家的工程师。很高兴为你们服务。”

“贝多芬？”妹妹看着贝多芬，笑了起来，“这么说，你会弹钢琴咯？”

“我姓贝。”贝多芬说。他的脸红了。

父亲用严厉的眼神阻止了妹妹。不然，妹妹准得把贝多芬说得脸更红。

“好吧，贝多芬。干活儿吧。”父亲说。

现在时间紧迫，祖母正躺在床上，等着贝多芬采集数据。工程师的时间是花钱买的，不能让他闲着，否则，就是对钱不尊重。

贝多芬点点头。在父亲的带领下，贝多芬进到了祖母和张雨潇共同居住的房间。房间没有窗户，黑洞洞的。父亲开了灯，床上的祖母才浮现出来。

贝多芬向祖母问好，祖母睁了下眼睛，又闭上了。祖母大概是明白贝多芬要干什么，她任由贝多芬把一根根连着线的吸盘安在她的头上、手上、胸口上、腹部上和脚上。

贝多芬在祖母身上整整安了八十一只吸盘，又把八十一根线连在一条总线上，再把总线插在他带来的设备上。这就算把祖母跟设备连上了。贝多芬修长的手指在设备上点了两三下，一块银白色的虚拟屏就浮起在空中。

年轻的工程师吐了一口气，双手弹钢琴一样在空中点来点去，一行行红的绿的黄的青的代码就在虚拟屏上闪烁着。

贝多芬说，这些就是祖母的基础数据，完成基础数据采集后，还要分析、建模，建模后是测试……测试完了是什么程序，已经让人难以记清了。唯一能让人清楚的是，贝多芬将一直在家里住着，直到祖母复刻完成。

在贝多芬采集数据时，祖母的肌体正在再生公司里培植着。从再生公司发来的视频中，可以很清楚地看到，祖母的肌体像一个婴儿一样，在机器里以看得见的速度生长着。看着祖母肌体的生长过程，家里的每个人都明白，祖母离世的日子不远了。

销毁张雨潇的申请提交给了政府，很快就得到了批准：张雨潇可以被销毁。张雨潇的指标将给予复刻的祖母。

在指标极其紧张的当下，这是最经济的办法了。说起来，张雨潇也并非一无是处。至少在祖母最后的日子里，是张雨潇给了她最亲切的呵护。她给祖母唱她年轻时的歌谣："我们一起学猫叫，一起喵喵喵喵喵，在你面前撒个娇。"

听着张雨潇的歌声，祖母时常露出婴儿般纯真的笑容。不过，大多数时候，祖母都是昏昏沉沉的。有一阵子，祖母迷糊得厉害，张雨潇就茫然地在屋子里走来走去，用上个世纪的口音，说着"救务车，救务车"，还往窗外探头，好像真会被她叫来一辆救护车似的。

她对救护车的期待当然是徒劳的。祖母既已回天乏术，自然不会再有什么救护车来了。这个世纪的每一个人都更明白事理，不会为一个无可挽救的人浪费一丁点资源。更何况家里的每一个人都已很久没找到工作了，那点可怜的救济金实在不足以支撑祖母的治疗和护理。

效率是第一法则，浪费是可耻的。每一个小孩从上学第一天起都会被教导这个道理。只有张雨潇这样带着上上个世纪傻气的人才会整天徒劳地念叨“救务车”。

既已明白祖母必将离去，家里的每个人都更珍惜她在世的每分每秒。时间不等人，祖母的脑电波也不等人，每多流失一秒就多流失一组数据。这对复制祖母的仿真度来说，是无可挽回的伤害。

父亲指派哥哥日夜盯着贝多芬，让他尽快、尽早地提取出祖母的数据。工作进展到紧要关头，贝多芬已胡子拉碴。他两眼通红，一双手像鸡爪子一样，在空中弹奏着听不见的乐章。有时，他会突然停下来，喊一声“哎呀”。有时则相反，是一声响亮的“漂亮”。

当他喊“哎呀”时，家里人的心都提了起来。当他喊“漂亮”时，大家的心又落了下去。每个人的情绪都被贝多芬那一声声呼喊操控着，起起伏伏，伏伏起起，宛若一群大白鹅在河面上红掌拨清波。

在二十一世纪的最后二十年，科技有了新的飞跃，唯独对衰老和死亡，人类还是一点办法也没有。即便科学家在基因里动了手脚，衰老和死亡却仍如幽灵一般，轻易地穿越科学的屏障，准确无误地出现在人类六七十岁时。好在人工智能、仿生、克隆、大数据、元宇宙等二十一世纪兴起的技术实现了完美融合，现在，尽管人类对死神还是束手无策，却已可以通过复刻“再生”一个身体。

祖母幼年时父母死于意外，是张雨潇一手把她带大的。祖母嫁到这个家里后，张雨潇也跟着住了过来，成了家庭的一分子。他们一起生活了几十年，在意识到张雨潇生命之火即将熄灭时，祖母不顾家人反对，几乎是倾家荡产，完成了对张雨潇的复刻。那时候，复刻人还是新鲜事。祖母对张雨潇的爱和依恋，使她成了第一拨尝试新技术的人。

张雨潇去世后，复刻张雨潇就代替了祖母的祖母，给祖母以极大的安慰。起初，一家人看到已经死了的张雨潇在家里晃来晃去，又做家务，又讲话，心里还有点瘆得慌。过了一段时间，大家也就都习惯了，毕竟复刻张雨潇实在是个干家务的能手。

过了没几年，再生业繁荣起来，满大街都是复刻人。人类文明自此进入了新的时代。

某种意义上，复刻人的出现使人类第一次在肉体上战胜了死亡，使生者对死者的感情得以寄托，但其弊端也很快显现出来，那就是让本就惨淡的生育率再度下探。有一个极端的例子，某家庭子女复刻了父母后，又跟再生公司签订合同，让公司在他们死亡前复刻了他们自己，于是，一个完全由复刻人组成的家庭出现了。他们日复一日按照旧日生活模式运行，直到财产耗尽，再生公司才放弃对他们的维护，任由他们自生自灭。

为防这种极端家庭出现，也为让复刻人不至于泛滥成灾，人类后来还推出了《复刻人指标法》。有限的指标控制复刻人的总量，也让复刻产业，更加繁荣起来。

第一代复刻人张雨潇也占了一个指标。这是祖母顶着压力复刻她时所没想到的。推行指标后，这个阴差阳错得来的指标，使祖母成了家里的英雄。毕竟，在黑市上，一个指标换来的钱足够一个五口之家舒舒服服地生活七八十年了。

张雨潇已经很老旧了，复刻她时技术还不完备，她身上没设置更新程序。她只能年复一年用她六十九年的生活经验应付着日新月异的日子。这当然很吃力。

对这个家来说，张雨潇的日渐老旧，是丧失财富的隐患。按照《复刻人指标法》，如果复刻人在被顶替前损毁，则指标自行注销。这规定使得家里每个人都战战兢兢，生怕张雨潇出点意外，损失这个指标。祖母病危可谓恰逢其时。张雨潇的指标刚好能腾给祖母，这是最自然的继承了。

如今，指标的价值还在持续上涨，守住指标就等于守住了通往财富之门的钥匙。这家里的每个人都活得穷哈哈的，但因指标的存在，家庭资产估值又高得让人头皮发麻。

妹妹快成年时父亲就盘算过，谁想娶走妹妹，必得家里有指标，最不济也得有指标的份额。哥哥从贝多芬那里套出话来了，他家里没有指标，连一成的指标份额都没有。因此，对妹妹总向祖母房间探头探脑，想找贝多芬说话，父亲和哥哥都保持着警惕。

家里气氛紧张，人人神经紧绷，唯独张雨潇例外。做完家务后，她是自由的。贝多芬每把祖母的数据提取出一组，转换成空中大屏上五颜六色的代码时，张雨潇总在他的边上坐着，出神地看着大屏。

贝多芬干活儿利索，话不多。他跟张雨潇相看两不厌。以张雨潇的知识水平，她是无法理解贝多芬的工作内容的，但这不妨碍她看得津津有味。哥哥推断，她看的其实不是复刻过程，她看的只是她那个躺在床上的可怜孙女。

祖母到底走了。她的遗体被带走的那天，张雨潇茫茫然跟在后面，一直跟到家门口。到了家门口，张雨潇站住了。外面的世界早已经不是二十一世纪的样子。经过技术大爆发和疫情大流行，变化翻天覆地，远不是张雨潇能应付的。比如，张雨潇只会坐地铁、公交车，乘出租车，但现在人类消灭了地铁和公交，也消灭了出租车。一种叫“飞轿”的交通工具，可以最高每小时九百公里的速度把人带往任何地点。与此同时，人一出门就会被各种设备检测到，只要有一丁点不符合既定数值，你就休想使用任何公共工具。

在数据丛林里，一个未经数字化训练的人，就像婴儿爬行在荆棘丛里。说得直白一点，像张雨潇这种老古董，她连楼栋都出不去。她注定只能待在家里，跟祖母做伴，喋喋不休地说着她那个时代的光辉往事。

张雨潇在门口站着，看着祖母被带走。又站了一会儿，她才茫茫然地问：“我孙女哪里去了？”

没有人搭理她。大家都沉浸在祖母去世这件事里，每个人都尽量让自己悲伤起来。按照合同约定，贝多芬作为这个未完成项目的工程师一直陪伴他们。

张雨潇又问了一句：“我孙女哪里去了？”

贝多芬把张雨潇带回了房间。不一会儿，从房间里传来了贝多芬的哭声，紧接着，张雨潇也哭了。张雨潇一边哭，一边拿纸巾给贝多芬抹眼泪。他们就像是一对祖孙似的。

贝多芬的哭让人有点意外。他一个工程师哭什么呢？眼下祖母死了，他的项目就要完成了呀。他即将去往下一户人家，赚取新的提成了呀。他为什么哭呢？

祖母走了，家里没有人掉眼泪，张雨潇和贝多芬两个外人却哭哭啼啼的，这让家里人人都很尴尬。

大概过了十分钟，贝多芬停止了哭泣。他用手里的面巾纸小心地擦去地上的泪水。他又成了那个冷静的工程师，对全家人说：“下一步就是销毁她了。只有销毁才能真正释放指标，复刻才能继续进行。”

程序大家都懂，但经由贝多芬说出来才算是有了主心骨。妹妹的脸红扑扑的，说：“贝多芬，你好帅呀。”

父亲严厉地看着妹妹。哥哥小声说：“据我推断，妹妹想谈恋爱了。”

让人意想不到的是，关于祖母的复刻，家里产生了严重的分歧。确切地说，这不单是家里的分歧。往大了说，是科学界的分歧。复刻技术发展到今天，岔路出现了：复刻人类到底能不能使用算法？

传统复刻学派认为，复刻人类必须是原原本本、分毫不差地复刻思想和经验，不能人为添加算法。张雨潇就是传统复刻学派的典范之作。而被传统复刻学派讥嘲地称为“潘多拉学派”的先锋复刻学派则认为，复刻人本质上是一种机器人，既然是机器人，就可以使用算法，允许植入迭代升级程序。

先锋复刻学派的优势是明显的。使用算法后，复刻人就具备了学习进化能力，可以适应日新月异的社会。先锋复刻学派的人个个巧舌如簧，讲起理论来一套一套的，让人觉得高深，声势日益壮大。

父亲是先锋复刻学派的拥趸。他坚持要在祖母的新肌体里植入迭代升级程序，好让祖母一直能习得新知识，操作越来越复杂的工具，为家里多做一些贡献。父亲的妹妹则坚持认为，加入算法的母亲不再是她的母亲，而只是一个工具人，这在她是万难接受的。

父亲跟他妹妹争论，哥哥也跟妹妹争执不下。哥哥站在父亲一边，妹妹则站在另一边。围绕到底用哪种技术，他们开了一轮又一轮论证会。争到最激烈的时候，父亲的妹妹威胁说，如果父亲坚持用新派技术，那她就退出复刻祖母的计划。

“老二，人要讲良心，要不是当年为了复刻你老公，家里用掉了另一个指标，现在会这样吗？”父亲说。

“也不能这么说吧。一码归一码，现在是讨论用哪种技术，不要扯别的。”妹妹说。

“老三，你可还没嫁出去呢。”哥哥也学着父亲提醒妹妹。

“我是帮理不帮亲。”妹妹说。

妹妹有了同盟，父亲也拿她没办法，只能严厉地看她一眼。

母亲站在父亲身后嗑瓜子。对这家里的事情，她是从来不管不问的。过去，有张雨潇和祖母操持所有家务，后来祖母病了、张雨潇停摆了，母亲不得不顶上。到了论证用哪派技术时，母亲喊着疲惫，顺势从纷争里脱身出来，乐得做一个看客。

“据我推断，老二是赞成新技术的。”哥哥说。

“你拿老二来说什么？照你这说法，张雨潇还赞成传统复刻呢。”妹妹嚷了起来。

母亲嗑瓜子的手停住了。

“老三，你嚷什么！”母亲不满地说。

“据我推断，老三怕是……想飞了。”哥哥说。他转向贝多芬，“喂，贝多芬，你多大了？”

妹妹微微扬着头，看着贝多芬。贝多芬脸红了。他知道哥哥的意思。

父亲的妹妹眼泪说来就来。她说：“以前爸爸走的时候，我说要用张雨潇换爸爸，妈妈死活不同意，现在妈妈也走了。要这样的话，那就都不要再生了。”

“我赚几个钱容易吗？我为了谁呀？我真是命苦啊！我的天呀，作孽呀。不弄了，不弄了，大家干净！”父亲的妹妹索性撒起泼来。

“大过年的，哎，好好说话。”母亲打圆场。

他们争得震天响。另一边，张雨潇坐在沙发上，茫茫然地看着窗外。窗外云卷云舒，一只野鸟落在远处人家的阳台上。时不时地，张雨潇发出含混的声音：“我孙女哪里去了？”

这含混的声音实在是太微弱了。祖母生病后，张雨潇得不到维护，本就一天不如一天。祖母走了，大家忙着料理祖母的后事，这个多余的物件，除了贝多芬顺带给维护一下外，就再没什么人关注了。她以更快的速度坏下去。

父亲妹妹的最后通牒起了作用。复刻祖母的资金是很早以前就商量好的。父亲一家没工作，靠救济金过日子，出三成。父亲的妹妹家情况好点，愿出七成。当时两边只说了出资的事，没讨论技术。

吵归吵，父亲的妹妹毕竟是有工作的人，说话硬气。因此，当她提出来如果父亲执意用新派技术，她就不再出资时，父亲和哥哥只能服软。

祖母将进行传统复刻，这也意味着祖母将无法实现更新升级。若干年后，祖母也将被拉到销毁室，换来一个新的指标。若干年后，这个新的指标将用在谁身上呢？

祖母的肌体正在快速生长。据贝多芬说，目前再生非常顺利。

“简直就是完美。两个月后，一个崭新的五十岁肌体就能投入使用。”贝多芬说。

“谢谢你，贝多芬。”妹妹说。自从加入父亲妹妹的阵营，妹妹有了一种新气势。当父亲用严厉的眼神瞪她时，她也用同样严厉的眼神回瞪父亲。

“据我推断……”哥哥正要推断，妹妹把他的话瞪回去了。哥哥只能发出一声叹息。

妹妹把一个新包送给贝多芬。

妹妹说：“你那包又脏又臭的，我刚好看到一个，顺带买回来了。”

“老三，我看你是有钱了。”父亲说，“别忘了，我们是领救济金的人家。”

“我们可是有两个指标的人家啊。”妹妹说，“必要的时候，可以卖掉一个指标。”

“老三，你嚷什么？！”母亲从厨房里出来，手里提着锅铲。

“没什么。”妹妹躲进了自己房间。母亲回去厨房，把锅弄得很响，不一会儿，厨房里飘出了呛人的辣椒味，所有人都被呛得咳嗽不止。

贝多芬把妹妹给的包放在了角落里。那天晚上，贝多芬用他的设备投屏了一架钢琴，他的手在琴键上挥舞着，《致爱丽丝》的旋律缓缓地流淌着。

张雨潇浑浑噩噩地从她的房间里走出来，缩在客厅沙发的一角。沙发另一角坐着妹妹。妹妹沉浸在钢琴曲里，没有搭理她，她就显得很落寞，眼中空荡荡的，嘴里还是那一句："我孙女哪里去了？"

这个样子让人想起上个世纪以前一种叫作"阿尔茨海默病"的病。现在这种病已经被人类消灭了，但在张雨潇这个复刻人身上，上个世纪的这种病似乎正在慢慢发作起来。

也许是张雨潇煞了风景，坐了一会儿，妹妹就回自己房间去了。琴声戛然而止。所有人都在暗中松了一口气。

"我孙女哪里去了？"张雨潇问。黑夜回她以无尽的黑。

阿尔茨海默病的发作无论对张雨潇，还是对其他家人，都不是一件坏事。更有理由去销毁她了。

张雨潇作为祖母的祖母，在这个家里待了太多年头了。这家里的每一个人都受过她的呵护。尽管每个人从很小就清楚，张雨潇只是一个复刻人，本质上，跟家里的家具一样，但她身上，毕竟还有着不同于家具的东西。

为了腾出复刻祖母的指标，要销毁张雨潇，没人说什么，但每个人心里都还是有点歉疚的。现在，张雨潇自己垮了，每个人都松了一口气：看吧，哪怕不销毁，也已经派不上用场了。

时间过得飞快。到了春天，祖母的肌体培植好了。外面桃红柳绿，每一片叶子都像抹了油似的。信鸽在碧蓝的天上扑棱棱飞着。

或许因为春天来了，年前那一场关于复刻的争论像是变得很遥远了，每个人说话都和和气气的。

“据我推断，妹妹失恋了。”哥哥煞有介事地宣布每个人都早已知道的事情。

这次妹妹倒没有瞪哥哥。她瞪着贝多芬。贝多芬不敢看她。贝多芬在看张雨潇。贝多芬在家里建模这段时间，得益于他对张雨潇的顺手维护，张雨潇坏到一定程度就不再坏了。她以极顽强的精神撑到了预约销毁日。

销毁日到了，父亲的妹妹因事不能参加，便把钱打给父亲，也把所有的事宜交托给了父亲。

贝多芬又替张雨潇维护了一番，她看起来好一些了。大家原本以为到了这个时候，张雨潇该早成了一件冰冷的器物，只需叫一辆飞轿，直接运走即可。但张雨潇还撑着，还是活人的模样，事情就不那么简单了。

临了，还是母亲出面叫出张雨潇。母亲说：“老奶奶，外面天气好，今天我们去春游。”

其实说不说都一样，张雨潇反正听不懂母亲的话。她仍沉浸在自己的世界里，重复着那句话：“我孙女哪里去了？”

这也是她唯一能被一家子听懂的话。大家又比画了一阵子，张雨潇才好像有点明白了，脸上露出了笑容。她笑的时候，露出两颗小虎牙。上上个世纪，她还年轻的时候，想必是个美人吧。

张雨潇慢吞吞地站起来，往房间里挪去。过了很久，张雨潇出来了。她身上的衣服已经换过，是一件草绿色的连衣裙。她的头发也精心打理过了。她脸上还扑了粉，嘴上抹了一点口红，这使她那毫无血色的嘴唇有了生气。一番拾掇后，张雨潇竟也有了一些青春气息。

飞轿很快来了。父亲先上去，张雨潇紧随，其他人也都上去了。哥哥特意调整了飞行模式，让飞轿在空中慢悠悠地飞行。张雨潇透过飞轿的窗户，俯瞰庞大而空旷的城市。

这是张雨潇二十多年来首次出门。自祖母自觉脱离社会，不再出门后，张雨潇也就不再出门了。看着身侧来来往往的飞轿，张雨潇的眼睛大张，圆溜溜的。她的双手紧紧抓着前排座椅的靠背。

一路上，张雨潇嘴里嘀嘀咕咕的，一会儿笑，一会儿叫，除了“我孙女哪里去了”“春游”“野炊”“看花”等少数句和词，没人知道她还说了些什么。

过了半个多小时，飞轿到达目的地上空。再生公司一园两区，东区是销毁部门，西区是培养部门。两个部门的建筑像拥抱着的两条鱼，都绿意盎然中点缀着花团锦簇。唯一的区别是销毁部门冷清一些，不像培养部门，门前停满了各种颜色的飞轿。

飞轿稳稳降落在销毁部门门口。经理早就等着了，此时迎上来，把大家引到大厅里。贝多芬去帮着办手续，其余人在大厅里坐着喝蜂蜜柚子茶。张雨潇用孩子一样懵懂的眼睛东看西看。贝多芬回来了，他看了一眼张雨潇，把协议递到了父亲手中。

父亲看了两眼就签了字。根据协议，张雨潇销毁后部分部件予以回收，送培养部门继续使用，这样可以抵扣一部分销毁费用。没有工作就没有收入，即便家里有两个指标，又能怎么样？日子是如此的艰难。家里人都懂得要节约每一分钱——当然，妹妹除外。

“就这样吧。”父亲说。

“我孙女哪里去了？”张雨潇问。

贝多芬做了个手势，走在前头。张雨潇不明就里，跟着贝多芬往长长的通道走去。一家人不由跟了几步，贝多芬回身摆摆手，大家才停住了。

贝多芬的背影消失了。贝多芬和妹妹闹掰了以后，他在这个家里，整日忧心忡忡的。有一天，他站在窗口，看着外面，自言自语地说："如果我们对技术的使用边界不予限定，对技术的伦理漠不关心，那么，自莎士比亚以来人类所建立的，关于人的尊严，就有可能得而复失。"

没有人听他胡说八道。现在，随着他往甬道里走去，销毁张雨潇这个项目，就结束了。

大家又站了一会儿。哥哥说："去看看祖母吧。今天是个好日子呀，祖母诞生了。"

一家子陆陆续续出了大厅。走在绿意葱茏的再生公司园区里，为着老祖母的诞生，每个人都露出了欢快的笑意。